Um rio imita o Reno

Vianna Moog

Um rio imita o Reno

ROMANCE

11ª edição

Rio de Janeiro, 2012

© *Herdeiros de Vianna Moog*
© *by herdeiros de Moacyr Scliar*

Reservam-se os direitos desta edição à
EDITORA JOSÉ OLYMPIO LTDA.
Rua Argentina, 171 – 3º andar – São Cristóvão
20921-380 – Rio de Janeiro, RJ – República Federativa do Brasil
Tel.: (21) 2585-2060
Printed in Brazil / Impresso no Brasil

Atendimento e venda direta ao leitor:
mdireto@record.com.br
Tel.: (21) 2585-2002

ISBN 978-85-03-01118-1

Capa: Sergio Liuzzi / Interface Designers
Diagramação: editorîarte

Livro revisado segundo o novo Acordo Ortográfico da Língua Portuguesa.

CIP-BRASIL. CATALOGAÇÃO NA FONTE
SINDICATO NACIONAL DOS EDITORES DE LIVROS, RJ

M81r	Moog, Vianna, 1906-1988 Um rio imita o Reno / Vianna Moog. –11ª ed. – Rio de Janeiro: José Olympio, 2012.
	ISBN 978-85-03-01118-1
	1. Romance brasileiro. I. Título.

12-3495.	CDD: 869.93 CDU: 821.134.3(81)-3

Sumário

Apresentação 7

Verão 11

Outono 97

Inverno 167

Primavera 215

Sobre o autor 250

Um intérprete do Brasil*

A pergunta apareceu no site Yahoo Respostas: "Alguém conhece um livro chamado *Bandeirantes e pioneiros*, de Vianna Moog?" A indagação, por todos os motivos meritória — afinal, o melhor jeito de descobrir as coisas é perguntar —, faz pensar sobre a memória cultural brasileira. A obra de Vianna Moog (1906-1988) marcou época; foi um dos textos mais discutidos em nosso país. Mas, ao que tudo indica, pode ter caído no esquecimento. Por isso é tão oportuno o centenário de nascimento de Clodomir Vianna Moog, no dia 28 deste mês de [outubro]: evoca uma figura singular de nossa literatura que, para nosso orgulho, era gaúcho.

Nascido em São Leopoldo, Vianna Moog, filho de funcionário público e professora, estudou em boas escolas, formou-se em Direito, foi funcionário público. Sua trajetória típica de jovens brasileiros do começo do século passado mudou subitamente quando ele começou a militar na política, nos conturbados anos 1930.

Participou da Revolução Constitucionalista de 1932, que se opunha ao governo de Getúlio Vargas. Foi preso e transferido para Manaus e depois Teresina. Este exílio representou para o jovem uma oportunidade para conhecer o Brasil do Norte e do Nordeste. Nesse

---

* Publicado no *Jornal do Brasil*, em 25/10/2006.

período começou a escrever. Uma de suas primeiras obras foi *Heróis da decadência*, um ensaio que surpreendeu a intelectualidade do país, sobretudo pela originalidade da tese defendida.

Segundo Vianna Moog, em épocas de decadência surgem pessoas notáveis que se destacam não pelos feitos guerreiros, como os heróis habituais, mas que têm a coragem (e a inteligência e a sensibilidade) de analisar, inclusive com humor, esta decadência. São três estes heróis: Petrônio, que viu a derrocada do império romano; Cervantes, que testemunhou o fim da Idade Média e do feudalismo; e Machado de Assis, o grande cronista dos últimos anos do Império no Brasil.

Já a obra *O ciclo do ouro negro* retrata a Amazônia, "um mundo à parte", com a profundidade de um Euclides da Cunha. Vianna Moog voltou para Porto Alegre, dirigiu o jornal *Folha da Tarde*, mas continuou escrevendo: lançou *Novas cartas persas*, satírico texto que, tomando como modelo a obra de título similar escrita por Montesquieu, faz considerações sobre o Brasil e a cultura brasileira, rotulando o Rio de "cidade afrodisíaca". Seu ensaio literário *Eça de Queirós e o século XIX*, abordando as controvérsias que cercaram o grande escritor português, fez história.

Uma de suas maiores obras é o romance *Um rio imita o Reno*, que tem como cenário São Leopoldo (o rio em questão é o dos Sinos, que banha a cidade) e fala sobre os conflitos culturais e emocionais numa comunidade de origem alemã. O nazismo estava então em ascensão, e Vianna Moog não deixa de denunciar a intolerância que, também aqui no Brasil, se fazia presente, particularmente numa família em que a filha está apaixonada por um engenheiro amazonense, ali chegado para supervisionar a construção de uma represa.

O conflito é inevitável, mas o irônico final (a família descobre que tem ascendência judaica) representa uma tomada de consciência. O livro recebeu o prêmio Graça Aranha, uma eloquente coincidência: Graça Aranha foi o autor de *Canaã*, o primeiro grande romance sobre colonização e ao qual Vianna Moog deu continuidade, mas sob um outro, e original, ângulo.

O notável ensaio *Bandeirantes e pioneiros* resultou do longo período que Vianna Moog passou nos Estados Unidos, onde ocupou vários cargos na Organização dos Estados Americanos e na Organização das Nações Unidas. *Bandeirantes e pioneiros* foi muitas vezes, e com justiça, comparado a *Casa grande & senzala*, de Gilberto Freyre.

Os títulos citados são apenas os mais conhecidos de uma vasta obra que fez história e levou o autor à Academia Brasileira de Letras, onde ocupou a cadeira que pertencera ao também gaúcho Alcides Maya. Falando de sua geração, a dos anos 1930, Vianna Moog declarou que a mesma aguardava uma "entrevista com o futuro". Nesta, Vianna Moog foi um grande entrevistador. Ele fez o Brasil falar. E é por isso que até hoje o lemos com prazer e emoção.

Moacyr Scliar
Escritor e membro da Academia Brasileira de Letras

Verão

1

Três horas da tarde. Um velho Ford parou em frente do casarão revestido de hera do Hotel Centenário. Desceu dele um homem ainda moço, de estatura mediana, com a roupa cor de chumbo coberta de pó e encaminhou-se para o saguão. Como não visse ninguém, bateu palmas.

Um rapaz alto, ruivo, de calças curtas, meteu a cabeça assustada na porta dos fundos, olhou para o recém-chegado e gaguejou: "*Einen Moment, bitte.*" Em seguida desapareceu.

Dentro de poucos instantes chegava o dono do hotel, com os olhos injetados de quem acaba de acordar da sesta, a ajeitar os suspensórios sobre a camisa aberta no peito cabeludo.

— O trem hoje entrou no horário. — Falava com sotaque alemão, com o ar de quem estivesse a narrar um milagre. — O senhor quer um quarto? Faça o favor. Aqui está o livro. — Fez um gesto na direção do balcão.

O viajante pagou o chofer, tomou a caneta que o outro lhe estendia e foi preenchendo os dizeres. *Nome* — Geraldo Torres.

Nacionalidade — brasileira. Lugar de nascimento — Amazonas. *Estado civil* — solteiro. *Idade* — 28 anos. *Profissão* — engenheiro. *Procedência* — Rio.

— Ah!... O senhor é o novo engenheiro. Então a hidráulica desta vez sai mesmo. Tem morrido gente de tifo que é uma barbaridade... — Ia prosseguir, mas se conteve. — O prefeito já mandou reservar o seu quarto — continuou o hoteleiro, assumindo agora uma atitude respeitosa. Apanhou uma das chaves no chaveiro e convidou o doutor a ver o nº 13, no andar superior.

O 13 era um quarto que se parecia com o de todos os hotéis da região colonial alemã: paredes caiadas de branco; a cama guarnecida por uma armação quadrada de vime, servindo de suporte ao mosquiteiro. Entre a janela que entestava com a porta de entrada e a pequena mesa com a moringa de água, ficava a pia. Os únicos móveis, além da cama e da mesa, eram o tosco guarda-roupa de pinho, a mesinha de cabeceira e duas cadeiras com assento de palha.

— Banho quente ou frio? — pergunta o hoteleiro, no momento em que deposita as malas no chão, ajudado pelo rapaz das calças curtas.

— Frio, de chuveiro. Mas antes de tudo preciso arrumar as malas...

O engenheiro, parado no meio do quarto, contou a bagagem, e ficou por um instante com a atenção vaga, pensando no que tinha a fazer. Estava contente da nova vida que ia começar, uma vida diferente, de responsabilidade, num trabalho de projeção, que precisava ser levado a cabo com rapidez e segurança. Abriu a mala grande e pôs-se a desfazê-la, começando pelos três ternos de linho que lhe ocupavam a parte de cima. Nunca lhe pesara sobre os ombros tamanha responsabilidade. A concorrência pública dera o primeiro lugar à sua Companhia, graças a ele. Geraldo Torres repetia para si mesmo um dos trechos do laudo: "*Trata-se de um projeto completo. Tudo ali foi previsto. O técnico que o traçou fez simultaneamente trabalho de engenheiro, de bacteriologista e de higienista.*" Com esse triunfo ficara definitivamente firmada a sua situação.

Fora talvez uma das mais belas e consistentes venturas de sua vida. No entanto, nada lhe custara menos do que aquele plano. Que dificuldade poderia ter encontrado em resolver o problema de fornecimento de água para Blumental, ele que passara todo o curso a resolver as questões infinitamente mais complexas da depuração das águas dos rios da Amazônia, carregadas de matérias orgânicas e condenadas por todos os exames bacteriológicos?! Os outros é que complicavam as coisas com seus projetos de custo alarmante, procurando nascentes inacessíveis e financeiramente impraticáveis, quando o rio ali, bem junto da cidade, estava a indicar a solução. Como se as teorias estrangeiras fossem infalíveis em qualquer parte! Tudo uma questão de localização e de tratamento: as águas aparentemente mais impuras e mais condenadas pelo critério clássico resolviam o problema. Para que bacias de sedimentação, reservatórios distantes do ponto de captação, projetos grandiosos e tecnicamente discutíveis, depois que os americanos introduziram e aperfeiçoaram os filtros rápidos?

— Chegou a vez de arrumar a roupa branca, o roupão de banho e o sobretudo. Faltava ainda um lugar para os livros e para a raquete de tênis. Ocupavam a última mala. O engenheiro tirava conclusões: — pensar é fácil, agir é difícil, mas a vida só pertence aos que sabem unir o pensamento à ação. Tomou o livro de Goethe, onde figurava a passagem que em tempos lhe suscitara o conceito. O volume se abriu automaticamente na página que ele queria. Lá estava o trecho marcado a lápis: "Há poucos homens que, possuindo entendimento, tenham, ao mesmo tempo, qualidades de ação. O entendimento alarga, mas paralisa; a ação vivifica, mas limita." Pertenceria ele a esse reduzido número de eleitos capazes de combinar as duas coisas? Só o futuro o poderia dizer. Ali estava agora a sua grande oportunidade.

Geraldo sorriu ao tomar a raquete nas mãos. Ela lhe lembrava o compromisso que assumira consigo mesmo de não abandonar o esporte, de não se entregar, como os colegas que poucos anos de interior tornavam nédios, flácidos e indolentes. Ele havia de reagir. Daria trabalho aos músculos, não abandonaria a ginástica nem o tênis. Uma das razões por que viera satisfeito para Blumental fora saber que ali encontraria excelentes parceiros.

PELAS CINCO HORAS bateram à porta.

— Entre! — gritou Geraldo num tom esportivo. Já estava barbeado e metido no seu terno de linho branco, folgado no corpo. O branco acentuava-lhe o bronzeado da pele e o negro dos cabelos divididos do lado esquerdo por uma risca impecável, dando-lhe o aspecto exterior de um xeque em trajes civis.

— Dá licença?! — suplicou uma voz untuosa, correspondente ao homenzinho de cara rechonchuda e sem expressão que se esgueirava para dentro. Atrás dele vinha um tipo baixo, magro, a cara marcada de bexigas, embrulhado numa roupa azul-marinho puída na gola e inteiramente enodoada.

— Viemos cumprimentar o doutor em nome do chefe — disse o de cara gorda. — Sou o secretário da prefeitura, um seu criado. Aqui, o nosso promotor.

O magro passou a bengala para a mão esquerda, deu um nome e estendeu a direita onde brilhava no indicador um anel de rubi, cravejado de diamantes.

— Fez boa viagem? — perguntou, numa voz esganiçada.

— Excelente. O trem chegou rigorosamente no horário.

— Pois íamos recebê-lo na estação. Mas esperávamos o doutor amanhã, pelo noturno. Ficamos desolados quando soubemos que já tinha chegado.

— Ora, é como se tivessem estado lá. Agradeço muito a atenção. Os senhores não querem sentar? O quarto é apertado, mas sempre se dá um jeito... Eu me arranjo aqui na cama mesmo. — Retirou o chapéu que o promotor havia deixado ali, para colocá-lo sobre a mesinha de cabeceira.

— Supersticioso?

— Um pouco... O bastante para não desmentir os meus antepassados índios...

O promotor soltou um risinho estrídulo e glosou:

— Como diz a nossa gente da fronteira: *"No creo en brujerías, pero que las hay, las hay."*

Os homens continuavam de pé. O engenheiro insistiu para que sentassem.

— Não, muito obrigado, doutor. Íamos convidá-lo a dar uma volta, para conhecer a cidade.

— Boa ideia.

Desceram. Na porta do hotel, alguns caixeiros-viajantes, acomodados em duas filas paralelas de cadeiras coloniais, improvisadas em cadeira de balanço, tornavam difícil a passagem. Um deles tinha na frente uma chaleira. Outro segurava na mão uma cuia e chupava com delícia por um canudo de prata.

— Gosta de chimarrão, doutor? — perguntaram quase a um tempo o promotor e o secretário, caminhando ao lado do engenheiro.

— Nunca provei. Mas é interessante.

— Pois vai gostar — garantiu o secretário. — Eu não passo sem ele.

— Gostar nada — contestou o promotor. — Sempre impliquei com esse hábito de engolir o cuspe dos outros.

O secretário admitiu que a coisa era anti-higiênica, mas procurava provar que o chimarrão fazia bem aos rins e podia ser tomado individualmente.

O sol batia de frente sobre a rua larga e comprida e começava a desaparecer atrás da colina que envolve a cidade pelo lado do poente. Os três homens caminhavam na sua direção, protegidos pela sombra que os cinamomos alastravam na calçada. Os cicerones disputavam entre si a vez de falar e informar. Ambos pareciam encantados com a chegada do engenheiro.

O promotor estava de uma gentileza torrencial. Gabava o projeto. Na sua opinião, o engenheiro tinha feito um trabalho extraordinário, genial. Geraldo olhava para o interlocutor, desconfiado, sem jeito.

— Eu não entendo de engenharia, mas li tudo de ponta a ponta. O secretário não queria ficar num plano inferior.

— O que me admira é como o senhor, tão moço, pôde enfrentar um trabalho desses...

O engenheiro pediu que não exagerassem. Afinal de contas aquilo não tinha a importância que lhe estavam dando. Tratava-se de um rio facilmente aproveitável na captação das águas, com o gráfico das enchentes e vazantes perfeitamente estabelecido. Outra coisa seria se tivesse que resolver um problema como aquele no Amazonas...

— Tenho muita vontade de conhecer o Amazonas — assegurou o promotor. Lamentava ter perdido a última excursão da Exprinter ao Norte.

Geraldo Torres procurava agora falar o mais tempo possível. Preferia ouvir-se a si mesmo do que suportar os panegíricos dos dois cicerones. Explicava como eram as enchentes grandes da sua terra. Às vezes tinha-se a impressão de que com a última cheia, dada a enormidade de suas proporções, estava encerrado o ciclo das calamidades e o Amazonas, enfim, encontrara e construíra para sempre o seu leito definitivo. Mas lá vinha um ano mau, em que as águas entravam a subir assustadoramente, solapando as margens, arrastando barracões, currais, trapiches e canoas, e produzindo o espetáculo das *terras caídas*, o maior pavor dos moradores ribeirinhos. As marombas para o refúgio do gado, adrede construídas sobre estacas, como as antigas palafitas, numa altura baseada no nível da última inundação, eram levadas pelas corredeiras, por onde rolavam habitações desconjuntadas, embarcações arrancadas aos amarradouros, troncos de toda a variedade, ilhas desgarradas de canarana.

— E os moradores? — indaga o secretário.

— Os moradores reúnem às pressas as famílias nas montarias...

— Montaria? Que história é essa? — queria saber o promotor.

— Lá chamamos a canoa de montaria. Representa para nós o mesmo que o cavalo para os senhores. É o nosso grande meio de transporte.

Como não mais o interrompessem, Geraldo pôde completar a exposição havia pouco iniciada.

Os moradores reuniam as famílias nas montarias juntamente com os utensílios transportáveis. Na pressa de ganhar terra firme, e ficar fora do alcance da enchente, viajavam dia e noite, e casos havia de canoas conduzidas por pilotos pouco destros desaparecerem tragadas pela violência dos rebojos, perigosos sobretudo na confluência das águas vindas de pontos diversos, numa velocidade que, de pouco mais de duas milhas por hora, passava a ser até de cinco e seis milhas com a cheia.

— Aquilo deve ser um inferno — comenta o promotor. — Vá alguém dormir com um barulho desses!

— Mas por que não edificam acima do nível? — sugere o secretário.

— Ninguém sabe nunca onde ficará o nível — explica o engenheiro.

Em vão procuravam os iniciados, quando começavam os repiquetes nos altos rios, prever a altura a que atingiriam as águas. Os resultados teimavam em desmoralizar as mais cotadas previsões. Quanto à inundação, sabia-se apenas que resultava da coincidência, no tempo, do degelo dos Andes com as chuvas do inverno na planície, que normalmente se verificavam com algum intervalo entre si; mas esse conhecimento nada adiantava para os efeitos de uma prefixação indispensável a qualquer trabalho de engenharia.

— Acha que as obras ficarão mesmo concluídas em cinco meses, doutor? — inquiriu o secretário.

— Prontas, inteiramente prontas, não digo. Trago instruções nesse sentido. Tudo depende do pessoal. Quero apressar o mais possível a montagem dos filtros. Com água depurada, o resto será relativamente fácil.

— É urgente, muito urgente. O povo começa a murmurar. E não é para menos. Incrível a quantidade de óbitos neste verão. Tudo por causa da água — assegura o promotor, com convicção.

— O chefe faz todo empenho que essas instalações sejam inauguradas antes das eleições... — volve o secretário. — O homem prometeu e quer cumprir. Se o serviço não foi feito até agora, a culpa não é dele. Com os orçamentos apertados da prefeitura, que é que se podia fazer?

Passavam justamente pelo portão de uma casa assobradada, com sacada na frente. Uma água suja, com flocos de gordura flutuante, precipitava-se na calha da rua, impregnando o ar de mau cheiro.

— Vêm das fossas particulares — disse o promotor. — Infiltram-se pela terra e vão contaminar os poços e cisternas.

Geraldo estugou o passo, acompanhado com dificuldade pelos dois companheiros. Já não dava muito sentido ao que iam dizendo. Sua atenção se concentrava no estilo das casas. Identificava-as de acordo com os conhecimentos que guardara de arquitetura, em que de resto nunca chegara a especializar-se nos anos da Politécnica. Eram quase todas de tipo alemão; umas quadradas, lisas; outras com o telhado em bico e a janelinha encaixada abaixo do vértice; outras, ainda, com sacadas de pedra mal-entreabertas para a rua. Havia também algumas construções neutras, sem estilo, afogadas entre as demais. Nada que pudesse lembrar, senão fugidiamente, os sobrados do Norte ou a arquitetura colonial portuguesa. O conjunto era tipicamente germânico. Se alguma influência tinha sofrido, que lhe suavizasse os contornos, essa influência procedia dos estilos holandês e suíço. Depois a atenção do engenheiro voltou-se para as placas e letreiros, onde procurava decifrar os dizeres: *Apotheke, Schumacher, B:ackerei.*

No outro lado da rua, tomando todo o quarteirão, via-se um letreiro muitas vezes repetido: KREUTZER IRMÃOS. Embaixo sucediam-se grandes armazéns de ferragens, de fazendas e armarinhos, de joias e bijuterias, de calçados, amplos depósitos de fumo, de erva-mate, de secos e molhados. Na frente, cavalos atados à sombra soltavam longos relinchos; encostados no fio da calçada, autos, carroças, aranhas, caminhões. Dentro das lojas, burburinho e movimento; caixeiros correndo de um lado para outro, caixeirinhas trepadas nas escadas de mão.

— Estão podres de ricos esses rapazes — informa o secretário. — A única fortuna que pode se comparar com a deles é a dos Wolffs, os Wolffs do curtume e da fábrica de sandálias. O doutor vai ver. Terá que passar por lá todos os dias. Fica no caminho da hidráulica.

O homem falava com entusiasmo, como se fosse sócio comanditário de todas aquelas empresas.

— Rapazes ativos, os Kreutzers: são cinco irmãos. Metem-se em tudo. Já montaram a fábrica de conservas e estão agora fazendo experiências com o bicho-da-seda…

Não achando o que dizer, Geraldo sacudia a cabeça e levantava o queixo em sinal de aprovação.

— E têm ainda uma casa bancária. — Agora era o promotor quem dava informações. — É onde os colonos guardam as economias. E dizer-se que o velho Kreutzer chegou aqui com os primeiros imigrantes, com uma mão adiante e outra atrás… Economizou no duro. Dizem que olhava por cima dos óculos para não gastar os vidros. Mas os filhos, esses sabem levar a vida. Moram em palacetes. Seguidamente vão à Alemanha. São uns príncipes…

Mas já o secretário intervinha, para fazer restrições. Uma vez que o outro não tomava a ofensiva, ele a tomaria. E passou a dizer que os

Kreutzers eram muito germanófilos, só davam emprego a alemão, só protegiam os teutos. Tinha um sobrinho que trabalhava com eles havia dez anos e não conseguia subir. E, no entanto, mal chegava um "alemãozinho borra-botas", logo lhe davam emprego e aumento pelo Natal.

— Ah, filho, aqui é assim. Quem não souber falar alemão come do duro. Se eu não fosse promotor, como advogado passava fome. Não peguei até agora nenhuma causa por fora. Onde eu podia fazer alguma coisa, no serviço crime, estou impedido. O major é que me defende bastante com as cobranças executivas e o serviço do partido.

Famílias sentadas na frente das casas começavam a obstruir a passagem. As velhas, estiradas em confortáveis cadeiras de balanço, faziam crochê e conversavam em alemão. O promotor e o secretário cumprimentavam à direita e à esquerda. Nos lugares mais obstruídos, onde era forçada a passagem de um a um, o secretário não deixava de comparecer com o seu melífluo *com licença*. Mas a gente que afastava as cadeiras não parecia comover-se com a amabilidade das saudações. Muitas vezes correspondiam em alemão.

— No começo o senhor vai estranhar — contemporizava o secretário, notando a surpresa e a contrariedade que em vão o engenheiro procurava ocultar. — Mas depois acostuma. Eles são assim mesmo...

— Assim mesmo uma ova! Isto é desaforo. — O promotor, indignado, vibrava a bengala no ar. — Um dia ainda racho um deles pelo meio. — E como se não tivesse muita confiança na ameaça, confirmou: — Ora se racho!

Um homem de óculos escuros, retaco e espadaúdo, passou, dando-lhe violento encontrão. A bengala voou sobre a calçada. O promotor aprumou-se para ver quem era, olhou, recolheu a bengala e desculpou-se:

— Perdão, não foi por querer...

O homem dos óculos já ia longe. Geraldo sentiu ímpetos de maltratar o promotor.

— Grosseirão. Viste?!

— Não faz caso — consolou o outro. E, voltando-se para Geraldo:
— Não repare. Esse ferrabrás é o Treptow. Anda enfezado desde que
lhe mataram o filho, que tinha recém-chegado da Alemanha, onde
acabara de se formar em Medicina. Anda como um louco. Vê em
todos nós inimigos. Foi no último *kerb*. Um filho do Euzébio Gomes, que é compadre do major — um bom rapaz, mas de má bebida —, junto com uns patrícios nossos, armou lá no Salão dos
Atiradores uma bagunça dos diabos. A alemoada reagiu. E eles deram uns tiros à toa. Quando acabou o barulho, encontraram o rapaz
morto.

— Sim, mas não fui eu que matei o filho dele, essa é boa! Fiz o
que pude na acusação. Que mais queria que eu fizesse? Que citasse
tratadistas estrangeiros? Com o que eu ganho não dá. Se vier o aumento ainda poderei lá de vez em quando citar um uruguaio.

Os três se aproximam do fim da rua, onde começa a estrada
geral, que liga Blumental a Vila Velha. Na esquina um velho de
avental branco, com a barba alvíssima, muito asseada, encara o grupo, examina o forasteiro, espera que eles cumprimentem e acena-lhes
do outro lado com um movimento de braço.

— Sujeito esquisito, esse dr. Stahl… — comenta o promotor,
fazendo os primeiros exercícios de uma catilinária.

— Veio corrido da Alemanha — atalhou o secretário. — Esqui-
sitão. Rixento. Oposicionista sistemático. Não tem nenhuma educação. Vareja as casas de família, quando há doentes, sem pedir licença.
Confunde franqueza com grosseria. Agora, felizmente, anda sosse-
gado. O trabalho não lhe dá tempo para a politicalha. Desde que
começaram os serviços da hidráulica calou o bico. Ele é que fez toda
a celeuma e engrossou a oposição.

— Pudera! não cobra de ninguém… — ajudou o promotor. — Boa maneira de fazer política…

Geraldo novamente deixara de prestar atenção ao secretário e ao promotor. Era todo sentidos para um som de piano que vinha de uma casa majestosa, acastelada, imponente, cercada por um jardim em forma de parque, povoado de gnomos coloridos de pedra, com ciprestes esguios contornando a grade exterior. Ouvia-se dentro da tarde morrente um prelúdio impetuoso, no qual a floresta parecia ofegar. Geraldo, excitado, sentia os graves do piano com todo o corpo. Um calafrio percorreu-lhe a espinha. Viu-se transportado para a selva amazônica, no meio do rio, com a tempestade desencadeada. Gigantescos cedros caem sobre a corrente levantando o rebojo. A selva se contorce. Vibra no ar o estrondo de um desbarrancamento ao longe, logo seguido de uma descarga elétrica. Vê-se abandonado na canoa, à mercê da correnteza. Ilhas flutuantes ameaçam a embarcação e ele grita, mas só respondem os guaribas da floresta.

— Quem é? — pergunta, tomado de arrebatamento.

— É a Lore — responde o promotor. — Estudou dois anos na Alemanha. É filha do velho Wolff, o da fábrica de sandálias. Um partidão, doutor... Aquele rapaz que foi assassinado andava louco por ela... Eu acho que o pai anda assim tonto porque o filho não pôde entrar nos arames.

O engenheiro não respondeu. Já o piano entrava numa melodia serena, clara, nítida, esgarçante. Geraldo via-se agora em pleno igapó, no fim da enchente. Garças de todas as cores passam em bando; o recanto das vitórias-régias recende os perfumes da mata. Árvores cobertas de lianas deslizam como gôndolas sob alamedas ensombradas, salpicadas de sol. Ambiente de sonho e de lenda.

Estavam parados à esquina. Geraldo, absorvido na música, desejava silêncio. Mas os outros se tinham atracado numa interminável discussão.

O promotor pretendia que a fortuna dos Wolffs provinha do achado feito pelo finado velho Wolff de uma bacia cheia de ouro no fundo do quintal. Mas o secretário contestava. Era antigo na terra e conhecia bem as coisas. O velho não podia ter achado a bacia de ouro porque nunca cavara a terra, nunca fora colono. Tanto que, quando por morte dele, os colonos quiseram erguer um monumento em sua homenagem, como patrono da colônia, a nora, a Frau Marta, que tem sangue de Mucker e é quem manda na família, se opôs. Ela não quer que se saiba de suas origens. Por isso, fez questão de fixar bem este detalhe: o sogro não fora imigrante; viera exilado por motivos políticos. Por sinal era muito amigo do dr. Stahl, que chegou anos depois, pela mesma razão.

Geraldo fazia um grande esforço por dominar-se, simulando atenção. O piano derramava as últimas notas por sobre a encosta coberta por um tapete de verdura.

Na opinião do secretário, o grande lance, o golpe definitivo, esse quem dera não fora o velho, e sim Paul Wolff.

— Foi no tempo da guerra, sabem? Que é que eles tinham então? A casa velha, uma pequena fábrica e uma centena de contos no banco. Foi então que o homem deu o golpe. Logo que a guerra rebentou, em 14, empregou tudo quanto possuía na compra de chapas de ferro. O ferro valia então no máximo uns trezentos réis o quilo. Meteu nisso todo o dinheiro. O pessoal dizia que ele tinha ficado louco. Pois, sim, louco! Endividou-se, hipotecou tudo ao velho Kreutzer e não descansou enquanto não comprou todo o ferro existente nas redondezas. Uma partida que mandou vir da Europa e que estava num navio alemão conseguiu safar-se, em Lisboa. Depois foi o que se viu. O ferro começou a subir, a subir. E não podia ser importado, compreendem?... Chegou a quatro mil-réis... Só então é que ele resolveu aceitar a proposta de um truste da capital. Que golpe, hein!

— Sabem qual é o lema dele em negócio? — indaga o promotor. — O outro dia o major ainda me disse: "Comprar quando toda gente quer vender; vender quanto toda gente quer comprar."

— Como? — perguntou Geraldo, agora mais interessado.

— "Comprar quando toda gente quer vender; vender quando toda gente quer comprar."

O engenheiro novamente sacudiu a cabeça e levantou o queixo com o seu jeito característico. Mas agora disse:

— Que homem!

— É astuto como o pai — sublinhou o promotor. — Qual! Quando o sujeito nasce empelicado acha até bacias de ouro...

— E ladino como um judeu — arrematou o secretário.

Encaminhavam-se de volta ao hotel, apressando o passo. No saguão, despediram-se. Geraldo convidou os cicerones a jantar.

— Fica para outro dia, doutor — responderam em dueto.

— Recomendem-me ao major. À noite, se tiver regressado da excursão, irei retribuir-lhe a visita. — No íntimo estranhava que o homem não tivesse vindo pessoalmente.

— Voltarei — assegurou o promotor. — Preciso pô-lo ao corrente do que se passa na política cá da terra... Que número é o seu quarto?

— Parece-me que é 13.

— Xii... 13, sexta-feira... E o doutor que é supersticioso...

Geraldo sentiu um ligeiro mal-estar... Quando os outros desapareceram, subiu aos saltos a escada e entrou no quarto. Abriu as venezianas e ficou a olhar para fora. Na frente alargava-se a praça, com o edifício vermelho da prefeitura ao centro. Do lado direito ficava o quiosque, quase oculto nas sombras do denso arvoredo; ao redor do chafariz, onde a samaritana deitava um filete de água no tanque circular, arregimentavam-se geometricamente os canteiros de rosas vermelhas e brancas, de cravos, de azaleias, de girassóis e violetas. Os jasmins impregnavam o ar de um perfume penetrante. Geraldo agora devassava o horizonte. Mais para leste corria tranquilamente o rio, sereno, sem pressa, entre salgueiros melancólicos debruçados sobre a corrente. Olhou a serra que servia de pano de fundo à perspectiva, a torre pontiaguda da igreja protestante, a ponte que ligava os dois braços de terra, o pesado e soturno monumento do cais, e uma estranha sensação inundou-lhe o coração. Tinha a impressão de que não fizera uma viagem de sete horas de trem; de que em sua vida se dera uma brusca parada, cujo remate era aquele súbito despertar. Parecia-lhe que tinha cruzado os oceanos e estava longe da pátria.

Em vão procurava dentro de si mesmo reminiscências onde ajustar aquela paisagem. Percorreu mentalmente as cidades que conhecia. Todas elas guardavam entre si um ar de família. Mal conseguia situar no espaço certos recantos guardados na memória, recantos de sobrados e mocambos, de solares batidos de sol e vielas estreitas povoadas de sombras, tanto essas imagens eram comuns às cidades que conhecia. Mas o que tinha diante dos olhos era diferente.

Onde estaria? Percorreu novamente os pontos que sua retina acabara de visualizar. Na praça, ranchos loiros de moças passavam aos pares; no quiosque, ao redor das mesas, sob os plátanos, rapazes cobertos de bonés universitários bebiam descansadamente o seu chope. Pareciam sentir-se ali tão à vontade como se estivessem num bar de Heidelberg ou de Munique. Geraldo, então, atentou ainda mais para o quadro, retesando a atenção. Blumental dava-lhe a impressão de uma cidade do Reno extraviada em terra americana. Desde o gótico da igreja até a dura austeridade das fachadas, tudo nela, à exceção do jardim, era grave, rígido, tedesco.

Os sinos plangeram dentro da noite que se adentrava. Onomatopeia da melancolia. Como se estivesse ouvindo novamente o prelúdio do piano, um tumulto, uma angústia interior agarrava-lhe as entranhas. Geraldo teve vontade de chorar. Sentia saudades do Brasil.

2

Geraldo sai do nº 13, caminha pelo corredor e entra no nº 19. O quarto está no escuro; tropeça numa cadeira, livros rolam pelo chão. Ao escancarar as janelas, a claridade põe à mostra a desordem que reina ali dentro. Livros pelos cantos cobertos de pó; livros em cima da mesa; um terno de linho branco no braço da cadeira; uma camisa de seda azul e um par de meias no assento; em cima da mesinha de cabeceira um relógio de pulso, um revólver e uma faca de prata metida na bainha de fino lavor.

— Vamos, Armando — intima Geraldo, sacudindo um corpo que se espreguiça, estremunhado, sob o lençol. — Falta pouco para uma hora. Queres perder o almoço?

— Fui ontem até tarde, no Centro — explica o outro, levantando-se. — Estava atolado... quis tirar o talo... entreguei quatrocentos.

— Quatrocentos?

— Eu acho que aquela turma joga de combinação. Ganham sempre... Tenho de parar... Uma estupidez, seu Geraldo.

— Então anda depressa.

— Estou pronto num instante.

Armando Seixas era o novo amigo de Geraldo. Uma convivência de poucos dias no hotel estabelecera entre ele e o engenheiro uma esplêndida camaradagem. Com o aspecto exterior de homem de centros grandes, mais alto do que baixo, moreno-claro, ruidosamente amável, jovial, de uma alegria em que Geraldo ainda não surpreendera momentos de mau humor, tudo nele agradava, a começar pela invariável e permanente elegância do trajar. Além disso, um parceiro com quem o engenheiro não se fatigava de conversar. Não que o considerasse culto, mas gostava de suas fumaças literárias. Lendo tudo pela rama, andava mais ou menos bem-informado em matéria de livros. Exuberante e comunicativo, volúvel e epidérmico, depois que conseguira boa classificação num concurso que lhe trouxe a nomeação de fiscal de consumo interrompera o seu terceiro ano de Direito e vivia agora malbaratando o tempo em tentativas de artigos, novelas e ensaios que acabavam sempre na vala comum do cesto de papéis. Levava porém a sério as funções. Era mesmo o terror do comércio e da indústria de Blumental.

Em sua companhia, aos poucos Geraldo ia desfazendo a primeira impressão que tivera da cidade. Começava a aceitar Blumental com boa vontade. Ao cabo de uma semana achava-se mais satisfeito. As obras da hidráulica, atacadas com vigor, tomavam um grande impulso; ele trabalhava com entusiasmo, quase que de sol a sol. Levantava cedo, tomava o seu café com leite, comia às pressas uma fatia de pão preto com *schmier* ou manteiga, juntamente com fatias de queijo e salame da colônia, à maneira da terra, e se atufava no trabalho ao mesmo tempo que os trabalhadores, quando a sirena da fábrica de calçados de Wolff & Filhos dava o sinal das sete horas. Amava aquela vida no meio dos operários. Loiros, morenos, caboclos, mulatos, cafusos, negros, alemães, polacos, teuto-brasileiros, luso-brasileiros, viviam todos numa perfeita comunhão. Uma variedade humana como Geraldo ainda não tinha visto. Muitos deles manejavam indiferentemente o português e o alemão, mas a maioria falava uma língua à parte, um dialeto feito dos outros dois idiomas. Tratavam entre si com afetiva rudeza. "Seu alemão duma figa", "Negro do diabo" eram expressões que, à força de repetidas, haviam perdido entre aquela gente todo o poder agressivo. E não tinham eles preguiça de trabalhar. De resto, o capataz, um alemão retaco, gritalhão, amigo de palavrões, não lhes dava tréguas.

Moravam nas circunvizinhanças, ao redor da fábrica, no bairro operário. Havia ali casais curiosos: teutos e alemães casados com cabrochas; alemãs repolhudas casadas com morenos e mestiços. A garotada que brincava junto às obras afinava pelo mesmo diapasão: meninos loiros, morenos, tipos claros de cabelo vermelho, faces cheias de sardas; sararás de olhos muito azuis. Ao recolher do trabalho, Geraldo se dava ao jogo de adivinhar a quem pertenciam as casas do caminho. Estabelecera um critério que reputava seguro. Onde houvesse um chalé com jardinzinho na frente, cortinas nas janelas, uma aparência agradável de asseio, lá devia morar uma dona de casa loira; nas casas descuidadas, de pintura desmaiada, com portões a cair, a dona havia de ser morena. Quase sempre acertava. Um dia, porém, um dos chalés que mais lhe tinham chamado a atenção ofereceu-lhe uma surpresa: um bando de negrinhos metidos em camisas de brancura imaculada, apinhados na janela. Só no correr de casas que Wolff & Filhos mandaram construir para os seus operários não podia fazer distinções. Eram habitações rigorosamente padronizadas.

Às cinco da tarde a sirena da fábrica tornava a apitar. Chegava então para Geraldo a hora que ele mais amava: a do banho no rio. Tinha guardados no barracão o calção e a toalha. Ia para um sítio retirado, longe da praia, onde se apinhavam os garotos seminus e jogava-se à água do alto do barranco. Era uma alegria física incomparável.

Dava grandes nadadas e mergulhos, tornava depois ao barranco para novos saltos, o seu prazer predileto. Ali se sentia bem. Encantado, acompanhava de longe os movimentos da gurizada. Via-os jogarem-se à água, mergulharem e sair na outra margem. Naquele ambiente voltava aos tempos de menino, junto ao igarapé, perto da casa do seringal, pelas férias grandes. O rio aqui era mais manso. Na margem direita coberta pela mata rasteira via Geraldo uma miniatura da muralha de verde das margens amazônicas. Bastava-lhe essa sugestão para considerar aquele lugar um lugar amigo. Já começava a amar aquele rio.

Ao sair do banho sentia-se refeito. Alegre, duma alegria sóbria, interior, sem grandes expansões. O caminhão estava à sua espera para conduzi-lo novamente ao hotel.

— Vamos, se apresse um pouco — volta a intimar Geraldo.

— Pronto — responde Armando Seixas, terminando de atar o sapato branco, com ponteira marrom.

O salão de refeições, na parte térrea, está vazio. Uma rapariga roliça tira as toalhas enodoadas das mesas e recolhe para um canto os vasos de flores. Ajusta na parede um grande pano bordado com letras góticas, onde se lê a inscrição:

> *Grüs Gott!*
> *Tritt ein,*
> *Bring Glück herein!*

— Como é? Ainda se arranja o que comer? — consulta Armando ao rapaz das calças curtas, que vem entrando com a bandeja cheia de pequenas travessas fumegantes.

— Hoje está muito bom, seu fiscal. Tem *Kloesse*. — E aponta para uns grandes bolos de massa branca que acabara de depositar em cima da mesa.

Armando faz menção de atirar-lhe o prato na cabeça e o rapaz se afasta rindo alto.

— Eles usavam isso na guerra como granada de mão e querem agora dar pra gente comer.

Geraldo acompanha a cena divertido. Armando pergunta ao servente por que não deixava a irmã servir a mesa.

— Han, han! — rosna o rapaz de boca fechada. Depois diz com o rosto repuxado por uma expressão de brejeira imbecilidade: — Brasileiro é muito safado...

Armando e Geraldo entreolham-se e caem na risada.

— É para você ver. Aqui não se tem futuro. Ando de olho numa casadinha que me dá bola. Mas na hora do fecha, arrepia a carreira. Do outro mundo, seu Geraldo. É só pra o grupinho... Eles lá se entendem entre si, mas não querem conversa com brasileiro. É o diabo, porque são boas mesmo...

Armando ia falando, enquanto atacava os *Kloesse*, a carne de porco, as batatas cozidas, a cerveja gelada que mandara servir. Comia com um apetite de fazer inveja a Geraldo.

— Leste os jornais? — pergunta, levando à boca uma garfada de batatas.

— Corri os olhos. Nada importante. Sempre a mesma coisa. A Europa atrapalhada. A França dividida. A Inglaterra fazendo corpo mole. Os judeus saindo em massa da Alemanha.

— Já tomaram Madri?

— Ainda acreditas nisso?!

Pausa. Serviram pêssegos secos em calda. Geraldo continua a invejar o apetite do companheiro.

— A notícia de mais interesse para mim é a da próxima vinda de Raul Machado a Blumental.

— Quem? O violinista?

— Estou ansioso por ouvi-lo de novo. É hoje um nome consagrado em todo o mundo. No Rio fizeram-lhe uma recepção de arromba. O rapaz assombrou nos Estados Unidos. Uma consagração! Precisamos prestigiá-lo, Armando.

— Mas por que não, homem? Basta ser patrício. Não é por causa da música, não. Não vou com música clássica, comigo é só no tango argentino.

E começou a cantarolar a *Cumparsita*, de boca cheia.

Tinham acabado de almoçar.

— Vamos ver a construção? — convida Geraldo. — Há uma semana que você promete acompanhar-me.

— Pois vamos — concordou Armando, acendendo o charuto. — Assim fazemos a digestão.

Fora, o sol escaldava. Na rua não se via vivalma. Cintilações nas vidraças. O ar, as árvores, tudo parado. Silêncio pontilhado de cacarejos de galos nos quintais. Pasmaceira. Um cachorro sai por uma porta, espia, atravessa a rua, levanta a perna junto a um muro e entra por outra porta.

Agora um velho de barbas brancas sai com a maleta de mão de uma casa baixa, entra no seu Chevrolet e sobe a rua, acelerando o motor. Geraldo reconhece o dr. Stahl. O velho acena para Armando com efusão.

— Esse pobre velho anda se matando. Não para um minuto. Não sei onde acha tempo para comer e dormir.

— Parece boa coisa.

— É o melhor tipo desta terra. Um dia vou te encostar nele pra vocês discutirem. Quero apreciar essa carreira. Vais ver que cabeça! De uma agilidade mental impressionante.

Estavam agora na praça Independência. Num canto, junto a um hotel de segunda ordem, caibros cheios de argolas mantinham amarrados pela rédea os cavalos encilhados na sombra.

— É ali — disse Armando.

A construção mal tinha começado. Estava na fase dos alicerces. Blocos de pedras amontoados na rua, tijolos empilhados na calçada, carrinhos de mão emborcados, montes de areia, tanques de madeira com cal e cimento. Alguns homens se movimentavam calmamente para o serviço.

— Vai ser uma obra formidável, a julgar pelos alicerces — comenta Geraldo. — De onde virá tanto dinheiro?

— Ora, dos colonos. Eles são muito unidos. E querem fazer a sua igreja mais bonita que a protestante. Há uma grande emulação entre as colônias. Cada distrito, cada linha quer contribuir com mais. Os padres já levantaram perto de mil contos para as obras. Dinheiro mal-empregado...

— Se isso lhes dá prazer, não faz diferença.

— E o que vai para Roma?

— Também é bem-empregado.

Geraldo aprendera no Amazonas a ser tolerante com o sistema adotado pela Igreja. Davam os que podiam, recebiam os que precisavam. Mas o fiscal nesse particular era intransigente. Então o engenheiro precisou explicar que no Amazonas, na Índia, na China eram sem conta as obras de benemerência social mantidas pelo Vaticano. Os padres montavam colégios, hospitais, em exclusivo proveito das populações abandonadas. Os capuchinhos do Alto Solimões, por exemplo, eram os ídolos dos índios. Levavam-lhes mantimentos, medicamentos, vestuário. Metiam-se selva adentro com seus órgãos portáteis, batizavam os curumins com nomes cristãos, traziam os meninos para os colégios, ensinavam-lhes a agricultura. Ele mesmo por mais de uma vez assistira ao espetáculo dos gaiolas atracando nos barrancos, onde o carregamento de lenha era feito pelos índios: a gurizada ficava louca de alegria ao avistar algum missionário a bordo.

— É, mas com o bispo Fernandes Sardinha não tiveram tantas cerimônias — contradisse o fiscal.

— Há então uma grande rivalidade entre católicos e protestantes? — pergunta Geraldo, trazendo a palestra de volta para Blumental.

— Rivalidade propriamente não. Entendem-se perfeitamente bem. Só há competição nessas coisas exteriores. Cada um quer ter a sua casa e a sua igreja mais bonitas. Os colonos pegam também no pesado... Toca um dia para cada colônia.

— E lutas religiosas?

— Ah, isso desapareceu. De resto, nunca houve.

— É curioso... um povo místico como o alemão...

— A única luta religiosa em toda a região colonial alemã foi a dos Muckers, para os lados de São Leopoldo. Mas não se pode dizer que fosse bem uma luta religiosa. Foi antes um episódio de fanatismo, como o de Canudos.

Geraldo nunca ouvira falar nos Muckers. Estava com a curiosidade aguçada. Tinha uma vaga impressão de que o secretário se referira a eles no dia da chegada. A propósito de quê? Ah, sim, agora se lembrava: fora a propósito de Frau Wolff.

— Não hás de querer me levar a estas horas para o fim da rua — diz Armando, encaminhando-se para um banco da praça, fronteiro à construção. — A esta hora a cidade dorme. Piano, meu velho, só depois das seis.

Geraldo, que não pensava tomar outra direção, compreendeu a alusão. Aquelas suas caminhadas para ouvir o piano de Lore já haviam sido notadas. De resto, eram os momentos verdadeiramente espirituais de sua nova vida. Seria só por causa do piano? Depois que vira Lore assomar à janela não devia fazer-se ilusões. Ia por uma e outra coisa. Talvez mais pela pessoa de Lore do que pelo piano.

Quando se sentaram no banco, Geraldo voltou aos Muckers. Vendo o interesse do companheiro, Armando se decidiu a explicar.

35

Os Muckers haviam sido uma seita de fanáticos protestantes, que se tinha formado nos começos da colônia, ao sopé do Ferrabrás, ao longo da serra do Mar, visível à distância de léguas para quem viesse de trem a Blumental. Era uma rocha alcantilada, que se erguia abruptamente por sobre uma vasta planície. Ali começou a pontificar uma tal Jacobina Maurer, mulher de um curandeiro, uma sonâmbula que se dizia predestinada a fundar um novo reino sobre a Terra. Como um fanático que se afirme sempre acha inocentes e fanáticos que o acompanhem, formou-se no Ferrabrás, em torno de Jacobina, a facção que semeou a cizânia, a discórdia e o luto entre as colônias pacíficas e atribulou seriamente a vida do estado. Estranhos ritos tinham marcado o advento da nova seita. Jacobina, apregoando-se como o novo Messias, escolhe doze apóstolos para constituir o conselho supremo dos Muckers. Impõe a todos uma vida de ascetismo, proíbe o jogo, os bailes, as diversões. Cria também uma milícia para sua guarda pessoal. Faz construir uma fortaleza em substituição à antiga morada. Exige dos adeptos juramento de absoluta fidelidade aos seus mandamentos. E para que nada faltasse estabelece toda uma liturgia de novos gestos.

Além disso, concitava os colonos a se proverem para o dia da adversidade. Estavam por vir dias terríveis. Os ímpios erguer-se-iam contra os eleitos e estes seriam obrigados a se defender. Pelas estradas encontrar-se-iam cadáveres insepultos. Aos eleitos, porém, nada sucederia.

De começo, enquanto os Muckers se mantiveram no terreno de suas práticas aparentemente inofensivas, foram considerados pela maioria apenas grotescos. Todavia, à proporção que verificavam não ser a pregação processo fulminante de aliciamento, entraram a odiar e perseguir, com toda a força de um ódio sagrado, não só os opositores como os indiferentes. Os frutos dos discursos de Jacobina não tardaram a aparecer. O Ferrabrás foi transformado em arsenal de guerra. Faziam-se ali provisões de armas e pólvora. Os adeptos da seita apresentavam-se armados até os dentes, como se estivesse iminente uma guerra de vida e morte. Estabeleceu-se então na colônia o império da coação e do terror. Começaram os morticínios. Os Muckers, transfigurados pela psicose coletiva de pacíficos agricultores em matadores profissionais, já não respeitavam nem laços de sangue, nem elos de velhas amizades. O que queriam era destruir e aniquilar. A um simples aceno de Jacobina, famílias inteiras foram dizimadas. Ainda hoje Armando tinha a impressão de que, quando o fogo de alguma queimada projetava os seus clarões dentro da noite, os colonos deviam ter a convicção de que em torno das labaredas rondavam as almas penadas daqueles incendiários, que, na celebração de suas missas negras, não poupavam nem velhos, nem mulheres, nem crianças, reproduzindo nos cenários virgilianos das picadas, onde agora sorria a alegria no seio da fartura, o espetáculo da Europa medieval invadida pelos bárbaros.

— Felizmente o pesadelo passou — concluiu Armando, tornando a acender o charuto, que se tinha apagado. — Nos dias que correm, tais fatos não são mais possíveis.

Agora surgem rufos de tambores noutro ângulo da praça. Um pelotão de rapazes vigorosos, em uniforme de escoteiro, aparece em seguida, na rua paralela à principal. Marcham com ênfase, em passo de ganso, atirando muito as pernas para a frente e para o alto. Vão em filas de três, num alinhamento impecável. Não se lhes podem distinguir as fisionomias umas das outras, tanto se assemelham entre si. Claros e fortes, avançam com ímpeto marcial, de cenho carregado, batendo os saltos dos sapatos grossos, como se quisessem pulverizar ainda mais a areia do macadame. Geraldo pensa nos meninos da beira do rio, nas suas formaturas em frente do Grupo Escolar. Fisionomias abertas, gestos de puro instinto, a marchar despreocupados. De repente cessa o rufo do tambor. O chefe se destaca da fileira, sacode uma vara no ar, dá ordem de comando e marca a cadência:

— *Eins... Zwei... Eins... Zwei...*

Na outra esquina o pelotão entra a cantar uma canção guerreira. Pela mente de Geraldo perpassam multidões de soldados com capacete de aço, marchando naquele mesmo passo. Já o pelotão fez alto em frente do Seminário Evangélico. Geraldo devora a cena com os olhos. O chefe destaca-se novamente do grupo e, tendo agora a seu lado o porta-estandarte, empunha a bandeira com a cruz suástica, infla o peito e berra:

— HEIL HITLER!

Vibrante, estentórico, açode o pelotão da mocidade, com o braço estendido:

— HEIL! HEIL! HEIL!

Geraldo continua a ver as multidões do cinema. Multidões compactas, automáticas, de braço levantado. Multidões ululantes. E ouve as vozes, como se ali perto as propagasse em grandes ondas sonoras um possante alto-falante: "DUCE, DUCE"... "HEIL, HITLER"... FÜHRER... FÜHRER...

Por cima da cabeça de Geraldo, grasnam os pardais. Fazem um ruído ensurdecedor. Aquilo não é canto: é um matraquear infernal. Debalde procura Geraldo distinguir naquele coro de vozes um som diferente, uma melodia, um chilreio, um pipio de outro pássaro. Dir-se-ia que os pardais só queriam atordoar, apossar-se do ninho dos outros, e que o seu lema era este: abaixo os diferentes! E um novo pensamento assaltou-lhe o espírito. Quando os pardais chegam em bando, os pássaros de canto têm de emigrar. Refugiam-se nos bosques: o canário, o bem-te-vi, o sabiá, o pintassilgo, a cotovia, os artistas da selva não podem cantar onde há pardais. E os pardais gostam da publicidade, da praça pública. Gritam para se fazer notados. A imaginação de Geraldo transportou-o para a selva amazônica, onde cantava o uirapuru. Todos os ruídos da floresta cessavam. Os animais de presa, a onça, a suçuarana, já não rugem, os guaribas param com seus gritos, já não se ouvem os guizos da cascavel. Faz-se silêncio para receber o canto do uirapuru, um pássaro feio, encolhido, sem plumagem, o pássaro mais feio da floresta.

Que pretenderão os pardais? — pergunta Geraldo a si mesmo. — Que destino terão dentro da natureza? Olhava nesse instante para um pequeno busto de pedra, noutro recanto da praça. Estava coberto de excrementos de pardais. Então concluiu consigo mesmo, tendo nos lábios a expressão de um sorriso interior: talvez o destino dos pardais seja fazer porcaria nas estátuas.

3

Sábado à tarde os dois amigos estão sentados junto aos bambus, à sombra de um plátano, de costas voltadas para o quiosque. Bebem água tônica com limão em grandes copos. Uma viração agita o arvoredo e levanta na rua pequenas nuvens de pó. O sino dá uma badalada triste. Geraldo sente pelo corpo um torpor, uma sonolência, desejos de sesta ao embalo da rede.

— Que horas são? — pergunta, por perguntar.

— Não sei. Não entendo bem esse sino. Pode ser a batida da meia hora... há pouco eram três e tanto... Ou então toque de defunto... Esticou mais um. O tifo e a disenteria têm feito uma faxina.

Geraldo olha o cata-vento que enche o tanque e distribui água aos quartos do hotel. As palavras de Armando continuam arrastadas.

— Não acredito muito na água do hotel... Adotei o regime da mineral e da cerveja.

O sino anunciava a aproximação de enterro. Da esquina da praça pequena multidão se aproxima vagarosamente. Na frente, conduzindo uma cruz preta, um menino de roupa escura avança compenetrado. Atrás vem o pastor com a sotaina curta, o peitilho branco e a cabeça descoberta. Mais atrás, o caixão coberto de galões prateados, carregado por seis homens. Na culatra do caixão, um velho de grandes barbas abraça uma mulher de cabelos grisalhos, com a cara tapada por um lenço branco barrado de preto. Junto deles o prefeito, na sua roupa escura, os bigodes caindo no canto da boca, ladeado pelo promotor e o secretário, parece pertencer à família enlutada. Em hemiciclo em torno do caixão caminham homens, raparigas e rapazes, protegidos por sombrinhas e guarda-sóis. Grupos de mulheres seguem pela calçada, conversando.

— Aquelas ali — diz Armando apontando para um grupo de velhas de compridos vestidos abotoados até o pescoço — não perdem enterro. Vivem atrás de defunto e velório. São as alegres carpideiras de Blumental.

Geraldo imagina urubus farejando carniça.

— É muito cínico esse major... Repara o ar compenetrado — continua Armando, observando o préstito.

Geraldo porém não consegue distinguir o prefeito. Só vê o secretário segurando o guarda-sol para o chefe e o promotor, de dedo em riste, a pontificar para um homem que caminha ao seu lado.

— Aquela zebra faz questão de mostrar o anel. Tipo do valete. Ainda se fosse formado, vá lá...

— Não é formado? — pergunta Geraldo, surpreso.

— Formado nada. Os preparatórios foram conseguidos por decreto. Houve já barulho por causa disso. Uma bandalheira. O major é quem arranjou para que se pusesse uma pedra em cima...

O enterro aproxima-se do fim da rua e segue na direção da igreja. O apito de um trem a distância põe uma nota de tristeza dentro da tarde opressiva.

— Isto aqui está chato, seu Geraldo. Ando doido por uma farra. Nem um baile para entreter a gente... Agora só na Páscoa.

— E mulheres?

— É dura a mão. Qualquer dia desses mando vir novamente a Georgette. Faço outra temporada com ela. O pessoal se escandaliza, mas não tem importância...

— Não faça isso.

— Mas que remédio? Não aguento, seu Geraldo. O que há por aí é sórdido, ignóbil. Umas mulheres minadas de sífilis até a medula. Andam contaminando a colônia.

— É a grande nacionalização pela sífilis...

Da porta do Hotel Centenário se encaminha para o quiosque um homem de cabelo de fogo, a cara muito vermelha, a roupa de brim pardo folgada no corpo. Ao avistá-lo, Armando dá um salto da cadeira de ferro e sai-lhe ao encontro, de braços abertos, num impulso espontâneo de comunicação.

— Olha o Fogareiro?! Quando chegaste? — disse, abraçando o companheiro. E sem dar tempo a uma resposta: — Bem de viagem?

— Regular pra campanha — respondeu o outro, fazendo um gesto com a mão sardenta.

— Chegou mais alguém?

— Apenas Raul Machado, o violinista, com a senhora.

— E a irmã, que o acompanha no piano? — indaga Geraldo dirigindo-se a Armando.

— A irmã casou — informa-lhe o Fogareiro.

— Senta aqui, Alemão — convida o fiscal numa efusão de simpatia. — Quero te apresentar o nosso amigo Geraldo Torres.

— Ruben Tauben. Muito prazer em conhecê-lo. Já sabia que o senhor estava na terra.

— O prazer é meu — diz Geraldo, erguendo-se do banco para apertar a mão de Ruben Tauben. — Armando me tem falado com muita simpatia a seu respeito.

— Este Fogareiro é um bicho — intervém Armando. — O garanhão da zona...

42

O viajante, contrafeito, um riso abotoado na boca, um olhar de ternura para Armando, desculpa-se:

— Não repare, doutor, esse sujeito tem a mania de dar trote.

Sentam-se os três em torno da mesinha de ferro.

— Então, como vai o pôquer? — pergunta o Fogareiro.

— Você nem bem chegou e já sabe que andei jogando. Safa! Que terra!

— Como é? Não se bebe nada? Frantz, um chope — grita Ruben Tauben ao garçom, que tomava notas dentro do quiosque. — O senhor não está servido? — pergunta a Geraldo?

— Muito obrigado. Mais tarde.

Ruben Tauben transmite agora suas impressões de viagem. Está contente de poder viajar, viajar sempre, não parar nunca. Porque isso de atender fregueses no balcão não era com ele. Conta das cidades por onde andara, das praças que fizera, dos contrabandos que conseguira passar na fronteira, camisas de seda, meias, gravatas, perfumes notáveis... ia mostrar a Armando. Tinha gostado muito das cidades da fronteira onde encontrara boas mulheres... Mas acabou confessando que entre as cidades do interior a de que mais gostava era mesmo Blumental. Ali era o seu chão.

— Trouxeste as sedas que encomendei?

— Trouxe. Ficou um volume meio grande. Não imaginas o trabalho para enganar os guardas.

Geraldo estava escandalizado. Então Armando, um fiscal do consumo, também encomendava contrabando? E não tinha pejo de falar no assunto com displicência de um contrabandista?! Não podia compreender. Por que então tanto rigor e severidade na fiscalização do imposto de consumo?! Sua estupefação cresceu quando Armando, pondo termo às vantagens e proezas que o Fogareiro ia narrando, entrou a dizer que naquele assunto ninguém lhe contava novidades. Nascido e criado na fronteira, não havia processo de contrabandear que não conhecesse. Tudo quanto se pudesse fazer em matéria de contrabando, ele já tinha feito. Não apenas esses contrabandozinhos de turista, como o fazia Tauben, mas contrabando de verdade, de gado, de café, de trigo. Para ele não havia divertimento melhor que o de passar uma tropa na fronteira. Dava-se um tiro para o ar, o gado estourava, então não havia guardas que chegassem para deter a corrida da boiada.

Um avião passa ruflando, rumo do norte. Um lanchão vem descendo o rio de bubuia. Ouve-se o apito de um vaporzinho que está a sair do porto. Alguns sapos coaxam, pedindo chuva.

— Qualquer dia destes precisamos dar uma volta na colônia, na tua barata — diz Armando.

— Aqui o doutor eu levo. Você, não — responde o Fogareiro. — Nem pagando a gasolina.

— Por quê?

— Não estou para me comprometer. Aplicas aí uma multa e eles depois ficam com raiva é de mim.

— E se eu assumir o compromisso de não multar?

— Nem assim — replica o Fogareiro rindo. — Olha, o doutor é novo na terra e ainda não foi a um *kerb*. Podíamos ir os três, hein? Vão ver que farra... — E voltando-se para o engenheiro: — O senhor desculpe a confiança...

Geraldo sorri, tolerante.

Armando ameaça agora o Fogareiro de tomar-lhe os contrabandos, de mandar prendê-lo. O outro não dá atenção e desenvolve uma longa teoria sobre os modos de lesar o fisco e sobre a maneira como o fiscal devia conduzir-se. Geraldo escuta, distraído. Conhecia a cantilena, uma série de lugares-comuns que se habituara a ouvir na convivência do fiscal. Este só devia multar quando a falta cometida fosse intencional, quando houvesse dolo — Ruben Tauben dizia *dôlo* —, mas que se algum selo caísse por si mesmo de uma gravata,

44

porque a goma-arábica nem sempre segura bem... então era diferente: devia ensinar, porque os "comerciantes são sérios... Se às vezes não cumprem a lei é só por ignorância...".

A praça começa a animar-se. Chegam novos fregueses ao quiosque. O Fogareiro pede o segundo chope. Dos fundos da prefeitura saem cinco homens. Dois deles são soldados da Brigada, com o cabelo levantado atrás do quepe em forma de prateleira. Os outros três caminham gingando. Vestem largas bombachas de riscado, botas frouxas até meia canela e grandes chapelões de campanha, presos ao pescoço por compridos barbicachos, o casaco justo sobre as nádegas; caminham riscando as esporas no chão, com o cano dos revólveres aparecendo.

A um aceno de Tauben, Armando se volta para ver.

— Os bombachudos do major estão chegando... Mas desta vez, se ele não tomar cuidado, cai mesmo. A oposição está forte como nunca... Cá pra nós, isso é uma vergonha... Vocês me desculpem, são amigos do homem — observa o Fogareiro, com o ar misterioso de quem sabia o pé em que as coisas andavam.

— Achas que ele não se salva? — interroga Armando.

— Sem o apoio dos Wolffs e dos Kreutzers duvido muito... No ponto em que as coisas pararam é capaz de nem a terminação da hidráulica adiantar. Ajuda na cidade, mas na colônia, não. Os colonos querem é estradas. Ainda se tu te resolvesses a ajudar, quem sabe?

— Deste mal o major está livre — protesta Armando. — O outro dia ainda veio para mim com suas falas mansas. Queria que eu o acompanhasse numa excursão à colônia... Anda agora de cara torcida porque não topei.

A política de Blumental não o interessava. Em Blumental não se tratava de uma luta de partidos. Simples questão de interesses municipais. Tudo gravitava em torno deles. Os acontecimentos políticos do estado e do país não tinham ali nenhuma repercussão capaz de entusiasmá-lo. Politicamente, Blumental era um mundo à parte.

Agora dois homens que acabavam de tomar uma mesa, nas proximidades do quiosque, acenavam-lhes com as mãos.

— O Kreutzinho hoje começou cedo! — comenta Armando, abanando para o mais moço, de cara redonda, olhos saltando das órbitas, sob os espessos vidros dos óculos de tartaruga, e cujas pernas mal pisam o chão.

— Esse Kreutzinho é gozado... — acrescenta o Fogareiro. — Trabalha toda a semana. Mas quando chega sábado de tarde enfia bebendo até a madrugada de segunda-feira. Não há exemplo de alguém haver encontrado o Kreutzinho são em qualquer sábado ou domingo. No entanto, no escritório é um cronômetro. Os irmãos é que se danam: consideram ele o boi corneta da família.

— Mas é o único de quem eu gosto — comenta Armando. — Me dou com os outros, mas não vou muito com eles... Já apliquei multa na firma, logo de chegada.

— Engraçada essa amizade do Kreutzinho com o velho Cordeiro. O velho Cordeiro tem raiva de alemão que se pela...

Geraldo observa os dois homens. O velho Cordeiro acha graça na conversa do Kreutzinho. Tem uma maneira esquisita de trajar. A calça de brim, muito justa nas pernas, deixa o fio da ceroula aparecer. Moreno claro, olhos castanhos, a cara cheia de tiques nervosos está com a cabeça coberta por um chapéu de abas largas. No peito da camisa sem gravata reluzem dois brilhantes. Dá ares de toureiro aposentado.

— Tem muita raiva de alemão... No tempo da guerra fez o diabo — repete o Fogareiro.

Mas já Armando sustenta tratar-se de um bom velho. Quando chegara a Blumental, como notário, Blumental era uma verdadeira Alemanha. Só se falava alemão, os próprios editais da prefeitura eram escritos em alemão. Filho de fazendeiro, acostumado no campo, no lombo do cavalo, teria de estranhar o meio. A alemoada andava

46

muito encelada... Ele, que não é trigo limpo, começou a aplicar o facão... um dia abotoara um sujeito que lhe respondeu o cumprimento em alemão... outra vez dera uma bofetada no pastor protestante... Era uma história de lutas, de conflitos, de desagravos, de mal-entendidos, de pequenos casos...

O Fogareiro bate agora em retirada e indaga qual seria a atitude do velho Cordeiro com relação ao major.

— Ah, não tenha dúvida: fica com o major. Entre brasileiro e alemão, ele não vacila. Pode ser inimigo, não esquece as ursadas do major, mas fica com ele.

— Eu gosto do Cordeiro... sempre me tratou muito bem — assegura o Fogareiro... — Mas é muito chato no pôquer. Aquela mania de bater o lápis na mesa quando está perdendo, de perguntar quem deu carta, quando se puxa uma mesa...

— Que sujeito viciado! — interrompe Armando. — Até aos homens você quer julgar em função do pôquer? Que mania! Nem bem chegou pergunta pelo pôquer. Vive sonhando com as cartas.

Fez-se um longo silêncio. A vitrola do quiosque executa o *Danúbio Azul*. Passa uma longa caravana de carretas com carregamentos de fumo em folha. Para além do rio estende-se o panorama geométrico das colônias, entrecortadas de estradas vermelhas. Ouve-se a batida de um malho sobre a bigorna. Na modesta alfaiataria pegada ao hotel o alfaiate de cabelos grisalhos passa a ferro um terno de casimira; ao lado o marceneiro aplaina uma tábua; o sapateiro bate uma sola.

Armando considera o cadastro que teria de iniciar em abril. E mal aprontara a estatística das fábricas. Só depois é que poderia tirar suas férias. Então teria a sua folga, os seus quinze ou vinte dias de boa pândega na capital. Mas, antes, cinco distritos ainda a percorrer de automóvel. Sempre a mesma coisa. Chegar, pedir os livros e a patente de registro, corrigir, dar instruções. Vinha o homem assustado, meio trêmulo. Os livros quase sempre estavam certos. Depois era a vez do serviço mais incômodo: ir para dentro do balcão... homens tomando cachaça... um cheiro de banha, de toucinho... de querosene, de conservas azedas... salames pendurados, livros cobertos de pó. O pior era ter que lavrar autos de infração. De entrada sabia quando isso tinha de acontecer. O vendeiro, logo que ele anunciava sua qualidade de fiscal, olhava para o lugar onde havia alguma irregularidade oculta. Como o criminoso, que volta quase sempre ao lugar do crime. E não falhava: ora eram selos servidos escondidos dentro de caixas ou pacotes, ora recibos não selados, ora uma porta que ligava com algum quarto escuso, com mercadorias em contravenção. Não gostava de multar. Mas não multar por princípio era o mesmo que estimular a negligência dos maus, dar parte de fraco e tentar a perseverança dos bons. Depois, uma multa abria as ideias de todos. Representava muitas vezes mais do que uma fiscalização benfeita, com paciência e conselhos. Nas fábricas o serviço ao menos era mais limpo. Mas, na primeira vez, irritante. Os empregados anunciavam de má vontade, absolutamente indiferentes à sorte dos patrões. Estes é que depois se desfaziam em cortesias. Vida difícil!

Geraldo pensa na tarde de sábado perdida. E ele que não tinha um dia a perder! A ligação dos dois canos laterais do primeiro tanque já podia estar pronta. Agora, tinha de esperar a segunda-feira. Nunca trabalhara com tanta febre para concluir um serviço. Na construção de um aranha-céu, de uma estrada de cimento, de uma ponte, de um edifício público, um dia perdido não significava nada. Ali porém eram vidas humanas que estavam em jogo. Cada enterro que passava mais lhe aguçava a consciência da responsabilidade. Aquele descanso constituía um crime. Ah! aqueles sinos... Aquilo o afligia, sentia-se culpado cada vez que eles repicavam. Por que não se fizera aquele serviço antes? Vira as estatísticas: no verão eram sempre os mesmos gráficos, terríveis, aterradores... Falta de dinheiro... Impropriedade das águas do rio... Mas nunca faltava verba para os capangas, para os bombachudos... para o jornaleco mal-escrito do promotor, cuja função era elogiar, elogiar sempre... Havia capítulos interessantes na engenharia, mas nenhum que apaixonasse tanto Geraldo como a engenharia sanitária. Participava da medicina. Era mais do que a medicina, porque era medicina em grande.

Mas por que não aproveitava a tarde, como o alfaiate, o marceneiro, o sapateiro, aquele ambiente calmo e medieval, em que as indústrias paravam, e só os velhos artesãos davam sinal de vida? Por que não passava aquelas horas lendo e anotando Nietzsche ou Spengler? Aquele é que era o ambiente específico para bem compreendê-los e interrogá-los. Que tarde melhor do que aquela para concluir a leitura dos Muckers, de Ambrósio Shupp? Sempre o desejo de ver Lore, de cruzar o seu olhar com o dela, a arrastá-lo para a rua, na vaga e incerta esperança de encontrá-la. Decididamente, precisava reagir contra esse sentimento que começava a aninhar-se-lhe no coração.

— Olha o Ben Turpin! — exclama o Fogareiro, apontando para um homem que saía correndo da porta do Centro Cívico 15 de Novembro na direção da bomba de gasolina. — Como vai ele com o negócio?

— Vai se defendendo.

Armando pede a Geraldo que preste atenção ao homem. É um tipo bronzeado, de sapatos cambaios, cabelos duros e prateados nas têmporas, caindo em desordem sobre a testa, mangas arregaçadas pondo à mostra os braços cabeludos, a camisa amarelecida sob as axilas em largas manchas de suor.

— Tipo curioso esse Ben Turpin. Melhor do que o Kreutzinho. O maior andador de mundos que já vi. Diz que é grego de nascença. Mas todos o tomam por italiano. Analfabeto como é, foi tudo na vida. Lavador de pratos em Monte Carlo, moço de bordo em navios do Oriente, *cabaretier*, tenor, vendedor de loteria, garçom em Paris, *clown* de circo, agora aí está, encarregado da bomba de gasolina, dono da engraxataria e ecônomo do Centro, à noite.

O Fogareiro também entra a colaborar na biografia de Ben Turpin. Refere a sua chegada a Blumental, com uma grande sucuri empalhada, depois de uma vigarice que fez na colônia italiana, de onde teve de sair fugido, porque vendera aos homens da banda de música um preparado que deixava o metal dos instrumentos rebrilhantes por algumas horas, tornando-os em pouco tempo irremediavelmente pretos.

Armando quer agora que o próprio Ben Turpin venha contar sua história. Faz um aceno na direção da porta da engraxataria. Ben Turpin açode correndo. Armando oferece-lhe um chope. Ele não aceita. Mas, como o fiscal insiste, acaba aceitando o chope e a cadeira que o outro lhe indica. Repete a história, refere novos casos, exclamando a cada passo *alambrina*. Todos riem, ele mais do que os outros, tudo com um absoluto desplante, o mais comovente cinismo. Tinha também um grande fraco por Mussolini. Armando atanazava-o. Não compreendia como ele, que sempre vivera uma vida livre, sem preocupações, sem rumo e sem destino, pudesse admirar um ditador. Ben Turpin defendia-se.

— Mussolino, grando uomo; maiore uomo de Itália, maiore uomo de Europa; maiore uomo del mundo. Puó governare il popolo italiano meglio qualunque otro cafajesto — assegurou Ben Turpin, despedindo-se com muitas desculpas e agradecimentos.

— Vá amanhã ao hotel. Tenho umas roupas para você, Ben Turpin — disse Armando antes que ele desaparecesse.

— Obrigatto, dottore, obrigatto. *Alambrina!* — gritou o aventureiro cheio de alegria.

— Que história é essa de *alambrina*? — o interesse de Geraldo por Ben Turpin tomava alento.

— É o vale-tudo da língua dele — informa Armando. — Quer dizer *sim*, *não*, *talvez*, *pode ser*, *viva*, *vá pro raio que o parta*, tudo...

— É o curinga do Ben Turpin — acrescenta Ruben Tauben, provocando o fiscal.

As árvores se agitam. Ouvem-se estalos de taquara, ruídos de insetos. O cata-vento do hotel corre mais depressa. Um menino passa tangendo dois burros. O Fogareiro pede o terceiro chope. A praça entra a povoar-se. Os homens trazem um ar animado, de sábado inglês.

Vem uma onda de pó da rua principal. Quase ao mesmo tempo aparecem uns trinta cavalarianos, sofrivelmente montados, em trajes característicos: uniformes em azul da prússia, cobertos de botões dourados de latão, o peito branco, as botas pretas, as lanças apoiadas no estribo e as bandeirinhas encarnadas flutuando na ponta.

— Os *Ulanos*! — exclama Armando. — Gozado, não?

— ?!

Para Geraldo era um espetáculo inédito. Os três se levantam para ver. Ruben Tauben explica:

— Ah! Hoje começa a quermesse em benefício do Hospital Alemão. Decerto vai haver provas de tiro... combates simulados.

— Qualquer coisa parecida com as nossas antigas cavalhadas? — pergunta Armando. — Ainda não assisti às festas dessa espécie...

— Mais ou menos — responde o Fogareiro, retomando o lugar. Os ulanos tinham desaparecido.

— Podíamos ir até lá, que dizem? — convida o Fogareiro.

Geraldo fez que não com a cara, com a testa, com a boca, com os olhos. Sentia-se tão bem ali... Estava justamente remontando aos seus tempos de menino, sentado na soleira da porta, a olhar as águas barrentas do rio que lhe corria diante dos olhos. Era a grande rua de sua terra. E não pôde evitar uma comparação. A rua por onde tinham passado os ulanos, o enterro, as carretas de fumo, os bombachudos, era o rio. A praça da República, o barranco em frente de sua casa. Não precisava sair dali para ver tudo: as procissões de canoas, os gaiolas e vaticanos que passavam apitando, as gasolinas deitando fumaça pela proa; as balsas de madeira, os regatões. Gostava dos regatões. Atracavam sempre. Descia o sírio. Agora Geraldo imaginava um sírio com a cara de Ben Turpin. O sírio também contava histórias de longes terras, do Oriente, de Belém, de Manaus. Histórias da cobra-grande, do jacaré e da onça, do boto, do batedor. Na casinhola da popa trazia toda sorte de mercadorias, para os seus deslumbramentos de menino. Fazendas, miudezas e miçangas de espavento. Mas não tinha itinerário definido. Andava ao léu, através dos lagos, rios e igarapés. Como o Ben Turpin, burlava os compradores: embriagava os caboclos e vendia-lhes anéis de metal por anéis de ouro; miçangas por pedras preciosas. Como lhe fora fácil a ele, Geraldo, no Pedro II, estudar o capítulo relativo aos fenícios, na História Universal, e tirar o primeiro lugar na classe! No entanto, nunca encontrara nada mais fácil. O fenício da Antiguidade fora como o fenício moderno da Amazônia. Então como agora os mesmos processos comerciais, o mesmo metabolismo econômico. Com os cedros-do-líbano fabricavam eles outrora os seus barcos de navegação, com os quais dominavam comercialmente a bacia do Mediterrâneo, as costas da Grã-Bretanha e quase todo o Báltico. Carregados de vasos e estatuetas, de vidros coloridos, ao jeito de pedras raras, de tecidos de lã, linho, algodão e seda, tingidos de púrpura, o seu comércio também tinha por base a permuta. Em troca a Arábia fornecia-lhes o ouro; na Índia adquiriam as pedras preciosas; o cobre vinha-lhes de Chipre; a prata das minas da Espanha e da Sardenha; o estanho das ilhas britânicas. Pois era esse mesmo tipo de atividade que ainda hoje exercia o sírio do regatão, espécie comemorativa da antiga galera fenícia. Em vez da prata, do ouro — a borracha, a castanha, as peles.

Agora uma imagem mais recente, reminiscência de leituras, procurava expulsar a do rio e dos fenícios da imaginação de Geraldo.

Aquela rua era como a grande estrada da Índia dos romances de Kipling, por onde desfilavam caravanas, mágicos, soldados, salteadores, marajás, elefantes, grandes rebanhos de cabras. No seu canto da praça ele não vira nada disso. Mas conhecera o Ben Turpin, Ruben Tauben, os bombachudos do major, o Kreutzinho, o velho Cordeiro, os ulanos. Novamente pensava no rio, no barranco...

— Acho que devemos ir — diz Armando, ao ver que o Fogareiro se afastava na direção dos fundos do quiosque, depois de esvaziar o terceiro chope.

— Que é que vamos fazer lá? Um meio inteiramente estranho para nós...

— Lá encontrarás a alemãzinha... A não ser lá, só no tênis! Quase tinha me esquecido... Segunda-feira passo pela fábrica e falo com o irmão dela, o Karl, que é o presidente...

— Não há nada entre mim e ela, Armando... Depois, ainda faz muito calor para o tênis...

— Mas o outro dia no cinema não tiravas os olhos dela, caboclo.

— Observando apenas. Um tipo interessante... Acho que ela não notou.

— Não é a minha impressão. Eu presumo ter olho clínico. E, tanto quanto entendo dessas coisas, ela estava gostando de se sentir olhada...

— Já trataste com ela? — pergunta Geraldo simulando displicência.

— Até dei em cima. Dançamos no baile do Ano-novo. Muito amável, muito correta, gentilíssima, mas, fora disso, distância. Desisti. Aliás, não é o meu gênero. O que não tem futuro não me tenta.

— É porque ela não sabe quanto ganhas no mês de março — disse Geraldo em tom de gracejo. Mas ficou irritado consigo mesmo. No ponto a que as coisas tinham chegado, só lhes restava uma coisa: reagir. Aquele namoro vinha tirar-lhe a paz de espírito de que precisava. E um vago pressentimento lhe dizia que aquilo não ia terminar bem. Por que havia de ser diferente de Armando? Por que haveria de deixar-se sempre tentar pelo inacessível? Por causa de Lore já fora ao cinema mais vezes do que desejava. Com o coração cheio embora das melodias do piano, sentia que não vivia sereno. E para o estudo, para o trabalho, carecia de paz. Não, em definitivo, não iria à quermesse. Devia começar a reagir enquanto fosse tempo.

O Fogareiro vinha chegando, a abotoar o último botão das calças.

— Como é? Vamos ou não vamos? — indaga ele, conservando-se de pé.

Geraldo hesita um momento e concorda:

— Pois vamos!

Levantaram-se. Chamaram o *barman*. Geraldo e Armando precipitam-se para pagar a despesa. Ruben Tauben recolhe a carteira. Armando faz sinal ao homem para que não receba de ninguém. Paga a despesa, dá uma gorjeta, que o outro agradece com fundas curvaturas, e lá se vão os três muito cordiais, para a quermesse.

4

O violinista, pondo-se de pé, faz sinal à mulher e a Geraldo, dando-lhes a entender que era tempo de partir, pois que a entrevista tinha terminado. Geraldo levanta-se. A mulher do violinista continua sentada no sofá, distraída, a observar dois grandes retratos a óleo, que pendem da parede.

— Já? Tão cedo?! Que pressa é esta? Nem bem chegaram... — exclama Lore, fazendo meia-volta na banqueta do piano. — Um momentinho que vou mandar servir licor...

— Ora não é preciso... não se incomode — volveu Raul Machado.

Geraldo não conseguiu dizer nada. A mulher do violinista está agora examinando um novo ponto no tricô que cobre a estante dos livros de música.

— Quem sabe preferem framboesa? — alvitra Frau Marta, sentada muito tesa, na alta poltrona de braços, a cabeça levantada, emergindo da gargantilha de renda.

Lore fica ligeiramente corada e sai vagarosamente da sala. Geraldo a acompanha com os olhos. Como lhe assentava bem a blusinha húngara, vaporosa e fofa, toda bordada, com mangas curtas de elástico a realçar-lhe a carnação da pele rosada. E o cabelo loiro dividido ao meio por duas bastas tranças enroladas em caracol sobre as orelhas! O mais bonito eram aqueles fios rebeldes a lhe roçarem a nuca harmoniosa, por onde corria uma leve penugem de pêssego imaturo. E a saia de plissê, ajustada numa cinturinha macia, caindo em nítidas pregas verticais sobre os quadris.

— O senhor não senta? — diz Frau Marta ao violinista, que continuou de pé, olhando de um lado para outro, como a querer interpretar as inscrições góticas dos quadros. Sua voz era imperativa. Traduzia menos um convite do que uma ordem.

— Não repare, minha senhora, ele é muito nervoso. Não pode estar muito tempo sentado — desculpou a mulher, sem convicção.

A figura de Raul Machado avulta na sala. Muito alto, muito magro, ligeiramente curvado, os densos cabelos castanhos caindo sobre a gola do casaco e um pouco em desordem sobre a testa ampla, sua fisionomia neste instante exprime satisfação. Chegado na véspera, tudo lhe ia correndo à feição. Sua excursão a Blumental, como tinham previsto, não seria perdida. Não o haviam enganado, ao afirmarem que ali encontraria um povo de invulgar cultura musical. Por sua vez, a carta de recomendação que trouxera para o engenheiro fora providencial. A grande dificuldade com que agora tinha sempre de contar e o trazia nervoso — a falta da irmã que o acompanhava ao piano nos concertos de outros tempos — estava resolvida. Lore Wolff era uma pianista consumada, surpreendente. Faltava apenas ter bem-garantida a venda das entradas. De resto, nas cidades do interior, essa era a parte mais difícil de sua vida. Não se podia deixar nada ao acaso.

— Quem sabe — diz o violinista, no mesmo instante em que a ideia lhe ocorre — se a senhorita Lore não concordaria em lhe ajudar, meu bem, na venda das entradas? — falava para a mulher.

— Impossível — sentencia Frau Marta, com uma voz implacável, cortante, metálica. — Esta semana estará muito ocupada com os preparativos da Páscoa.

Já o violinista se desculpava, contrafeito. Se se lembrara da senhorita Lore era porque nas cidades do Norte as moças sempre o ajudavam bastante na venda das localidades. Iam de casa em casa, forçavam a lotação. Pedia agora a confirmação de Geraldo, que acompanhava, impaciente, as desculpas do outro.

— Cada terra com seus costumes — sibilou Frau Marta, imperturbável.

— Você não deve insistir — intervém Geraldo, cobrando ânimo. — Isso é assunto resolvido. O fiscal já se comprometeu em passar a casa. Não se preocupe.

— Desculpem se demorei — diz Lore, entrando com a bandeja de licor, enfeitada com um guardanapo de renda. — Nossa copeira anda às voltas com os doces secos e não pode se descuidar do Paulinho... o meu sobrinho, que é louco por doces.

Foi servindo o licor. Quando chegou a vez de Geraldo os seus olhos castanhos se demoraram com ternura nos dele. Geraldo sentiu-se perturbado, correu-lhe um frio pela espinha. Era a primeira vez que Lore o fixava assim. Os outros sinais podiam ser discutidos, aquele, não. Nesta mesma tarde, ela havia sido cortês com ele como com o violinista e a mulher; sobressaltara-o porém a falta de um agrado particular, um sinal que traduzisse simpatia, afeição. Estava feliz. Era a primeira prova de afeto, clara, evidente que ela lhe dera.

Ouvem-se gritos de criança nos fundos da casa. E logo uma voz que ralha:

— Paulchen! Paulchen!

— É o Paulinho que está fazendo das suas — informa Lore. — Na Páscoa e no Natal esse menino fica impossível.

Frau Marta, visivelmente irritada, pede licença e se retira. O seu andar parece o de um bispo sob o pálio.

O violinista se levanta, procura um objeto e vai depor o cálice em cima do piano.

— Pelo que vejo, a senhorita está bem-acompanhada — diz ele, examinando alguns livros que se achavam ali, junto a uma estatueta de porcelana. — Excelente companhia: Goethe e Napoleão. — Referia-se a dois volumes ricamente encadernados em preto, com incrustações douradas, que tomara entre as mãos.

— Ah!, nem sei como esses livros foram parar aí. Já são um pouco antigos. Mamãe queria queimá-los, depois que descobriu que o autor é judeu — explica Lore, sorrindo. — Eu é que não deixei. Gosto muito dessas biografias.

— E qual das duas prefere?

— É tão difícil de escolher. Foram ambos tão extraordinários... — respondeu Lore com timidez.

— Acho que não se pode hesitar — afirma o violinista, tomando atitude. E entrevendo no assunto a possibilidade de fazer uma demonstração de espírito, prossegue: — Napoleão foi o maior homem de todos os tempos. Um gênio. Dominou toda a Europa... Depois, o seu gosto pelo teatro, a sua estima pelos artistas. Mandou representar muitas tragédias só para ele.

— Sim, mas custou muito caro à humanidade. Milhares de vidas foram sacrificadas à sua glória.

— Não diga isso, senhorita.

— De fato, é difícil uma escolha — intervém Geraldo. — Mas até certo ponto prefiro Goethe.

— Que heresia! Não há termo de comparação... — replica Raul Machado, com ar de mofa. — Por que prefere Goethe, pode-se saber?

— Os dois foram igualmente grandes. Ambos ainda enchem o nosso tempo com o ruído dos seus nomes. Napoleão, é certo, mais do que Goethe. Faltam denominadores comuns para compará-los...

— Então, está vendo? — reage o violinista triunfante.

— De uma maneira absoluta é assim. Mas acho Goethe mais consistente, o gênio autóctone. Foi ele mesmo quem criou a expressão. O outro foi filho dos acontecimentos.

— Mas, como?

— Goethe madrugou na vida, com a consciência de sua predestinação. Tinha a intuição profética do seu futuro. O mesmo não se deu com Napoleão. Aliás, o próprio Napoleão reconhecia isso mesmo. Dizia que, se não fosse a Revolução Francesa, nunca teria passado de um cabo de guerra de segunda ordem, talvez um Condé, talvez um Turenne. Que milhares de anos teriam de correr antes que as circunstâncias acumuladas sobre ele pudessem arrancar um outro da turba para reproduzir o mesmo espetáculo e os acontecimentos excepcionais que possibilitaram a sua glória.

— E Goethe?

— Goethe podia ter prescindido das circunstâncias de tempo. Sempre teve a consciência do seu destino.

— Como é que se pode saber isso?

— Não só se pode saber, como se pode provar — afirma Geraldo, que não conseguia mais conservar-se sentado.

— ?!

— Atente para dois momentos na vida de Goethe e Napoleão. Napoleão, saído da Escola de Brienne, é um homem destroçado. Mora junto a um café, em Paris, lê o *Emílio* de Rousseau, considera no malogro de todos os seus sonhos de moço, que eram libertar a Córsega, e pensa no suicídio. Considera-se um homem liquidado.

— E Goethe?

— Com Goethe é diferente. Tem dezoito ou dezenove anos. Onde quer que esteja, em Leipzig ou Francfort, é disputado pelos amigos, o ídolo da universidade. Passa as noites sob as tílias discorrendo para os ouvintes deslumbrados. Todos lhe disputam a amizade. Há rivalidade, há ciúme entre eles por causa de Goethe. Quando vai patinar, dá a impressão de um Apoio deslizando sobre os gelos.

— Mas isso não prova nada.

— Nesta idade Goethe tem uma namorada, o seu primeiro amor, a filha de um taverneiro de Leipzig. No epílogo Goethe lhe diz: *Keatchen*, precisamos terminar o nosso namoro. Os nossos caminhos aqui se separam. Tu vais casar, constituir família, ter muitos filhos, construir a felicidade doméstica. O teu marido te fará feliz. E, como se lesse uma pergunta no olhar assustado da moça, continuou: Eu? Eu sou Goethe. Tu já sabes o que isso significa. Dizendo o meu nome tenho dito tudo.

Havia na sala um silêncio de emoção.

— Positivamente, era um monstro — concluiu Geraldo.

Lore olhava para ele, com o olhar maravilhado de quem vê uma estrela cadente dentro da noite. Pela primeira vez Geraldo sentiu que ela tinha orgulho dele. Os seus olhos não mentiam. Ela sentia ímpetos de abraçá-lo e de beijá-lo ali, à vista de todos.

— Bem — disse o violinista. — Vamos, que está ficando tarde.

Começaram as despedidas entre Lore e a senhora Raul Machado, enquanto se encaminhavam para o corredor. Frau Marta se aproxima. Passa a manga do vestido no móvel, onde ficara o chapéu do violinista e a marca dos seus dedos. O espelho do guarda-chapéu resplandecia. Tudo limpo, escariolado. Não se notava ali o mais longínquo sinal de poeira. Um cheiro característico de sândalo, que muitas vezes Geraldo sentira nas casas alemãs, impregna o ambiente.

— Passe bem — disse a mulher do violinista, ganhando o jardim. Os outros foram saindo.

— Vou acompanhá-los até o portão — diz Lore, voltando-se para Geraldo.

60

No jardim duas negras conversam em alemão. O violinista acha graça. Quer saber o que dizem.

— É a nossa cozinheira — informa Lore, sorridente —, a Flora, que está dizendo à outra não ter gostado da festa de 13 de Maio, porque lá só havia famílias brasileiras e que por isso não teve com quem conversar.

Raul Machado riu às gargalhadas. Lore, Geraldo e a mulher do violinista riram também.

Raul Machado e a mulher saíram na frente, atravessando a rua silenciosa para o lado da sombra. A despedida de Lore e Geraldo foi mais demorada. Apertaram-se as mãos, olhos nos olhos.

— Não deixe de ir ao baile da Páscoa, sim?! — pede Lore.

O violinista e a mulher já vão longe. Geraldo apressa o passo para alcançá-los. Vinham agora da casa dos Wolffs gritos lancinantes de criança, gritos de desespero, de dor, de aflição.

— Deve ser a velha que está espancando o menino — diz Raul Machado, no momento em que Geraldo os alcançava. — Que velha antipática. Jararaca!

Geraldo não ouvia. Não dava atenção nem aos gritos, nem aos comentários do casal. Chutou uma pedra da calçada. Tinha vontade de gritar. Que lhe importavam agora noites de estudo perdidas, a cultura, a serenidade? Ainda que o amor lhe trouxesse atribulações, contrariedades, humilhações, ainda que lhe destruísse toda a serenidade interior, era melhor viver, viver na plenitude do sentimento e do instinto. Iria ao baile da Páscoa, iria aonde Lore quisesse. Sentia a alma inundada da mais pura, da mais selvagem, e, ao mesmo tempo, da mais casta felicidade. Uma felicidade de bugre enamorado de deusa branca.

5

À chegada de Geraldo e Armando, quase à hora do concerto, o salão da Sociedade Ginástica está a bem dizer vazio. Menos de um quarto das cadeiras ocupadas. Lá se vê o major reclinado sobre a janela entre o promotor e o secretário; o velho Cordeiro com a mulher e a filha. O promotor e o secretário bebem as palavras do major. Do lado esquerdo famílias teuto-brasileiras. Uma mulher bem-vestida, de gestos etéreos, entre o marido e o amigo do marido, conversa com este com ar enamorado.

— Que fracasso, seu Geraldo! E eu que passei toda a casa — comenta Armando. — Enfim, podia ser pior.

Geraldo corre os olhos pela sala. No teto uma pintura a óleo, representando ninfas esgarçantes, bailando em volta de Cupido. Em medalhões de gesso, contornando o recinto, as cabeças de Wagner, de Beethoven, de Chopin, de Liszt, de Carlos Gomes, de Verdi e de compositores que Geraldo não consegue identificar.

Armando convida o companheiro a dar uma vista na biblioteca. Fica nos fundos da sala de bilhar, concentrada em três grandes e pesados armários. Coleções de Goethe, de Schiller, de Schlegel, preciosamente encadernadas, enchem o primeiro. Apesar de antigas, parece nunca terem sido manuseadas. Geraldo corre as prateleiras do segundo. Espera encontrar ali a coleção dos livros de Heine, o lírico alemão de sua preferência. Nada. As estantes embutidas estão cheias de publicações recentes da Nova Alemanha: desde o *Mein Kampf*, de Adolf Hitler, ao *Das dritte Reich*, de Moeller van den Bruck; desde o *Staat, Bewegung, Volk*, de Hans F. K. Günther, ao *Praktische Kulturarbeit im dritten Reich*, de Hans S. Ziegler. Já desistiu de encontrar Heine entre eles. Ainda bem — reflete Geraldo — que colocaram Goethe e Schiller num lugar à parte. Corre agora ansiosamente as prateleiras do último armário, em busca de autores portugueses e brasileiros, na vaga esperança de deparar alguma raridade clássica, como as que surgem imprevistamente nas bibliotecas do interior. Anima-se ao ver nas duas últimas fileiras alguns títulos em português entre romances de Marllit e Kurtz Maheler. Decepção: são romances de Perez Escrich, Paulo Koch e George Onhet. Mas lá na última prateleira encontra afinal o que procura: um pequeno volume de capa branca e o título gravado na lombada: *POR QUE ME UFA-NO DO MEU PAÍS*.

Batem duas pancadas atrás dos bastidores. Geraldo e Armando voltam para a sala. Num grupo, moças cochicham, examinam Geraldo e continuam os comentários.

— Quem são? — indaga o engenheiro, descontente da evidência em que se via colocado.

— Sei lá. És a novidade da terra. Agora são capazes de me largar. Já era tempo. Desde que trouxe a francesinha para o hotel que sou o assunto do falatório local. Chegou a tua vez, meu caro. Tens de pagar o teu tributo. Garanto que comentam o teu namoro com Lore. És a grande sensação da cidade.

Três pancadas dão o sinal do início do concerto. Lore aparece. Veste um conjunto lilás, decotado, com uma manta vaporosa a flutuar-lhe sobre os ombros. Em seguida surge a figura esguia do violinista, metida numa impecável casaca. Algumas palmas isoladas perdem-se sem eco pela sala. Raul Machado experimenta as cordas do violino. Lore ensaia baixinho algumas notas. Geraldo medita no destino melancólico dos artistas. Vê-se estudante no Rio, o Municipal à cunha, Raul Machado triunfante, no centro da ribalta, agradecendo. O palco cheio de corbelhas, a plateia coberta de serpentinas. Os estudantes nas torrinhas, fremindo de entusiasmo, a plateia de pé ovacionando. E agora ali estava o grande artista, o mesmo da consagração, a receber aquelas palmas perdidas, tão pouco vibrantes que talvez não atingissem todos os ângulos do salão.

O violinista tira do instrumento os primeiros acordes. Parece excitado, frenético. Na frente de Geraldo uma menina rasga papéis de chocolate, pondo-o nervoso. Raul Machado volta-se para os bastidores, como a reclamar qualquer coisa. Só agora Geraldo atina com um ruído semelhante ao do trovão, que vem de longe, dos confins do edifício. Aquela longa trovoada que rematava por um barulho de paus que tombam e atravessava a noite, periódico, implacável, roubara-lhe o sono na primeira semana de Blumental. Mas depois se acostumara. Também, na sua volta para a pequena cidade natal, estranhara de começo a batida do zabumba indígena das noites de pajelança, com gritos convulsivos, epiléticos, madrugada adentro. Aterrador. Mas tudo habitua.

O violinista continua inquieto. Rumores na plateia.

— Vamos até o bolão — convida Geraldo. — Esse homem é nervoso. É capaz de fazer uma besteira.

Armando e Geraldo saem com cuidado por uma porta lateral. Percorrem uma comprida sala cercada de mesas cobertas de vasos de flores. Na extremidade oposta à biblioteca fica a copa.

Dali o ecônomo, saindo de trás do balcão, dirige-se a Armando.

— Um momentinho, seu fiscal.

Armando detém-se impaciente, para ouvir a consulta.

Na frente o bolão continua. Há uma grande algazarra lá dentro. Geraldo não se contém. Vendo aberta a porta que dá para o espaço de onde vem o ruído, vai entrando. Era uma sala extensa e baixa. Em todo o comprimento, colado à parede lateral, corria um aqueduto inclinado por onde rolava uma pesada bola de madeira. No chão havia uma pista estreita, em relevo sobre o soalho, protegida por uma guarnição de tábuas justapostas. No fundo dois meninos levantavam o jogo de paus, formando com eles um losango. Na outra extremidade, homens de pé, muito vermelhos, batiam brindes com grandes copos. Sentia-se um fartum de cerveja e de suor. Em torno de uma grande mesa os jogadores gritavam, davam urros de satisfação, enquanto um apontador anotava no quadro-negro, sob o título CAMPEÃO, um nome: Oscar Kreutzer, e, sob o título URSO, outro nome: Maurício Vanderley.

Houve um silêncio de surpresa com a entrada de Geraldo.

— Venho pedir aos senhores um obséquio. O barulho do bolão está perturbando o concerto. Podiam interromper o jogo por um instante?

— Era só o que faltava! — responde um jogador corpulento, meio calvo, com uma garrafa de cerveja na mão.

— Logo hoje que é nosso dia — reforça outro no meio de um grupo, com voz estentórica. Agora quase todos falam em alemão. Discutem. Parece que alguns querem satisfazer o pedido de Geraldo.

Este tenta uma conciliação.

— Trata-se do maior violinista brasileiro… — diz com voz quase suplicante.

— Maior? Pois sim… — respondem duas vozes que ele não vê de onde partem.

— A culpa não é nossa — diz outra voz.

Estruge um coro epiléptico de gargalhadas.

— A gente que paga ainda tem de sair — comenta para os seus o homem corpulento, aproximando-se de Geraldo.

— E que direito tem o senhor de reclamar? O senhor nem é sócio! — interpela um rapaz de óculos.

Um terceiro procura acalmar:

— Fica quieto, Kreutzer!

Geraldo tinha chegado ao auge da cólera. Sentia o sangue subir-lhe à cabeça.

— Sócio ou não, os senhores vão parar — diz ele, segurando o rapaz de óculos pela gola do casaco.

Os companheiros de Oscar Kreutzer palmeiam cadeiras e garrafas. Uma garrafa passa rente à cabeça de Geraldo, esborrachando-se contra a parede.

— Olha o fiscal! — gritam várias vozes.

Da porta de entrada Armando se aproxima em grandes passadas, com o revólver apontado para o grupo. Geraldo larga o moço de óculos. Os outros, numa grande confusão, atropelam-se contra a porta que dá para a rua, como uma manada de búfalos assustados. Um homem de pescoço taurino, olhos congestionados, permanece encarando o fiscal, empunhando uma garrafa. Armando engatilha o revólver e ele se retira, rosnando. Na sala baixa tinham ficado mesas derrubadas, garrafas caídas, toalhas, casacos, chapéus, rolando pelo chão. Num canto, meio atirado numa cadeira, um sujeito atarracado, claro, com ar de embriagado, olha calmamente para Armando e Geraldo.

— Que é que está esperando, seu patife? Pise daí pra fora. — Armando, ameaçador, aponta o revólver para ele. O homem não se altera:

— Não seja besta. Não está vendo logo que não sou alemão?

E como os dois amigos se entreolhassem, surpreendidos, o homenzinho acrescenta:

— O que eu sou é cearense. Estou aqui me defendendo.

E leva aos lábios o copázio de cerveja, com uma calma épica.

6

No salão ninguém dera acordo da cena. O violino e o piano atacavam o final do primeiro número. Um velhinho de cabelos grisalhos escuta enlevado, pondo a mão em concha atrás da orelha. A mulher dos gestos etéreos pervaga pelo teto os olhos semicerrados, como se uma revoada de pássaros tivesse invadido o recinto. Impossível para Geraldo prestar atenção. Sente-se demasiado infeliz para isso. Que estupidez o que acontecera! Negros pressentimentos confrangem-lhe o coração. Os homens do bolão iam tornar-se seus inimigos, desafetos irreconciliáveis. E ele que punha tanto empenho em evitar inimizades! Teria agora de encontrar-se com eles, suportar olhadelas desconfiadas, raivas recalcadas, talvez até provocações. Como podia um minuto, um simples minuto de irreflexão, comprometer dessa maneira os propósitos de quem se julgava capaz de subjugar os impulsos desordenados do instinto e já se sentia apto a fazer amigos mesmo entre aqueles com quem não simpatizava! E, agora, aquele desastre… Que começo! Que fonte de atribulações! Geraldo não ouvia, não enxergava. Nem sequer atentara para as palmas que rematavam o primeiro número do programa, e mal atinava que o piano e o violino, num lamento de aflição, eram como que a descrição musical de seu desespero. Não, aquilo não acontecera por mero acaso, advertia ele. Era o resultado da combinação do maldito número 13 com a sexta-feira do dia da chegada. Uma combinação que não falhava nunca. Inexorável: tardava, às vezes, mas não falhava. Soavam-lhe nos ouvidos coros zombeteiros de gargalhadas, vozes que o interpelavam: — "Maior? Pois sim..." — "A culpa não é nossa." — "E que direito tem de reclamar?" — "O senhor nem é sócio!"

Novas palmas reboam na sala. Terminara o segundo número. Raul Machado faz inclinações, agradecendo. Lore também agradece. Volta-se para a plateia e sorri na direção de Geraldo.

— Você fez mal em retardar a minha proposta de sócio — diz ele baixo ao companheiro.

— Ora, não amola! — Armando nem sequer interrompe o flerte escandaloso há pouco iniciado com a mulher dos gestos etéreos, sob as vistas complacentes do marido e do amigo do marido. Mas notando o estado de espírito do outro, acrescenta com bonomia: — Deixa o barco correr...

Geraldo fica ainda mais atribulado. Como se lhe não bastassem as afrontas do bolão, teria também de suportar as descortesias do amigo? Decididamente, era demais. Esse procedimento não tinha explicação. Nada o justificava. Armando, entretanto, respirava tranquilidade. Nenhuma ruga, nenhuma contração que traísse tumulto interior. Dir-se-ia que a vida para ele começara naquele instante.

— Nem que eu me arrebente, mas essa mulher há de ser minha, seu Geraldo! — diz ele, abraçando cordialmente o companheiro.

Geraldo não responde. Já não sabe o que pensar. Mas agora está menos intransigente, com relação a Armando. Limita-se a considerá-lo um camarada desigual, ora afetivo, ora brusco, com quem talvez conviesse tomar mais cuidado. Armando continua a envolvê-lo com

68

o braço. Não, talvez não fosse nada disso, reflete Geraldo. Talvez e simplesmente um amigo natural, desafrontado de suas estúpidas e doentias suscetibilidades. Esta reflexão teve o condão de aliviá-lo.

Aos últimos acordes do violino e do piano, Geraldo sente-se menos oprimido. O seu espírito começava a repousar nas harmonias da música cheia de magia e de mistério. Quando a partitura terminou, bateu palmas incitando os demais. A sala toda o acompanha. Já está inteiramente conquistada.

Intervalo. Os homens se dirigem à sala de bilhar, acendendo cigarros. Formam-se automaticamente dois grupos. Um, cujo centro é o major. O outro, em torno do velhote que escutava com a mão em concha. Geraldo e Armando hesitam um momento e aderem ao grupo do major.

— Que tal, hein? — pergunta o promotor ao engenheiro. E sem esperar resposta: — Formidável! Que destreza, que execução!

O major estava ansioso por ver a segunda parte, só de violino. Não podia compreender que se pudesse fazer música com um só instrumento. Até o piano, onde havia mais recurso, tocado isoladamente não lhe agradava. De resto, tinha a coragem de confessar: em matéria de música era pela música italiana.

O violinista parecia ter pressa em terminar o concerto. A segunda parte acaba de ser anunciada. Uma menina traz uma corbelha. Um homem deposita dois ramalhetes em cima do piano.

A *Sonata n° 3* de Bach, em dó maior, só para violino, entra no adágio. Já de começo Raul Machado revela o seu desconcertante virtuosismo. Geraldo tem a impressão de que não é apenas um violino que toca: são dois, são três que procuram a alma religiosa da partitura. Como se Bach houvesse esquecido de escrever para três instrumentos, fundindo a música num só, na febre da criação. Agora não era mais o violino que Geraldo ouvia: era o órgão. Só o individualismo genial de Bach seria capaz de atingir esses efeitos místicos e insondáveis. Vencido o alegro, começa a fuga. Aquela arremetida sem-fim para o infinito, aquele anseio místico de absoluto, de Deus, com retornos ao ponto de partida, frases repetidas, avanços e recuos, novos retornos e novas investidas, traduzia bem as inquietações de um espírito atribulado com os problemas metafísicos do eterno. Que quantidade de alma, de pensamento abstrato, de coragem, avaliava Geraldo, não teriam sido necessários ao gênio para remontar a tais alturas. Quando tinha a ilusão de que a música ia atingir o ponto culminante, eis que retomava o tema, para visualizá-lo por novas faces. A música francesa, pensava, era menos inquietante e pertur-badora. No seu aprumo clássico, os franceses não seriam assim ca-pazes de perder de vista o público, a ponto de esquecerem por completo que estavam fazendo música para os outros. Eles sempre se lembram dos outros. Talvez venha daí a sua universalidade. Na música, como na literatura, amam demasiadamente a clareza, o aces-sível, o positivo, para se adentrarem nos nevoeiros do espírito em busca de uma nova luz. Só os alemães ainda não desistiram de ouvir um dia a música das esferas. Sim, Renan tinha razão: o francês não queria exprimir senão coisas claras, esquecido de que as mais impor-tantes leis, as que concernem às transformações da vida, só podem ser percebidas a uma espécie de meia-luz.

Geraldo falava com seus pensamentos. Seria um mal essa excessi-va preocupação de clareza? Para a França e para a cultura latina era antes um bem. Por isso mesmo que os artistas franceses nunca perdiam de vista o público, podiam universalizar-se e conquistar mais depres-sa, em proveito da latinidade e detrimento do espírito germânico, brumal, impenetrável e misterioso para o homem de outras raças.

O violino inicia agora um movimento largo. Geraldo não pode fugir à sensação de que acabava de construir-se uma catedral gótica. Por que isso sempre acontecia, ao ouvir Bach? Estava persuadido por uma íntima certeza, desacompanhada de razões lógicas, de que não havia várias artes, mas uma arte apenas, uma, inconsútil, indivisível. Os sistemáticos é que inventavam as divisas arbitrárias, como se a escultura, a pintura e a música não fossem formas exteriores de um mesmo núcleo fundamental. Do contrário, como se explicaria que a *Sonata em dó maior* se assemelhasse mais a uma catedral gótica, apesar de uma ser música e a outra, arquitetura, do que uma catedral gótica a uma pirâmide do Egito, apesar de ambas serem arquitetura? Por que haveria cores musicais, notas verdes, negras, azuis, brancas? Absurdo? Não, a arte é que era indivisível e o gênio, autóctone, como o queria Goethe. Miguel Ângelo e Leonardo da Vinci sabiam disso.

Como tudo isso era fácil de sentir e difícil de ser reduzido a termos de literatura! — considerava Geraldo. Outro pensamento lhe trabalhava agora o espírito. De onde vinha a fascinação que a filosofia alemã exercia sobre ele; a exaltação, a febre que lhe provocavam os seus livros? Não sabia por que, mas acreditava que a corrente oculta de sua alma que o atraía naquele sentido era a mesma que, nas regiões do sentimento, o arrastava para Lore. — Estarei pensando tolices? — Mas, de outra forma, como compreender essa obsessão entranhada agora em todas as fibras do seu ser?! Uma força a incitá-lo a prosseguir, outra a adverti-lo que parasse, sem que pudesse penetrar o sentido de uma e de outra.

A catedral gótica desfez-se no ar, derrubada pelas palmas. O velho Cordeiro despertou. O violinista enxugava o suor que lhe escorria das faces. Os homens voltaram a reunir-se na sala de bilhar. Geraldo preferiu ficar isolado, fumando.

Ao iniciar-se a terceira parte o velho Cordeiro tinha desaparecido. Achou melhor dormir em casa. Chegara a vez da *Sonata em lá maior*, de César Frank, dedicada a Lore, em que o piano não é simples acompanhante do violino, um segundo decorativo. Após uma rápida e tranquila saudação do piano, açode o violino com a proposição do primeiro tema, uma melodia mística e contemplativa, mas já o piano propõe nova frase, retomando em novos termos a do violino: não se dá encontro entre ambos. Os dois fazem variações alternadas em redor das mesmas frases. Seriam essas as variações de que falava Spengler, para lavrar o atestado de óbito da arte ocidental? — Geraldo mergulhara novamente em plena divagação. Mas aquilo era novo, excitante. A investida de Spengler insinuava-se-lhe na memória com extrema nitidez. No que se fez depois de Wagner não haveria senão impotência e mentira? Estaria esgotada a música do ocidente? Seriam todos artífices industriosos, charlatães e cabotinos? O esforço de César Frank em criar o novo participaria dessa corrida desenfreada atrás da miragem de uma evolução artística impossível, de uma personalidade, de um novo estilo, de insuspeitadas energias, seria simples música mendaz, de efeitismos exóticos, saqueada ao tesouro das formas pretéritas? Geraldo se recusava admiti-lo. As possibilidades não se esgotavam nunca. Spengler que deblaterasse quanto quisesse, mas aquilo era arte. Mais do que nas teorias apocalípticas do profeta era preciso acreditar no *frisson*, o sagrado *frisson* como pedra de toque da verdadeira arte. E esse sinal quando lhe percorria a espinha jamais o traía.

O diálogo entre o violino e o piano continua. Não entram em acordo. O piano foge sempre. São dois destinos que não se cruzam. Não, agora se entenderam: estão de acordo. Geraldo sente um alívio. Lore se espiritualiza. O seu corpo todo, as suas mãos, os seus braços se agitam numa atitude delirante de oferecimento e de amor.

A PLATEIA SE levanta, aclama de pé. Quer mais. Ouvem-se brados de entusiasmo: — *Wunderchon. Wunderchon*. Pela primeira vez a sala se funde numa só vibração, na comunicação das almas. Pela música todos se compreendiam.

Mas, já agora, o piano e o violino executam a *Lenda da Iara*, introduzida no final do programa em homenagem ao major, ao fiscal e ao engenheiro. A plangência das notas volta a sugerir a Geraldo pensamentos dolorosos. Como o índio que se deixa magnetizar pelos encantos da Iara dos lagos e dos igarapés para enfrentar a morte lá onde supunha encontrar palácios de coral, recamados de ouro e leitos de algas, também ele fora arrastado ao abismo pelas seduções de Lore. O desejo de aproximar-se dela, a obsessão de falar-lhe é que o tinham levado a acompanhar o violinista ao palácio dos gnomos e dos ciprestes. O piano ao cair das tardes fora apenas o canto da sereia. Os incidentes da noite, o começo da perdição. Estava perdido, irremediavelmente perdido, depois que seus olhos de tapuio se encontraram com os da feiticeira branca.

De novo a plateia aclama de pé. Raul Machado agradece, fazendo sinal na direção de Lore. Ouve-se um rumor de cadeiras. Os espectadores se retiram devagar. Os comentários e as despedidas se cruzam: *Gute Nacht... Sehr schoen gewesen.*

— No mínimo vais acompanhar a pequena, não? — pergunta Armando, com a mão pousada no ombro do amigo. Nos seus olhos havia uma estranha luz feita a um tempo de ironia e de ternura. Entre alegre e triste, Geraldo sacudiu a cabeça, confirmando.

Agora Geraldo e Lore caminham lado a lado em silêncio. Ainda não acharam o que dizer um ao outro. Na frente deles, a poucos passos, agarrado ao braço do violinista, Armando derrama sobre ele, numa torrente confusa, a sua quente cordialidade. De quando em quando uma palavra mais nítida e forte se destaca das outras e chega aos ouvidos de Geraldo: "Formidável." "Um colosso."

— Como é difícil a gente dar forma verbal ao entusiasmo que sente — disse Geraldo, fazendo um movimento na direção do grupo da frente. — Eu só queria saber se Armando gostou compreensivamente do concerto ou se tudo isso não passa de uma barulhenta necessidade de ser cordial, de dar expansão à sua permanente embriaguez de entusiasmo. — Lore sorria, com o rosto voltado para o engenheiro. — Às vezes me parece que a atitude mental do Armando podia ser simbolicamente representada por um homem montado num belo cavalo a todo o galope com uma bandeira colorida na mão, desfraldada ao vento.

— Seja como for — replicou Lore —, é bonito. E faz bem...

Disse isso com um ar sonhador que Geraldo não lhe conhecia. Na vaga claridade da rua o rosto dela tinha agora uma beleza mais repousadamente grave. Ele sentiu vontade de tomá-la nos braços, apertá-la contra o peito. Mas sem fúria, sem fome carnal, numa doce sensualidade, misto de ternura e duma inexplicável nostalgia.

O silêncio de novo caiu entre eles. Armando continuava a falar alto, segurando no braço de Raul Machado, ao passo que a mulher deste, caminhando isolada de ambos à beira da calçada, dava uma curiosa impressão de alheamento, abandono e solidão.

O ar da noite era morno. Geraldo sentiu-o no rosto como uma carícia. Ele pensou na solidão do quarto e na solidão infinitamente maior de sua vida. Era inexplicável como as criaturas se deixavam emparedar pelas chamadas conveniências sociais, como se isolavam no egoísmo, no orgulho ou na simples timidez. Por que não dizer tudo, sem o medo do ridículo, corajosa e simplesmente? Ou então, já que existia o supersticioso temor das palavras, por que não resolver o problema com puros gestos? Tomar a mão de Lore num sinal de amizade e de confiança, de desejo e de compreensão, não seria uma solução? Sim, ia tomar-lhe a mão... Ela havia de compreender. Mas antes de tentar alguma coisa o coibiu e ele chegou a corar, como se o tivesse realizado. Coisa de colegial, pensou. — No fim de contas sou um homem de quase trinta anos. Havia de ter graça nós dois de mãos dadas pela rua...

Avistou a fachada do cinema, cujas lâmpadas abriam um lago luminoso na meia-sombra da rua.

Cantou um galo longe.

— Quando eu era menina — falou Lore — eu pensava que sempre que um galo cantava Cristo nascia. — Entortou a cabeça num gesto quase infantil e nesse momento Geraldo sentiu que a adorava. — Tolice, não é mesmo? Imagine que seria do mundo com milhares de Cristos, se a cada cantiga do galo nascesse um Redentor...

— Redentores não nos faltam — observou Geraldo. — Talvez o que falta é gente que queira ser redimida.

Puseram-se ambos a rir. Ótima oportunidade para tomar-lhe a mão — resolveu ele. Mas era tola aquela ideia. Não. Era humana.

Naquele momento Lore ergueu para ele o rosto tranquilo. E, num impulso que Geraldo não procurou controlar, tomou-lhe a mão quase com brutalidade. Sentiu-a morna, enxuta, lisa, num abandono que o comoveu. Os olhos de ambos se encontraram e por instantes caminharam assim de mãos dadas, olhos nos olhos, esquecidos de tudo.

A voz de Armando entrou como um intruso naquele paraíso a dois.

O fiscal do consumo bradava:

— Olhe lá, seu Geraldo, veja que coisa bárbara! — Caminhando no meio da calçada, mordendo um grande charuto, com o ar insolente, apontava para o cinema de cujas portas saía uma grande multidão. Pares muito agarrados, meninos com cartuchos de pipocas, velhas embrulhadas em compridos xales, homens que acendiam o cigarro, enchiam a rua em todos os sentidos. — O cinema cheio. O concerto às moscas — continuava Armando. E olhando para o cartaz da UFA: — *Sinfonia Inacabada,* por Maria Egerth. Aquela vaquinha melada mugindo cançõezinhas bestas, toda Blumental corre para ver essa droga.

Geraldo recuou, constrangido. Era preciso fazer que o amigo se calasse antes da aproximação das primeiras pessoas.

— Fala baixo, Armando — pediu.

— Falar baixo? Mas onde é que estamos? Na Alemanha? Somos estrangeiros aqui? Isto é Brasil e muito bom Brasil.

Raul Machado, enorme, contrafeito, o rosto muito pálido, em contraste com a casaca preta, olhava para Armando com um ar desamparado. Seus lábios carnudos e descorados tinham um leve tremor.

— Senhor Armando... — balbuciou Lore.

Armando calou-se. Retomaram todos a marcha. Passavam agora por eles homens e mulheres, tranquilos casais, senhoras gordas, loiras e domésticas, homens vermelhos, de óculos, asseados e de ar neutro. Mocinhos e mocinhas espigados e loiros. Quase todos falavam alemão, tagarelando com entusiasmo.

Mais adiante Geraldo tornou a segurar a mão de Lore que correspondeu à pressão da sua, morna, confiante, amiga.

Com o charuto enristado, preso fortemente aos dentes, Armando abria caminho quase com brutalidade. Colidia aqui e ali e não pedia desculpas. Estava indignado. De algum modo precisava desagravar a honra nacional, ofendida na pessoa e na arte de Raul Machado. De repente chocou-se com um vulto compacto. Ergueu os olhos agressivos para perguntar: — Não enxerga, cavalo? — Mas deu com uma senhora de ar ao mesmo tempo respeitável e espantado. A sua raiva se fundiu ao calor de seus ímpetos cavalheirescos. Adoçou-se-lhe a expressão do rosto. Ele tirou o chapéu num gesto rasgado e quixotesco e exclamou: — Perdão, minha senhora!

Geraldo e Lore continuavam a andar, alheios ao mundo exterior. Tinham reencontrado o paraíso. Atrás o violinista e a mulher caminhavam em silêncio.

7

Um vulto sai do saguão do Hotel Centenário, atravessa a praça e se encaminha na direção do prédio baixo e atarracado do Centro Cívico 15 de Novembro. Àquela hora o movimento já tinha começado. Algumas silhuetas enchiam a janela iluminada, projetando compridas sombras sobre a rua. À proporção que o vulto se aproxima tornam-se mais nítidos os sons de bolas de bilhar que se chocam. Agora se distingue também um ruído cascateante de fichas e o barulho da pá que as recolhe.

Ao alcançar a porta de entrada, o homem hesita um momento. Uma voz nos fundos apregoa: "Vamos começar o ponto e banca." "Quem dos senhores deseja cortar o baralho?"

Há luzes nas duas janelas do salão de honra, habitualmente no escuro. Lá dentro alguns homens discutem com animação. O vulto apura o ouvido, percebe uma voz conhecida e se decide a entrar.

No salão de honra, em torno a uma comprida mesa alastrada de jornais e revistas velhas, sob o lustre de metal azinhavrado, estão o promotor, o major, o secretário da prefeitura, o engenheiro da hidráulica e o fiscal do consumo. De pé, Ruben Tauben convoca Armando para uma roda de pôquer dependente de parceiros.

Ao avistar o recém-chegado, o major se levanta, dirigem-se expansivamente ao seu encontro:

— O nosso Karl por aqui. Quanta honra! Como está o velho Wolff?

Karl, um pouco sem jeito ante as amabilidades do prefeito, que se tinha apoderado dele, responde vagamente.

— Está bem, obrigado.

— E aquelas dores reumáticas? Ele precisa tomar cuidado. Tenho um excelente chá para reumatismo. Vou mandar-lhe uma lata. Vai ver como em seguida melhora.

O prefeito é uma torrente de gentilezas. Karl a custo encontra o que responder.

— O mal é das caçadas. O velho não quer se convencer. Já não está em idade de andar metido pelos banhados.

Geraldo examina de soslaio o irmão de Lore. Nada parecido com ela. É a cara de Frau Marta. A pele muito alva, os olhos azuis, aguados, os cabelos de palha de milho. Nos gestos é que mais se revela a diferença. Os movimentos de Karl são bruscos, ginásticos, angulosos; os de Lore, brandos e delicados. O olhar de Karl é duro, arrogante, visionário, fanático; o de Lore, caricioso, quase humilde.

Karl se liberta do prefeito e se dirige a Armando.

— Estive no hotel à sua procura. Lá me disseram que o senhor tinha vindo para cá. Só agora à noite é que soube que queria falar comigo.

— Nada de importância — responde Armando estendendo-lhe a mão. — Quero apresentar a você o dr. Geraldo Torres. Ele tenciona frequentar o tênis.

— Oh, com muito prazer! — Karl já tinha juntado os calcanhares num golpe militar e apertava a mão de Geraldo com energia. Notando que o outro correspondia com igual intensidade, encarou-o cheio de surpresa.

— Eu pensei que fosse alguma multa — disse Karl a Armando. — Podia acontecer, mas lá na fábrica fazemos todo o empenho que as coisas corram direito.

— Não há perigo, rapaz — tranquiliza Armando. — A moça encarregada dos livros traz a escrita de vocês que é um brinco. Estou para dizer que entende tanto do regulamento quanto eu.

Karl, receando que o outro estivesse a insinuar um aumento para a empregada, explica:

— Ela só trabalha nos livros. Não nos importamos de pagar. Queremos é que tudo esteja certo.

Pausa. O major aproxima-se agora de Armando, com ar protetor, e fala para ele, de modo que toda a roda o ouça:

— Seu Armando, apareça amanhã à tarde na prefeitura. Precisamos fazer o ofício ao subprefeito do 3º distrito. — Faz uma pequena parada, olha para Karl Wolff, a ver o efeito que produzem suas palavras e continua: — Mas apareça, hein! Depois não ande por aí se queixando que eu não lhe atendo.

O fiscal apanha o golpe no ar e reage:

— Perdão, major. Eu não tenho nada que me queixar. Não lhe pedi nenhum favor. Se atender a uma requisição estabelecida no regulamento é favor, eu desisto.

O promotor e o secretário olham para o prefeito e o fiscal de olhos esbugalhados. O engenheiro finge que está interessado na leitura de um jornal. Karl Wolff mantém-se imperturbável. Armando, muito tranquilamente continua:

— É melhor mesmo não mandar o ofício. Estou informado que esse subprefeito é quem ajuda a passar os contrabandos de aguardente da serra.

Faz-se um silêncio opressivo. O prefeito fica escarlate, simula não ouvir e desconversa. Reagindo sobre si mesmo convida:

— Mas vamos sentar. Precisamos festejar condignamente a visita do nosso amigo Karl. — Ia tocar a campainha que pendia sobre a mesa, chamando o ecônomo.

— A cerveja daqui é quente — pondera Ruben Tauben, que acabava de convencer-se da impossibilidade de formar a roda de pôquer. — Lá no quiosque é mais fresco, ficamos melhor. E a cerveja é gelada...

O major tenta resistir, apoiado pelo promotor e o secretário, mas vendo que Karl Wolff e os outros optavam também pelo quiosque, termina concordando.

No quiosque, o sujeito do balcão, muito solícito, quando viu entrarem o prefeito e o fiscal à procura de lugar, ordenou ao garçom que juntasse duas mesas no "reservado" do fundo. O major fez questão de que Karl ocupasse a cabeceira. Cedeu a outra ponta ao fiscal, ficando ele mesmo de costas para a parede, junto a Geraldo. Do outro lado sentaram-se o promotor e o secretário, comentando o novo arranjo que o dono do quiosque tinha dado ao bar. Percorriam com os olhos as pinturas murais representando paisagens da Turíngia e dos Alpes; as janelas encortinadas; as fotografias dos salões transatlânticos da Hamburger Linen.

— Esse Becker está se fazendo — comenta o major. — Ainda não faz um ano que lhe arrendei o quiosque e a coisa já deu para comprar Frigidaire.

— Só em bebidas tem aí um capital bem regular — acrescenta o secretário.

— E o Vidalzinho já se conformou? — indaga o promotor.

— Que se dane! Nossa gente não tem jeito para esse negócio. Para restaurante e bar só mesmo alemão. Vejam só que limpeza, que ordem!

Em torno das outras mesas, separadas pelas armações baixas de madeira, grupos de homens e mulheres bebiam gravemente o seu chope em grandes copos. Num dos reservados Geraldo avista a mulher dos gestos etéreos pontificando para a roda de homens que a cercava, sem tirar os olhos de Armando. Este bate na perna do companheiro por baixo da mesa. O Kreutzinho lá estava a uma mesa do lado de fora, a bebericar a sua água tônica. A vitrola reproduz uma valsa de Franz Lehar. O promotor ouve o major falar dos últimos acontecimentos políticos.

— Não haverá mesmo possibilidade de uma conciliação? — pergunta, depois de servida a primeira rodada de chope.

O major tinha fé em que tudo se resolveria bem. Que diabo! Tratava-se de dois rio-grandenses. Reconhecia, porém, que se a luta fosse mesmo inevitável, como se dizia, a sua situação se tornaria bem delicada. Gostava do governador, mas não tinha queixas do presidente da República, que sempre se mostrara seu amigo. Examinava agora as possibilidades de um e de outro. Como se comportariam São Paulo e Minas? O Norte não interessava. Ia ser uma luta de gigantes, não havia dúvida... O homem bordejava. Sente a aproximação da pororoca — pensou Geraldo. Era preciso desligar a canoa de qualquer amarradouro definitivo. Ora uma onda o atirava para um lado, mas logo outra o jogava em sentido oposto. Pressentia os primeiros sinais do encontro das águas. Era prudente não tentar a passagem pelo meio do rio, no lugar do choque. O certo era procurar o furo, onde as águas se comunicam em passagem segura, em remanso tranquilo.

— Se a tropa estourar, o melhor é afastar o cavalo — conclui o major.

O promotor e o secretário apoiam.

Karl Wolff sorri, olhando para a mesa onde pontifica a mulher para a sua corte de admiradores. Lá é que ele desejaria estar. Arrependia-se da ideia de ter vindo procurar o fiscal no Centro. No fim de contas tudo por causa de uma coisa sem importância. Depois, em que é que podia interessar-lhe aquela conversa sobre política nacional, a ele que vivia de olhos voltados para os problemas europeus? Se falassem em coisas do Velho Mundo, ainda podia dar sua opinião. A Inglaterra e a França estavam perdidas: faziam o jogo dos judeus. Os Estados Unidos, uma vergonha. Queriam a guerra para dar trabalho aos seus milhões de desocupados, movendo uma campanha desleal e miserável contra os produtos alemães. Felizmente na Alemanha velava um homem forte, batalhando em várias frentes e tendo atrás de si uma nação invencível. Um homem extraordinário que de simples pintor de paredes, de simples soldado na Grande Guerra, se transformara pelo próprio gênio no maior dos alemães. No princípio não simpatizara muito com Hitler. Combatia os nobres e os ricos e não tinha se conduzido lá muito bem com Hindenburg. Mas depois foi obrigado a reconhecer que o mundo nunca conhecera um político como aquele. Maior que Frederico II, maior do que Bismark! Salvava a Europa do comunismo, abaixava a proa da Inglaterra e livrava a Alemanha dos judeus, esses traidores. Além disso, reduzia o Tratado de Versalhes, essa vergonha, a um farrapo de papel.

— O que temos a fazer é separar o Rio Grande — afirma o promotor, olhos postos no prefeito como a pedir aprovação. E como visse que o chefe aprovava com a cabeça, acrescentou: — O Norte é o peso morto do Brasil: só dá seca, impaludismo e febre amarela. — Mas lembrando-se de que Geraldo era amazonense, procurou suavizar: — Aqui o amigo não repare. Que diabo! Já come churrasco e toma chimarrão.

— Está bem — disse Geraldo, sem jeito. — Não se constranja. Fale com toda a franqueza. Mas que vantagem vê você na separação?

— Ora, ficávamos livres...

— Não, o Rio Grande só ficava muito pequeno — interrompe o secretário. — Podíamos incorporar Santa Catarina, Paraná e São Paulo. Precisamos de São Paulo por causa do café e das indústrias.

Ruben Tauben queria também o Rio de Janeiro. Cidade bonita, a mais bonita do mundo. Tinha um tio que conhecia Constantinopla e não a achara tão bonita quanto o Rio. Ele mesmo podia dar o seu testemunho. No centenário tinha ido lá com o tiro de guerra.

Karl Wolff procurava interessar-se, mas não conseguia. Um Brasil do Amazonas ao Chuí, limitando ao norte com o Mampituba ou com o Oiapoque era-lhe indiferente. Ele mesmo não sabia, nem podia compreender como o Brasil chegava a constituir um Estado independente. Por mais que revolvesse a memória, esta só lhe restituía fatos vagos, imprecisos, esfuminhados, coisas da escola, dispersas, desconexas. Primeiro uma data, 1500, depois um nome, Pedro Álvares Cabral, o seu Cabral das últimas canções carnavalescas; algumas guerras sem importância contra os franceses e os holandeses; o 7 de Setembro, onde aparecia um príncipe de espada desembainhada, cercado de cavaleiros, à margem de um riacho, como no motivo de tapete que acabara de ver na sala de honra do Centro; a Guerra do Paraguai, que o Brasil não teria vencido se não fosse a ajuda dos primeiros colonos alemães; o 13 de Maio, que proclamou a libertação da negrada, uma gente que podia, afinal de contas, continuar escrava e não precisava andar por aí a faltar com o respeito aos arianos. Depois, uma série de revoluções, de correrias, de requisições que só serviam para atrapalhar o comércio e a indústria, fruto exclusivo do esforço germânico.

— Pois bem, incorporamos o Rio de Janeiro — sentenciou o prefeito, pondo termo à discussão.

— Sim, mas até agora ninguém me deu ainda as razões por que deva ser feita a separação — insiste Geraldo. — Que conveniência veem os senhores em que o Rio Grande, São Paulo, Santa Catarina e o Rio de Janeiro — para fazer a vontade aqui ao nosso amigo Tauben — devam constituir um Estado à parte?

— Por favor, o senhor que é engenheiro e entende de números, então não está vendo logo? E o dinheirão que o Norte representa nas nossas despesas, sem entrar com quase nada para a receita? Veja as obras contra a seca?

O prefeito achava, agora, que talvez não fosse preciso fazer a separação. Eram todos irmãos. Mas opinava que vinte por cento da arrecadação devia tocar ao município. Não era justo que a Coletoria Federal de Blumental arrecadasse perto de cinco mil contos e não ficasse nenhum tostão desse dinheiro para o município.

Nesta altura o agente fiscal resolve intervir.

— Quem paga diretamente são efetivamente os estados do Sul. Mas indiretamente quem entra com grande parte desse dinheiro é o Norte.

— Mas, como? — exclamou o promotor.

— Muito simples. Aqui o Karl, que é o dono de uma fábrica de sandálias, sabe bem disso. Ele compra o selo na coletoria e sela as suas sandálias. E quem são os maiores consumidores dos artigos de Wolff & Filhos?

Karl estava neste momento pensando em que essa riqueza do Sul era produto exclusivo do trabalho alemão. Com os colonos alemães é que tinham aparecido as indústrias no Brasil. E considerava com orgulho a ascensão de Blumental, de mera feitoria há cem anos, até o parque industrial que lhe valia o nome de Manchester do Brasil. Tudo trabalho dos alemães, como dizia o pastor: "O que é o Sul do Brasil deve-o ao trabalho alemão. Se fizermos abstração dos alemães, restará uma mísera carcaça." Percebendo que o fiscal se dirigia a ele, Karl despertou, pedindo que repetisse a pergunta.

— Quais são os maiores compradores de sandálias de Wolff & Filhos?

84

— É o Norte — responde Karl. Para ele o Norte era tudo quanto ficasse situado além do Mampituba.

— Não, eu quero saber quais os estados.

— Ah, os estados que mais nos compram são Pernambuco, Ceará, Sergipe, Alagoas e Paraíba. Quase toda a nossa produção é remetida para a nossa filial de Recife.

— Compreendeu? — volve o fiscal, virando-se para o promotor. — Feitas as contas, o dinheiro do Norte, que paga, vai aparecer nos orçamentos como arrecadação de Blumenal. O que se dá com as sandálias de Wolff & Filhos, meu caro, dá-se com o vinho, com os tecidos e com quase todos os produtos de exportação dos estados do Sul.

— Resta ainda averiguar outra questão — açode Geraldo. — É se, sem o resto do Brasil, o Sul poderia manter esse grau de prosperidade que ostenta atualmente.

— Ah, que podia, podia! — assegura o promotor.

— Tenho minhas dúvidas. Atualmente a exportação dos senhores para os países estrangeiros é diminuta. O verdadeiro mercado consumidor do Rio Grande é o Norte. Ele é que fica com o excedente da produção do mercado interno. Pergunto: teria o Rio Grande à sua disposição os mercados do país, no dia em que se constituísse estado independente?

O promotor vacila. Geraldo, respondendo à própria pergunta, afirmava que não deviam fazer-se ilusões. Na luta de concorrência contra os similares estrangeiros, em igualdade de condições, e os similares dos demais estados, protegidos então por suas tarifas alfandegárias, o Sul seria vencido. Ficaria sem mercado. Teria dentro de pouco tempo, na própria casa, o colapso pelo excesso, com todo o seu cortejo de crises. E havia mais ainda, acrescenta Geraldo, aprofundando a tese que ia desdobrando. Sob certos aspectos até podia sustentar-se que o Norte é que era o sacrificado.

— Como? — disseram a um tempo o prefeito, o promotor e Karl Wolff, agora interessado na discussão.

— Tomo o caso do meu estado, o Amazonas. O nosso mercado normal é o exterior. Os nossos dois produtos quase que exclusivos são a borracha e a castanha. Vão para a Inglaterra, para os Estados Unidos, para Portugal, de quem, em compensação, não podemos comprar nada.

— Não compram porque não querem, ora essa é boa! — aparteia o promotor, atirando-se para trás na cadeira.

— Não, não compramos deles porque somos obrigados a comprar dos senhores, porque a isso nos força o governo, impondo taxas proibitivas aos produtos estrangeiros que possam fazer concorrência à produção dos senhores. Tomo ainda o caso do vinho e do tecido há pouco lembrado por Armando. Acha o senhor que o vinho do Sul é melhor do que o vinho português, o francês e o italiano? Que acontece? Por causa do imposto nas alfândegas, para se adquirir uma garrafa de vinho português, cujo custo real poderia ser de um ou dois mil-réis, paga-se três e quatro vezes mais. Com o tecido então nem se fala. A casimira inglesa custa os olhos da cara. E qual o resultado de tudo isso? O Norte, que só teria a lucrar com a supressão das tarifas, porque a regra da reciprocidade manda comprar de quem nos compra, está escravizado ao imperialismo das indústrias do Sul. Somos colônias do Sul — conclui Geraldo.

Neste momento Karl Wolff tinha chegado a uma conclusão quanto às ideias do engenheiro: o homem era comunista.

— Fazemos o que os outros países estão fazendo há mais tempo — pontificou o prefeito delicadamente.

— Isso é outra questão. Não quero dizer que se proceda de outra maneira e que haja alguma coisa a retificar. Hoje temos um tal amontoado de erros do passado acumulados pelos povos, à nossa revelia, que não há nada mesmo a fazer, senão acompanhar a marcha do mundo.

— E o Norte, por que não se industrializa? — pergunta o promotor, que não queria deixar a discussão parar num ponto em que se sentia derrotado.

Geraldo não respondeu. Apenas deu de ombros, fatigado.

O promotor sentia agora o terreno mais firme. Vendo que Geraldo recuava, tomou novo impulso.

— A prosperidade do Sul vem da raça. Somos um povo mais forte e decidido.

Geraldo permanece calado.

— Então lá se pode comparar a nossa gente — continuou o outro —, uma mistura de açorianos, de charruas, de bandeirantes, alemães e italianos, com a mestiçagem do Norte? Note-se: falei em açoriano. Não confundir açoriano com português... É outra coisa. O açoriano é celta... Não, não me venha defender esse pessoal de perna fina e cabeça chata.

Geraldo quis reagir. Pensou, porém, na cena do bolão e continuou calado. Ruben Tauben, que vinha acompanhando distraído a discussão, quando ouviu falar em portugueses, acordou. Agora podia entrar na palestra. Sabia umas anedotas muito engraçadas de portugueses...

Mas o promotor não lhe deu tempo. Gesticulando com os braços curtos e magros, procurava novos aliados contra o engenheiro:

— Aqui só dá disso: essa alemoada forte que você está vendo. — E batia amigavelmente no ombro de Karl, que procurava fugir à intimidade. — Desta gente não sai Antônio Conselheiro, nem padre Cícero.

— E os Muckers? — avança Geraldo, sem poder dominar-se. Mas logo se arrepende. Em lugar de atingir o promotor, ia talvez ferir o irmão de Lore.

87

Era tarde para recuar. Já Karl Wolff intervinha, para explicar que a história dos Muckers estava malcontada. Fora escrita por um padre. Isso bastava para tornar o livro suspeito. O que ele pretendera fora desmoralizar os protestantes, quando entre os Muckers havia muitos católicos. Um livro parcial, cheio de exageros. Os Muckers não haviam sido o que se dizia. No princípio fora uma simples luta entre colonos em torno da interpretação da Bíblia e de questões de terra. Jacobina queria reparar certas injustiças. Ele sabia, estava bem-informado, tinha amigos, rapazes direitos, descendentes de Muckers. A culpa fora do governo, mandando a polícia para resolver o caso pela violência. Os padres também tiveram muita culpa. Os soldados agiram como verdadeiros selvagens. Não foram só os Muckers que mandaram matar e incendiar. Na picada dos portugueses os católicos fizeram o diabo. Acabaram com os protestantes. Mas isso tudo nada seria se não fosse a polícia. Os Muckers apenas se defenderam. Bem se podia ver que os colonos alemães por si mesmos não seriam capazes de barbaridades. Uma vergonha mandar prender os chefes e trancafiá-los nas cadeias de São Leopoldo e Porto Alegre, só porque dirigiam as cerimônias religiosas do Ferrabrás, umas festas inocentes de cantos e orações e leitura da Bíblia! E não havia nada que justificasse a remessa para lá de tantas forças do exército com o fim de chacinar os colonos, como bichos. Degolamentos à vontade. E o pior é que a história nunca seria contada direito. Os que restavam eram poucos, e não podiam falar. Ele não queria fazer comparações… Mas o que se dissera contra os Muckers era mais ou menos o que os judeus contavam contra o nacional-socialismo. Pura mentira. Exagero. Eles é que envenenavam tudo. Hitler era um homem muito bom.

Armando aprestava-se para contrapontear, quando da porta Ben Turpin vem avisá-lo e a Ruben Tauben de que a roda já se tinha formado e só estava esperando por eles.

Karl Wolff sentiu um alívio. Já era quase meia-noite. Uma noite perdida, pensou. Podia ter ficado em casa, no seu canto, ouvindo no rádio as estações de Berlim. Mas sua mãe é que não devia saber onde estivera. Na certa havia de escandalizar-se quando soubesse que entrara no Centro, aquele antro de jogatina, e passara toda uma noite conversando com tal gente. Agora, felizmente, chegara a oportunidade de retirar-se.

Armando quis pagar a despesa, mas o prefeito não deixou. Não, aquela mesa era dele.

À saída, Becker, todo mesuras, respondeu aos boas-noites, de acordo com a hierarquia: para o prefeito e o fiscal foi uma saudação enfática, calorosa. Para Karl Wolff um pouco mais discreta. Para Geraldo, o secretário e o promotor, uma resposta cansada.

Quando ganharam a praça, o prefeito chega junto de Geraldo e diz:

— É preciso preparar os homens da hidráulica. As eleições estão chegando.

Geraldo, sem saber o que havia de responder, apenas pôde murmurar, vago:

— Pois não, não há dúvida.

Karl Wolff se aproxima para despedir-se.

— Então estamos combinados. Sábado ou domingo, se não chover, podemos fazer a nossa partida.

Um vento forte levanta a poeira da rua. O grupo se dispersa. Ruben Tauben e o fiscal tomam o rumo do Centro. O major, o secretário e o promotor pendem para o ângulo direito da praça. Karl Wolff encaminha-se num passo largo e batido para o fim da rua. O engenheiro se recolhe ao hotel.

8

Geraldo não consegue dormir. Faz várias tentativas para recomeçar uma leitura interrompida na véspera. Impossível. Não pode prestar atenção. Já fumou vários cigarros. Está descontente consigo mesmo, irritado, nervoso. O calor o incomoda: perturba-o a zoada dos mosquitos. Vira-se na cama de um lado para o outro e o sono não vem. Pesa-lhe a cabeça. Faz um derradeiro esforço para pensar em coisas agradáveis. Inútil. Impossível fugir de si mesmo. A discussão lhe fizera mal. E ele, afinal, se conduzira como um covarde. Para não comprometer a sua situação, o seu emprego, umas relações que para ele não tinham significação, deixara insultar a sua terra, a sua gente.

Na rua sopra um vento forte, uma nuvem de pó invade o quarto. Os fios da iluminação assobiam, parecem vaiá-lo. Longe, rola o bolão. De repente Geraldo lembra-se do pai, que fazia parte dessa sub-raça que ele deixara impunemente insultar. Preguiçoso, o seu pai... E as imagens daquela vida de heroísmo anônimo perpassavam-lhe pela memória. Primeiro via-o na sua fuga do Ceará, acossado pela seca. Tinha sido num ano em que as chuvas não vieram e a soalheira pintara de negro os campos. Via o pai no meio de uma legião de famintos, verdadeiros ex-homens, ao longo dos caminhos esturricados, em demanda do litoral, cruzes toscas e anônimas balizando o roteiro daquela peregrinação de fantasmas. Do litoral, campo de concentração de todas as misérias do sertão, tomara o rumo do Amazonas, que era o primeiro destino que lhe apresentaram e que meio atonizado pelo sofrimento teve de aceitar. Embarcou como os outros para a Terra da Promissão, de que lhe falavam com hipérboles de entusiasmo os primeiros paroaras. Atravancavam o navio como o gado para o corte, em bandos consignados à morte, "com carta de prego para o desconhecido".

O vento sopra com mais intensidade. As árvores se agitam. A orquestração dos mosquitos não para. Os sapos coaxam. O bolão continua a rolar.

Geraldo vê agora o pai em pleno seringal. Ao seu lado uma mulher bronzeada, de olhos brandos, cabelos corridos, um belo exemplar de índia descendente dos nhengaíbas. A borracha a acumular-se no barracão do centro. A índia a tecer com suas mãos de artista redes de tucum, franjadas, para dá-las de presente aos viajantes, redes que ele depois foi encontrar nas vitrines do Rio de Janeiro, por preços exorbitantes.

Geraldo ouve mentalmente a voz do promotor, fazendo o elogio de Paul Wolff: "Comprar quando toda a gente quer vender, vender quando toda a gente quer comprar." Ah, sua mãe não entendia disso! Trabalhava porque amava o trabalho, dava tudo quanto fazia, apesar das brigas do pai. Era do seu feitio, que é que ia fazer?! O mesmo com os vasos de cerâmica, a maravilhosa cerâmica marajoara, cuja arte fazia o assombro dos etnólogos.

Agora era a voz mansa da mãe que escutava:

— Para que vender, meu velho? Pois se não precisamos...

De fato, não precisavam. Era o tempo áureo da borracha. O paroara não havia enganado o pai. O Amazonas era o Eldorado. Todos chegavam, viam, venciam. Da Europa nenhum país deixou de se representar sob o sol dos trópicos. Os portugueses tinham sido os precursores. Vieram os ingleses, os franceses, os alemães, os italianos, os gregos. Do Oriente, os sírios não podiam faltar. Onde há uma feira, lá estão eles. Do Norte a imigração acudiu em massa. O inglês foi regiamente pago para construir o porto de Manaus. Os demais europeus consagraram-se às operações da bolsa. O nordestino embarcou para o seringal. O sírio saiu em busca da boa-fé do caboclo. Todos ganhavam, menos este, para quem riqueza ou pobreza são indiferentes.

Mas, em meio daquela dobadoura, lá veio pelo telégrafo a notícia terrível: a desvalorização da borracha. Ninguém queria dar crédito. Não pode ser, pensou o pai, pensaram todos. Chegou a confirmação. Será apenas uma crise como as outras. A castanha irá dando para a despesa. Em verdade, ninguém podia admitir que houvesse motivos para maiores alarmes.

O tempo que o pai malbaratava em fazer conjeturas, os mais prudentes, os estrangeiros, empregavam em atividades objetivas, arrumavam suas contas, encerravam os seus balanços, apuravam o saldo tranquilizador e lá tornavam para a terra de origem, despreocupados das incertezas do futuro. Todos os anos continuavam a voltar, a fugir, os abúlicos tardiamente despertados pela evidência persistente da catástrofe, ainda de olhos voltados para trás, como a mulher de Lot, teimosa na esperança de que retornassem ao Amazonas os dias opulentos do passado. Dos arianos já não havia ninguém voluntariamente vinculado à terra. O regresso era o pensamento geral. Ficavam os que ainda não tinham liquidado as suas contas, os que não conseguiam meios de embarcar e alguns heroicos abencerragens na esperança da revalorização do ouro negro. Mas uma pequena legião condenou-se irremediavelmente a ficar. Nela estava o seu pai. Eram os grandes proprietários territoriais. Tinham vindo do Ceará, de Pernambuco, do Rio Grande do Norte, da Paraíba, de Sergipe, do Maranhão, do Piauí. Tinham sido dos mais trabalhadores, dos mais tenazes. E muitos deles, como o pai, conservaram-se sóbrios numa época tocada do delírio da prodigalidade e do esbanjamento. As sombras dos seus lucros não eram imobilizadas nas caixas-fortes das casas de crédito, a render juros irrisórios em confronto com a renda oferecida pela terra. Acrescendo aos poucos os seus domínios, fizeram-se senhores absolutos de grandes latifúndios. Mandaram a família residir com opulência em Manaus. Os filhos foram estudar em Coimbra, em Londres, em Paris, no Rio, no Recife, em São Paulo. Como lhes faltasse um título, foi-lhes reconhecido pacificamente o de coronel. A fúria dos iconoclastas ampliou-o depois para "coronel de barranco".

Com estes a crise foi implacável. Golpeou-os em cheio. Nos primeiros tempos ainda aguentaram com as reservas disponíveis. Mas logo se viram obrigados a desocupar o palacete de Manaus. Iam vendendo tudo. Os filhos tiveram de abandonar os ginásios, as escolas. Muitos deles, inconformados, ganharam o mundo largo. No entanto, ele, Geraldo, fora dos poucos que o sacrifício dos pais permitiu continuar os estudos e conquistar o diploma. E, para mantê-lo, ia vivendo dos escassos resultados da borracha e da castanha, casaco roto, cerzido à gola, esse homem que outrora, se quisesse fazer como os outros, podia dar-se o luxo de acender o charuto em notas de quinhentos mil-réis, porque era dono de terras extensas como países.

Geraldo relembra agora as cartas do pai, quando pensava em retirar dinheiro de empréstimo nos bancos, para facilitar-lhe uma vida mais folgada. Considerara mesmo a possibilidade de vender tudo quanto possuía. O ridículo das ofertas é que o tinham feito desistir. O seu feudo já não era considerado suficiente garantia para o levantamento de alguns contos de réis sob hipoteca. Cogitou, ainda, a agricultura. Um sábio alemão havia profetizado que a Amazônia seria o celeiro do mundo. Mas a agricultura era a fixação, o retorno à terra, e exigia braços. Apelou para o caboclo, que sacudiu os ombros com displicência. Não pôde sequer pensar em trazer agricultores de fora. Para o Amazonas só vinham agora alguns ingleses esquisitos que faziam coleções de tudo, os judeus compradores de pele e os sírios do regatão. Numa região em que a natureza se concentrara para resistir, o homem se dispersara para agredi-la. Lá, onde cem lenhadores trabalhando com afinco não eram bastantes para dar cabo da mata compreendida no círculo de uma única estrada de seringal, passou a viver um indivíduo isolado. Os velhos agricultores, iniciados nos segredos do transplante das culturas exóticas para o meio equatorial, também tinham se dispersado pelos seringais, com o seu cabedal de experiência. Eles seriam, pensava Geraldo, mais úteis à planície do que todos os sábios que a percorreram. Agora passava em revista os homens de ciência que estudaram a região. Wallace e Hart perquiriram-na como geólogos, para concluir que ela surgiu da mesma convulsão geogênica que sublevou os Andes. Martius foi encarregado de estudar-lhe o mundo botânico, mas o contato com os índios levou-o a desbravar o recanto etnográfico. Bates consumiu cerca de nove anos nas imediações de Tefé em classificações vegetais que deveriam servir a Darwin de base às suas teorias. Nenhum deles tinha saído dos limites de sua especialidade. E a arte e a ciência do cultivo da terra na Amazônia continuavam ainda um capítulo por escrever. Os homens que sabiam o segredo da adaptação das culturas às terras da planície deixaram-se arrastar com os outros, atrás das árvores fabulosas, que sangravam um sangue branco, como os deuses. Por lá ficaram.

Mas, já agora, se seu pai quisesse retomar a agricultura, não teria outro caminho senão recomeçar, sem o apoio dessa experiência que os livros não ensinavam e que estava perdida para sempre. Ele, o barão feudal, o senhor da terra, era hoje escravo dela. Estava condenado a ficar, esgotando a existência entre fantasias e desesperos. A possibilidade da revalorização da borracha havia de ser sempre o tema de suas cogitações. Estava condenado a viver dessa esperança. Dentro dela, encastelado nela, ao lado da companheira resignada, gastando suas últimas reservas de energia. Um lutador obscuro e formidável. Da sua passada opulência ficara-lhe apenas a terra imensa e desvalorizada, o título ferreteante de "coronel de barranco" e um filho doutor, que não sabia defendê-lo.

Por mais que fizesse, Geraldo não conseguia tranquilizar a consciência. A palavra *covarde* o apunhalava.

"Não, não me venha com essa gente de cabeça chata e perna fina." O insulto do promotor ali estava para remoê-lo por dentro.

Todos defendiam a sua raça. Todos reconheciam como sagrados os seus compromissos de sangue. O velho Cordeiro jurara ódio aos alemães. O velho Treptow jurara ódio aos brasileiros. Eram todos solidários com sua gente. Até o major talvez não procurasse fugir à responsabilidade, vacilando entre o governador e o presidente: tratava-se apenas de conciliar dois homens do mesmo sangue, da mesma terra. Karl Wolff defendia os Muckers, defendia Hitler, defenderia com bravura os seus dolicocéfalos loiros de olhos azuis, contra tudo, contra todos, contra os fatos, contra a própria evidência. Que desprezo não devia nutrir por ele, Geraldo, ao ver o seu recuo, a sua covardia. O próprio Ben Turpin, um vagabundo, um aventureiro sem princípios, um fanático da liberdade, ficava com Mussolini, porque Mussolini era de sua raça, do seu povo. Para isso não precisava de razões.

Só ele, Geraldo, um covarde. Que estranha natureza a sua, que lhe não permitia odiar em nome dos outros! Ter outras simpatias e aversões que não as suas? Os próprios ódios do pai, nunca pudera endossá-los. O velho odiava os regatões, seus concorrentes desleais. Ele os amava, em segredo. Seu pai movia guerra de morte ao dono do seringal vizinho. Ele simpatizava com o dono do seringal vizinho, porque no fundo o achava parecido com seu pai. Eram iguais na ação e na violência. Sim. Era o sangue dos nhengaíbas que lhe corria nas veias. Como sua mãe, não distinguia entre brancos, judeus, sírios, pretos e caboclos. Aceitava ou repelia instintivamente a cada um individualmente, mas não sabia compreender um ódio universal contra um povo, uma raça. Mas com quem estaria a razão e a justiça? Quem andaria certo? Deviam ser os outros. Eles eram a maioria. Quem não aceita os ódios e as simpatias dos seus antepassados deve ser covarde. Mas, então, ninguém era como ele? Talvez Lore — pensou Geraldo. Quis duvidar, mas não pôde. Sim, Lore pensava como ele. Talvez não gostasse de judeus, mas a sua antipatia não ia a ponto de querer queimar as obras de arte que eles produziam. Quando chegariam os tempos em que a humanidade se decidisse a cancelar os ódios do passado para começar uma vida nova?

Os mosquitos continuam o seu coro. O vento amainou. A chuva começa a cair. Geraldo já não ouve a trovoada do bolão. A chuva bate nas vidraças. Ele se lembra que desejara a chuva, intensamente. Vieram-lhe à memória os pardais. Eles talvez grasnavam para que o canto dos artistas não os humilhasse. Tinham também entre si compromissos de sangue. Lembrou-se ainda da estátua coberta de incrustações de pardais. Talvez aquela chuva lavasse a estátua. Não, não lavava. Precisava uma chuva mais forte, uma rajada de água. Aquela era muito fraca. Batia de mansinho na vidraça. Apenas descarregava a eletricidade da atmosfera. Ele já podia respirar mais aliviado. Pensava em Lore. Ela lhe ocupava quase todo o campo do pensamento. Agitava-se contra um fundo confuso e móvel: florestas tropicais, o rio imenso, vultos esfumados.

A madrugada encontrou-o perdido no meio de seus fantasmas. E, embalado ao ritmo morno desses pensamentos, Geraldo adormeceu.

OUTONO

9

Lore acabava de acordar. Pelos seus cálculos já devia ser quase meio-dia. Um belo sol de outono esgueirava-se através das janelas cerradas e das cortinas, derramando na sombra do quarto densas réstias de poeira doirada. Vinham da rua ruídos martelantes de carroças. Um som de buzina dissolveu-se na distância.

Ia levantar-se quando o sino da igreja protestante bateu onze horas. Não havia pressa. Tinha ainda muito tempo pela frente. Olhou a inscrição do bordado encaixilhado na parede — *Morgenstund hat Gold im Mund* — e fez um muxoxo. De pequena aprendera a levantar-se cedo, porque a hora da manhã trazia ouro na boca. Aquilo talvez fosse verdade. Deixou-se porém ficar deitada sobre o braço direito que envolvia o travesseiro, a contemplar a brancura láctea da pele macia e rosada, acariciando com os olhos a camisa de seda azul onde brincavam os cabelos desmanchados das tranças, de um loiro vivo e brilhante. Acontecia tão poucas vezes levantar-se tarde naquela casa de hábitos matinais e metódicos, que valia a pena prolongar o delicioso abandono de estar ali sozinha, toda encolhida na leve e quente coberta de penas. Que bom ser segunda-feira da Páscoa! Se fosse domingo, não devia faltar à igreja. Assim, podia dormir mais um pouco. Em verdade, Lore não desejava dormir, queria pensar, considerar no seu caso.

Tinha se recolhido pela madrugada, às quatro. Nunca lhe sucedera sair tão tarde de um baile. Das outras vezes, ela mesma é quem fazia questão de chegar o mais atrasada possível e sair antes das outras. Desta vez, não. A mãe certamente não havia de gostar. Contanto que não indagasse muito sobre os pares com quem dançara! Conhecia suficientemente a mãe, os seus escrúpulos, os seus preconceitos em relação aos rapazes brasileiros, para não sentir-se alarmada com a possibilidade de ela já estar a par do seu namoro e de vir a saber que ela dançara quase toda a noite com um deles. Que não diria, então, quando soubesse que sua filha, uma ariana, estava apaixonada, irremediavelmente apaixonada, por um desses seres, que ela, por princípio, aborrecia e detestava? Ah!, não podia, nem devia fazer-se ilusões: teria de atravessar momentos angustiosos, difíceis. Mas havia de lutar, porque de nada lhe acusava a consciência. Evitou o quanto pôde gostar de Geraldo. Apesar da perturbação em que ficava quando ele a encarava com o seu olhar insistente, magnético, penetrante.

Mas depois veio a quermesse. Não esperava encontrá-lo ali naquela festa protestante, quase que reservada por uma tácita convenção à gente da colônia alemã. Ele esteve muito tempo girando com os amigos, entre o povo que se comprimia em volta das tômbolas, não se animando a vir sentar numa das mesas em que ela servia. Apesar da tranquilidade aparente dos gestos, via-se que não estava à vontade, que se movia num meio diferente do seu. O seu ar de surpresa ao escutar o coro de vozes que partia do caramanchão, onde os homens do Singer-Verein faziam vibrar no espaço um *lied* bávaro, ao ritmo festivo e marcial da banda de música; a maneira como olhava para os ranchos de garotas e meninos que passavam correndo de braços dados, a cordial indiferença com que comprava as cautelas que lhe ofereciam, o jeito voluptuoso de levar o cigarro à boca sensual, o seu andar descansado, tudo denunciava nele o forasteiro. E talvez fosse tudo isso que ainda mais a tivesse atraído para ele. Sim, fora isso que a encantara em Geraldo Torres. Uma atração de certo modo semelhante à que já sentira no colégio pelas meninas da fronteira e da serra, tão diferentes de suas colegas de Blumental. Aquelas não viviam atemorizadas com as notas más no cartão mensal, faziam o que lhes vinha à cabeça, com um jeito, uma graça, uma alegria tão espontânea, que as próprias Irmãs não podiam zangar-se. Católicas como eram, para elas não existia o pecado mortal, não viviam atribuladas no confessionário. Falavam durante as lições, na fileira, nas horas de silêncio. Umas tagarelas! Quanta diferença de suas colegas de Blumental, que viviam isoladas nos seus grupinhos, como um bando de pombas assustadas. E no fim do ano, que diabinhas! Jogavam-se os travesseiros umas nas outras, corriam pelos corredores, desciam as escadas montadas nos corrimões. Perto dos pais, na festa de encerramento, que carinhosas! Quanta meiguice! Como era bonito o abraço brasileiro, um pai acariciando a cabeça da filha. Sua mãe era diferente. Nunca lhe dera um beijo. Não que não a amasse. Mas era o jeito dela. Horror ao sentimentalismo. O pai, para evitar os olhares de censura da mãe, até se desacostumara de acarinhá-la. Quanto ao Karl, nesse nem era bom falar. Um bruto, com seus ares de superioridade, a querer mandar nela, a querer fazer tudo melhor do que os outros. Fora benfeito a derrota que Geraldo lhe infligira no tênis.

Lore recompunha mentalmente a partida. No começo o domínio completo de Karl. Saques violentos, jogo de fundo fulminante. Geraldo, percebia-se logo, parecia jogar menos, seria derrotado. Karl venceu com facilidade o primeiro set. Gabou-se. Geraldo não devia aborrecer-se, porque em Blumental ninguém ganhava de Karl Wolff. Veio o segundo jogo. Na primeira metade, Karl ainda dominou, mas não com a mesma facilidade. Geraldo percebeu que o estilo do adversário era um estilo metódico, violento, invariável. O seu forte era a direita. Nas bolas baixas, irresistível. Geraldo não lhe dava mais bolas de fundo na direita. Começou a carregar pela esquerda, Karl teve de recuar, pendia demais para a esquerda a fim de evitar o *backhand*; então ele voltava a entrar do lado direito, obrigando Karl a correr de um lado para outro, sem descanso. Karl ofegava de cansado. Ganho o segundo set, Geraldo quis dar por empate... estavam fatigados, tinham de ir ao baile, à noite... para que se fatigarem ainda mais? Não era nenhum campeonato. Mas Karl não concordou. Insistiu na continuação da partida. Os que aguardavam a cancha, que esperassem. Geraldo teve de ceder. Esteve maravilhoso. Quando viu que ela, Lore, *torcia* por ele, transfigurou-se. Desenvolveu um jogo desconcertante. Ora defendia na rede, ora corria para o fundo, devolvendo a bola em cortadas imprevistas. Um jogo de imaginação como ela nunca vira. Todos aplaudiram. Ninguém podia deixar de aplaudir. Lore lembrava-se agora da ideia engraçada que lhe viera durante a fase final da partida. Fora no colégio, na aula de História do Brasil, no ponto das guerras holandesas. Os holandeses eram os mais fortes, tinham melhores armas e munições: dominaram no princípio. Mas depois os índios, que conheciam o terreno, e resistiam melhor ao calor, acabaram vencendo com as guerrilhas, um gênero de luta que os holandeses não conheciam. Uma vitória da imaginação sobre o método. Geraldo devia ser descendente de Filipe Camarão. E como estava bonito, na sua pele bronzeada, reluzindo ao sol! Tipos de índio como Geraldo é que decerto os exploradores tinham encontrado no Amazonas para dizerem que viram entre eles exemplares tão perfeitos de beleza humana que lembravam os discóbolos de Atenas. Ah, como ele não seria belo na praia, caminhando à beira do oceano! Lore imaginava-se ao seu lado, mergulhando nas ondas. Não, primeiro fariam um passeio até o Mampituba. Ele contaria histórias de sua terra, lendas de amor; ela lhe falaria das cidades alemãs, da sua arte, dos seus costumes. À noite iriam até o farol, subindo a rampa da primeira torre de pedra. Lore revia encantada a paisagem de Torres. Praias a perder de vista para o sul e para o norte: na frente a ilha dos Lobos e o mar, com vapores passando rumo de longes terras; as duas torres avançando, cobertas de verde, como pedaços que a serra do Mar tivesse jogado até lá; do alto do penhasco via a lagoazinha franjada de verdura, murada pelas areias; mais para o norte o rio à procura incerta da foz; a cidadezinha velha, protegida atrás da colina contra os ventos do inverno; do outro lado, junto aos penhascos, os chalés coloridos dos veranistas, um outro mundo, a civilização. Ela e Geraldo haviam de sentar-se no banco de pedra, olhando para o mar, à beira do abismo. Ela lhe pediria que fosse colher uma flor no despenhadeiro, como prova de amor. Como se chamava mesmo aquela flor branca, flor do campo? Seria o *Edelweiss*? Ele iria. Mas agora Lore sobressaltava-se. E se ele caísse? Não, não pediria a flor. Ah, faltava ainda tanto tempo para chegar outra vez o verão!... Sentia saudades de Torres. Ali Geraldo estaria no seu cenário natural. Não seria como aqueles homens barrigudos, aquelas mulheres hipopotâmicas que eram como borrões na paisagem. Levariam o Paulinho a passear numa daquelas carretinhas puxadas pelos cabritos; depois, então, montá-lo-iam no petiço, guardado pelos guris de chapéu de palha, pele requeimada de sol, amarelinhos. Eram assim enfermiços decerto por causa das águas. Geraldo havia de construir também uma hidráulica em Torres. Ou então um balneário. O que já existia estava velho e feio. Pois Geraldo construiria a hidráulica e o balneário.

Lore demorava-se na contemplação de Torres. Era uma paisagem querida ao seu coração. Não conhecia nada igual. Nem na Europa. Única. Paisagem a um tempo nórdica e tropical. Penhascos como os fiordes da Noruega; vegetação como no Norte do Brasil.

Agora Lore queria lembrar-se como conhecera Geraldo. Ainda estremecia e corava na obscuridade e no silêncio do quarto, ao recordar-se do seu jeito embaraçado, no momento da apresentação. Mas estava grata ao Ruben Tauben por tê-la proporcionado. De outra forma nunca teriam talvez conversado. E aquela semana deliciosa de ternura, de promessas e confidências, de passeios à ponte e na praça, sob os plátanos, ter-se-ia esgotado, monótona e prosaica, como todas as outras. E o baile da véspera, que acabava de revelar a ela mesma uma outra Lore, uma Lore desconhecida e surpreendente para si própria, capaz de amar e que vinha de descobrir dentro da vida um novo sentido, esse baile não teria acontecido como aconteceu.

Onde estaria Geraldo àquela hora? Com certeza pensava nela. Revia-a como no baile. Não, com esse dia bonito, revia-a no seu vestido de tirolesa, na sua bela saia de xadrez encarnado e preto, como no sábado da quermesse, os olhos brilhantes, espelhando o rútilo céu da tarde.

Agora só se encontrariam no próximo domingo, no *kerb* de Tannenwald. Lá estaria também a Alzirinha, a sua amiga predileta, a sua confidente, desde o colégio das freiras. Que destino o dela! A irmã Eduwirges não gostava de ver essa amizade; a Alzirinha não tinha juízo. Sem juízo, a Alzirinha!, ela, que antes lhe inspirara amizade, mas que agora lhe impunha admiração. Filha de fazendeiros ricos, que haviam perdido tudo nas revoluções, ela agora lá estava em Tannenwald, como professora pública, isolada do mundo, sustentando pai e mãe, no meio dos colonos, contente como se nada houvesse acontecido, satisfeita da nova vida, como se nunca tivesse sonhado com outra melhor. Sem juízo, a Alzirinha! Ah, precisava conversar com ela... Tinha tanta coisa a desabafar... Precisava também saber quando seria o seu casamento com Hans Fischer, para dar início ao bordado da colcha nupcial. Geraldo ia gostar do Hans. Tão simpático, sempre a cavalo, falando tão bem o português, apesar de só tê-lo aprendido depois de rapaz feito. Que par apaixonado, o Hans e a Alzirinha! Amor à primeira vista, como nos romances. O Hans estava quase comprometido com a Herta Thiezen, os pais faziam gosto porque a Herta seria uma boa dona de casa, uma *haus-frau* às direitas. Mas um dia o Hans passou por Tannenwald, viu a professorinha, distraiu-se, o cavalo se assustou com a algazarra da criançada que saía da escola e Hans foi jogado ao chão. Quando deu acordo de si, estava apaixonado, noivo de Alzirinha.

UM RUÍDO DE PRATOS E TALHERES na sala de jantar veio chamar Lore à realidade. A vida de todos os dias recomeçava. Ergueu-se da cama, pôs os pequenos pés nas chinelinhas de seda, vestiu o roupão azul-claro e encaminhou-se para o quarto de banho. Lá fora, um céu sem nuvens, tranquilo, diáfano, velava a paz domingueira da cidade. Lore fechou as janelas opacas, abriu a torneira de água quente, deitou água-de-colônia no banheiro, tirou o roupão e mirou-se com ternura no espelho. Achou-se bonita. As veinhas azuis do busto afloravam-lhe a pele clara. Seria clara ou morena? Em Blumental todos a achavam morena. Mas um dia no colégio riram muito quando ela disse que era morena. Nem bem morena, nem inteiramente loira. Cigana disfarçada... A boca selvagem era de cigana. Levantou-se nas pontas dos pés; queria ver a cintura. Geraldo dizia que ela tinha uma cinturinha de vespa. Corou. E se Geraldo a visse assim como estava? Mas notando no espelho que a outra Lore também enrubescera, fez-lhe um muxoxo, com a boca, e arrebitou faceira a ponta do nariz, como fazia para Geraldo. Cheirou o corpo. Agora sentia o perfume de Geraldo, o seu hálito quente, com cheiro de mato.

A água escaldava no banheiro. Lore molhou os dedos longos de unhas polidas e deixou correr a torneira de água fria. Fazia tudo sem pressa, como se estivesse celebrando o ritual de um culto. Em verdade, procurava apenas retardar a descida para o almoço, a hora terrível dos conselhos de família, das explicações, das contas a ajustar.

Mergulhou na água morna e voluptuosa. Com um abraço de Geraldo — pensou, numa doce perturbação.

10

Era meio-dia quando Lore desceu. Vestia uma saia de lã marrom e blusa branca; trazia as tranças atadas no alto da cabeça. Já da escada sentiu nos olhos da mãe que o seu segredo tinha sido descoberto. Karl decerto lhe contara tudo...

— Ema, podes trazer a sopa — ordenou Frau Marta, em alemão, encaminhando-se para a mesa. Em família, os Wolffs falavam sempre alemão.

Entrou uma mulher forte, ruiva, trintona, de cara lustrosa, cabelo enrolado na nuca, farfalhante na alvura imaculada do avental engomado. Sua presença agradava; fazia pensar em currais asseados, em copos espumantes de leite ordenhado, em vacas gordas e pastagens fartas.

Herr Wolff levantou-se do divã, destampou a terrina da sopa com um olhar guloso e veio ocupar a cabeceira da mesa. Lore sentou-se na outra extremidade. Frau Marta ficou do lado direito do marido, na frente da nora e de Karl, que acabava de dobrar cuidadosamente o jornal.

— Bonito tempo — comentou Karl, com um olho na colher de sopa e outro no jornal. Estava com camisa-suéter esporte, de mangas curtas, por baixo dum suéter branco de lã. Pensava na bela tarde que ia ter para o tênis.

— No outono é sempre assim — confirmou Herr Wolff. — É a nossa melhor estação. Na primavera faz muito vento.

— Gosto do vento — sentenciou Frau Marta, com a sua voz gutural e cortante. Até as coisas triviais e inconsequentes ela dizia com uma ênfase de comando.

Lore evitava encarar a mãe e passeava os olhos pela sala. Era uma peça ampla, com o teto de estuque pintado de branco; nas paredes grená enfileiravam-se cabeças de cervos, chifres de veados nórdicos em todas as extensões. Num lado, o velho e pesado bufê de cedro, entre dois pratos de cerâmica, encimado por custosa poncheira de prata. Perto do relógio de parede, uma vista de Heidelberg, formada de fotografias justapostas, enquadradas na moldura longitudinal. Por cima do divã, forrado de almofadas e recoberto de uma fazenda de veludo, o *panneau* representando um moinho de largas asas e um grupo bucólico de camponeses com compridos cachimbos em torno da carreta de feno. Junto ao divã, lá estava o ninho da Páscoa do sobrinho: um belo castelo de barba de pau, com ramos de macela a ornamentar-lhe as torres. Havia ainda uma estante de livros, sopesando a Bíblia, volumes de Goethe e Schlessing, ricamente encadernados. E, dominando tudo, perto do abajur, no ângulo da sala, sobre a cantoneira de adorno, a figura imperiosa de Bismark, no seu uniforme prussiano, numa magnífica reprodução em bronze.

— Que temos agora, Ema? — inquiriu Herr Wolff, que terminara de esvaziar o prato de sopa. Perguntava por perguntar. Sabia bem que o cardápio de domingo nunca variava nas casas de Blumental: a salada de batatas e de alface, o prato de massa enfeitado de torradas e a fumegante travessa de carne assada com recheio de toucinho eram infalíveis.

— Então, não se conta nada do baile? — indagou Frau Marta, dirigindo-se a Lore em tom sarcástico, enquanto fazia o prato do marido.

— Muito bom, mãe. Há muito não temos um baile tão bonito.

— E quem foram teus pares?

Lore compreendeu que seria inútil qualquer esforço para contornar o assunto. Ainda assim, fez uma última tentativa.

— Os de sempre...

— Os de sempre? E esse engenheiro com quem dançaste toda a noite e com quem tens andado de passeios pela ponte nestes últimos tempos?

— Se a mãe já sabe não precisa explicar...

— Pois bem. Fica entendido. Não admito esse namoro. É preciso que saibas desde já, se não queres inferno dentro de casa... Vamos cortar isso pela raiz. — Frau Marta fazia um supremo esforço para conter o turbilhão de coisas que queria dizer.

— Mas, por que, mãe? — perguntou Lore, conciliadora, olhos postos no pai, como que a gritar por socorro.

Herr Wolff simulou distração. Para que lutar com Marta, se saía sempre perdendo? Depois, Marta tinha razão. Desses brasileiros não se devia esperar nada bom. Agora mesmo tinham condenado em Vila Velha a vinte anos de prisão o pobre do Dillemburg porque se vira obrigado a matar em legítima defesa um homem violento, que nem por ter estado na Alemanha aprendera a respeitar os direitos de passagem pelo seu campo, como mandava a escritura de propriedade. Condenaram o pobre do Dillemburg a vinte anos, sem reconhecer nada a seu favor, nem o exemplar comportamento que as próprias autoridades de Vila Velha, nada simpática aos alemães, haviam atestado. E ele, Paul Wolff, perdera nessa brincadeira vinte contos.

Oh, mas o troco eles iam ter, quando chegasse o júri dos assassinos do desgraçado Bubi Treptow. Infelizmente o verdadeiro matador fugira, atravessando a fronteira; ficara, entretanto, o outro, o estudante, o companheiro de arruaças. E onde iriam caçar, agora que chegara o tempo das perdizes!

— Não suporto a ideia de ver-te casada com um homem de raça inferior. Era só o que faltava — afirmou Frau Marta.

— Quem vê a mãe falar, há de pensar que temos sangue nobre: devíamos assinar *Von* Wolff... — ensaiou Lore numa tentativa de gracejo.

Não. Nas veias de Frau Marta não corria sangue nobre, mas ela tinha orgulho de sua raça. Orgulho de descender de alemães, de haver casado com um filho de alemão. Ela mesma se considerava alemã. A raça nada tinha a ver com o lugar do nascimento. Não, não havia de tolerar a ameaça de um intruso na família, um negro. Para Frau Marta quem não tivesse sangue ariano puro estava irremediavelmente condenado: era negro. Lore havia de casar com um filho de alemão, se possível com um alemão. Quando Lore era pequena, desistira de pensar nisso. Os que vinham depois da guerra pertenciam a uma geração avariada, de nervosos, de estropiados, de neurastênicos, de comunistas, inutilizados para o trabalho decente e que só serviam para estragar a reputação da colônia. Mas agora tudo havia de novo mudado. A Alemanha era de novo a Alemanha. Mesmo que não fosse possível casar a filha com um alemão, tinha de ser com um filho de alemão, como ela. De resto, das suas companheiras nenhuma fizera um casamento como o seu. A Matilde, medalha de ouro do Catherinschule, não conseguira mais do que o pastor Henig, um bom homem, coitado, mas que não podia dar-lhe uma casa bonita como a sua, com aquele rico jardim ensombrado de ciprestes. A Hildegardes, para não ficar solteira, vira-se obrigada a aceitar o Sänger, professor de canto do Singer-Verein, um homem que vivia no mundo da lua, a tocar o seu órgão na igreja e a organizar grupos corais para a Comunidade Evangélica. Na Wilma, então, era melhor não pensar. Preferível ter ficado solteira do que unir o seu sangue e o seu destino ao sangue e ao destino de um homem de raça inferior como esse João Santiago, simples escriturário da prefeitura, um católico e, ainda por cima, um brasileiro. Protestante casar com católico ainda tolerava. Mas uma alemã com um negro?... era demais. Uma afronta ao espírito da raça. Pena não poder dizer em voz alta o que pensava, para todos ouvirem. Seria imprudente. Depois da guerra as coisas desgraçadamente tinham mudado bastante. Agora Frau Marta, com um arrepio de horror, lembrava o tempo em que os principais da terra tiveram de comprar às pressas bandeiras verde-amarelas para colocá-las no frontispício de suas casas de comércio. Arrepiava-se só de pensar naquelas noites de incêndios e depredações, em que ela, Paul e os pequenos abandonaram a cidade para se refugiarem em casa de um colono, no alto do Winterberg, de onde se via o fogo devorando lá embaixo o edifício da Germânia e do Kolonie-Zeitung. Parecia o fim de tudo, de Blumental, da Alemanha, da civilização. Esse vexame ela não perdoaria nunca, como nunca perdoara os que haviam incluído o nome dos seus antepassados na lista dos Muckers. Por mais que confrontasse sua situação de agora com a dos promotores de perseguições, esses incendiários, não se sentia suficientemente vingada. Uns pobres-diabos. Uns pobretões. Nunca passavam de funcionários públicos e medíocres empregados de balcão, de operários turbulentos e de péssima educação. Então havia de entregar a sua filha para um deles? Para aquele engenheiro bronzeado que ninguém sabia de onde vinha? Decerto havia de ser um aventureiro. Mandar um homem daqueles construir a hidráulica! Boa coisa sairia dali! E ainda por cima o diabo do mestiço tomava banho no rio. Ah, daquela água é que ela não ia beber! Da água em que ele se banhava. Viria cheia de sífilis. Frau Marta nem mesmo em pensamento usava a palavra sífilis, substituía-a por *das grosse S* — o grande mal. No Brasil eram todos doentes. Se ainda se tratasse dum engenheiro italiano… quem sabe?! Agora a Alemanha era aliada da Itália. Essa ideia, entretanto, não a seduzia. Tinha estado em Torres, onde a colônia alemã e italiana viviam separadas. De repente acudiu a Frau Marta um pensamento que ela procurou afastar, como sacrílego. Mas o pensamento teimou. Se ela não estivesse convicta de que Hitler nunca errava, seria capaz de dizer que ele agira mal, fazendo essa aliança. Os italianos na Grande Guerra tinham traído. Iam trair de novo. Se não traíssem, a Alemanha teria de dividir as glórias com a Itália, uma nação de vendedores de bilhetes e de vagabundos.

Mas por que estaria pensando em tudo isso?! Como se fossem faltar bons partidos para Lore. Em Blumental seria quem ela quisesse, o Oscar Kreutzer ou outro qualquer. (Que pena terem assassinado o Bubi. Aquele é que estava em condições.)

— Então, estamos entendidas — disse Frau Marta, interrompendo o curso de suas divagações. — Não quero mais ouvir dizer que falaste com esse moço.

Disse *moço* para comprazer Lore. Afinal esse namoro talvez não passasse de brincadeira, e ela, Marta, estivesse tomando as coisas muito ao trágico, a sério demais. O dr. Stahl sempre lhe dizia isso mesmo, e um pouco de razão estava com ele. Era preciso levar Lore com jeito. Não discutia, mas era teimosa e obstinada, na sua resistência passiva… a única naquela casa que ousava enfrentá-la. Aqueles hábitos de sair sozinha de auto, aquela mania de independência… Tudo resultado de haver transigido em mandar educá-la num colégio católico, junto com moças de outra raça. Ou talvez consequência de sua estada na Alemanha anarquizada e vencida do pós-guerra.

— Se não puder me encontrar com ele prefiro não sair de casa — disse Lore com simplicidade e resolução.

111

— Que gosto! — intervém Karl. — Já se viu para o que deu minha irmã?... Querer casar com um índio selvagem. Vais ficar viúva ligeiro. Na primeira gripe que bater, ele morre. Deixa chegar o inverno. Raça fraca...

— Fraca, mas perdeste para ele no tênis — retrucou Lore irritada, o lábio trêmulo ameaçando choro.

— Estava fora de treino... Fiquei com raiva porque estavas torcendo por ele. Uma vergonha...

A mulher de Karl quis interferir a favor da cunhada:

— Ele joga muito bem, Karl. Todos aplaudiram, até eu... — confessou ela candidamente, num tom de desculpa.

— Cale a boca — gritou Karl para a mulher.

— Qual, o que não sabes é perder. Vergonha é atirar a raquete no chão...

Frau Marta acabara de formar a convicção de que o caso era sério mesmo como suspeitava. Não, impossível dar tréguas a Lore.

— Quem foi que levou esse negro ao tênis? — perguntou.

Lore levantou-se da mesa sem esperar o pudim, antes que as lágrimas lhe denunciassem o estado de espírito.

— Que é que eu ia fazer? O fiscal pediu.

— E vocês vão admiti-lo como sócio? Até no tênis os pretos já estão entrando?! *Ach*! Blumental está ficando inabitável.

Como se um súbito lampejo lhe tivesse atravessado o cérebro, Karl falou:

— No tênis não há mais remédio. Mas os Kreutzers estão furiosos por causa da briga no bolão. Eles, se quiserem, podem evitar a entrada desse tipo na ginástica.

— Deves tomar a peito esse caso o quanto antes. Não há tempo a perder — intimou Frau Marta.

Ema, ao entrar com a sobremesa, anunciou que Paulinho estava na rua a mostrar o cestinho de ovos da Páscoa para os moleques.

— Vá já buscar esse menino! — vociferou Karl.

Ouvindo a voz do irmão, Lore veio correndo da saleta.

Pouco depois Paulinho entrou a pular pela mão da copeira. Tinha o rosto vermelho e lustroso como uma maçã madura. Os seus olhos azuis se fixaram nos olhos do pai. E o seu largo sorriso era de certo modo uma súplica de paz.

Karl ergueu-se, amassando o guardanapo, a testa franzida, os lábios apertados, voltou-se para o filho e encarou-o duramente.

Uma sombra escureceu de repente o rosto da criança. O medo visitou-lhe os olhos. Meio encolhido, o coraçãozinho a bater descompassado, Paulinho esperou.

Os outros largaram o talher e ficaram a contemplar pai e filho. Houve um silêncio de expectativa. "Julgamento de Joana d'Arc..." — pensou Lore, achando absurdo e ridículo que por causa duma coisa tão trivial estivessem a representar aquela cena inquisitorial.

Karl não disse palavra. Deu três passos na direção do filho e esbofeteou-o. Ao receber o golpe daquela grande mão peluda numa das faces, Paulinho estremeceu, cambaleou ao passo que seu rosto se pregueava numa máscara de dor. Mas não soltou um gemido. Seus olhos se ergueram para o pai, cheios de lágrimas, e fitaram-no primeiro com surpresa e depois com uma expressão de desafio. Lore não se conteve. Ergueu-se do divã, ajoelhou-se ao pé do sobrinho e cobriu-lhe o rosto de beijos. Só então é que Paulinho desatou a chorar.

Herr Wolff, incomodado com os soluços e o choro da criança, dobrou o guardanapo, levantou-se da mesa e subiu para o quarto. Frau Marta, Karl e a mulher ficaram algum tempo conversando. Depois subiram também. Tinha chegado a hora da sesta, a hora sagrada e inviolável de Blumental.

11

A barata atravessou a ponte, sacudiu o madeiramento e penetrou na estrada geral. Ruben Tauben tomava conta da direção. Do lado direito, reclinado na portinhola, Geraldo procurava fazer espaço para Armando Seixas, que ia comprimido entre os dois, empestando o ar com o seu charuto mal aceso. A estrada agora seguia paralela ao rio. Desdobrava-se aos olhos de Geraldo uma vista inteiramente nova: a da cidade, debruçada sobre as águas. A pracinha murada pelo cais, o jardim contornando o pesado monumento da imigração, a rua larga e comprida afunilando-se ao longe; o correr de casas com platibandas, fechando o cenário urbano; e dominando tudo, imponentemente e sobranceira, defronte da ponte, como a dos antigos castelos medievais, a torre alta e pontuda da igreja protestante, com os ponteiros do relógio a marcar duas horas. O rio coalhado de botes ligeiros, pilotados por moças e rapazes. Passou uma lancha vermelha, de motor a matraquear; homens iam acocorados na popa em torno do lume de um pequeno fogão. Levantou-se o rebojo. Ouviram-se gritinhos assustados nos barcos. No fundo, para o sul, a planície a perder de vista; para leste, a serra densa e alcantilada. Geraldo procurava definir a paisagem: era bem como as paisagens do Reno dos livros de estampa.

O automóvel guinou para a esquerda, deixando para trás a vista do rio, da igreja, dos botes e da cidade.

— Aqui começa o sertão chamado bruto — fraseou Armando, numa reminiscência da *Seleta em prosa e verso,* jogando fora o charuto a que não conseguia dar jeito.

Nada menos parecido com o sertão. Só os solavancos do carro na estrada cheia de buracos é que poderiam trazer-lhe à mente aquele trecho de antologia. De um lado e de outro chácaras cultivadas, grandes laranjais floridos, extensos parreirais, bangalôs estilizados, dentro da moldura harmoniosa de jardins e pomares. Crianças robustas, com a cara besuntada de caldo de laranja, sentadas nos degraus de pedra.

O dr. Stahl, com o seu chapéu desabado, saiu de um portão de ferro, segurando uma maleta de mão e entrou no seu Ford. Os dois carros se cruzaram. Tauben e Armando abanaram com simpatia. O velho correspondeu com alvoroço.

— É pena que ele ande tão ocupado — comentou Armando. — Não me conformo que ainda não tenhas conversado com ele...

— Vai ser difícil antes do inverno. Ainda há muitos casos de tifo — disse o Fogareiro.

— É um velho batuta... — volveu o fiscal.

— Meio maluco. Espírito de contradição... — acrescentou o outro.

Transposto um pontilhão, a estrada mostrou-se menos esburacada, o carro desenvolveu maior velocidade. Cruzou com carretas de bois, que passavam gemendo. Ruben Tauben deu força ao acelerador sem perder de vista a calha funda, que perlongava a estrada geral. Geraldo contemplou maravilhado a alameda de maricás, toda em flor, comprida de quilômetros, que fechava um campo verde e ondulado. Os bois olhavam filosoficamente para o auto, e continuavam a ruminar à

115

sombra dos maricás. No alto duma coxilha um rebanho de ovelhas era tangido na direção do curral. Sentia-se já o cheiro do matadouro, um cheiro que obrigou Geraldo e Armando a levarem os lenços ao nariz.

Um preto de calças arregaçadas, trepado numa cerca, sacudia o laço no ar sobre uma manada de bois, que outro homem a cavalo mantinha reunida no canto do partidor. Os urubus voavam baixo: acabaram pousando no telhado e na claraboia do matadouro. A barata passou roncando para fugir ao cheiro desagradável. Transpôs agora outro pontilhão, guinou para a direita e penetrou novamente na zona dos pomares, das chácaras, dos parreirais, dos bangalôs, das casas de telhados vermelhos. Desfilou pela frente dum armazém, onde alguns caboclos, no balcão, bebiam cachaça, enquanto outros ao lado jogavam bocha no chão de terra batida.

Dentro em pouco a paisagem não oferecia mais surpresas a Geraldo. Era um retorno dos quadros que tinham ficado para trás.

— Ainda falta muito? — perguntou. Estava impaciente por encontrar-se com Lore. Não a avistara durante toda a semana.

— Em meia hora estamos lá — respondeu o Fogareiro. — Se não fossem essas estradas, podíamos fazer isso pela metade.

O carro deslizava agora dentro da floresta de eucaliptos. Dos dois lados a mata homogênea, cruzando sua fresca e quieta sombra de catedral sobre a estrada. Milhares, talvez milhões de pés, altos, esguios, copados, de um e outro lado. Às vezes uma clareira com grandes montes de lenha empilhada. Sombra propícia, que deliciava.

Já agora o auto desce uma lomba a toda velocidade, com o motor desligado. Na frente, como uma cobra monstruosa, a estrada de pó vermelho ladeada pela mata mais rasteira, menos compacta, de um verde mais claro. Um caminhão cheio de passageiros nos estribos corre na frente.

— Ali é o erval dos Schmidts — explica Ruben Tauben. — Estamos na subida da serra.

No fim do erval, junto a uma carreta e duas juntas de bois desatrelados, dois caboclos chimarreiam debaixo de uma grande árvore circular, de caule grosso, raízes à flor da terra, copa amplíssima. Era mais um exemplar das muitas árvores que Geraldo vinha notando à beira da estrada. Lembravam-lhe as sumaumeiras da Amazônia, imponentes, majestosas, rainhas da selva.

— Que árvore é essa? — Estava enlevado com o quadro que tinha diante dos olhos.

— É a nossa figueira — responde Armando. — Não serve para nada. Não dá fruto, nem boa lenha. Só mesmo para sombra. Por isso a poupam nas derrubadas.

— Mas é de um efeito maravilhoso…

As figueiras amiúdam-se no caminho e no campo. Os postes do telégrafo passam à desfilada. Na frente alongam-se os dois sulcos paralelos da estrada. As andorinhas alçam o voo dos fios do telefone. Rareiam as casas de telhado vermelho. A barata vence o caminhão na carreira. Ouve-se uma gritaria alegre. Começam a aparecer ranchos cobertos de sapé e chão de terra batida, paredes de barro enxovalhadas. Nas portas dos ranchos caboclinhos seminus, barrigudos, calças rasgadas e remendadas, vestidinhos de chita escura, carinhas amarelas, acenam com as mãos para o auto, numa algazarra. Geraldo corresponde. Lembra-se dos curumins dos barrancos da planície. O gaiola apita, levantando o rebojo, eles se precipitam sobre a canoa para gozar o balanço das ondas. Os pais permanecem no alto, impassíveis como faquires. Perderam o hábito do contato humano. O vizinho mais próximo dista às vezes dias de canoa. O único espetáculo que têm é a passagem das embarcações. Em torno é o silêncio e a amplidão. Na frente o rio, e onde o rio termina, começa a selva, só penetrável a golpes de ceifado. Os meninos das casas de sapé eram mais felizes, pensava Geraldo. Tinham a estrada, o campo, a mata domesticada. Os da beira do rio, só tinham a água. A mata era o perigo. Um passo em falso, perdiam o rumo: morte certa pela fome ou pelas feras.

O carro se aproximava de um grupo de casas velhas, de telhados cobertos de espesso limo, escuro e podre. À frente de uma figueira, na porta de uma venda, caboclos mal-encarados. Casas caindo, uma floresta rasteira e tentacular a lamber os muros dos quintais abandonados. O cemitério parecia maior que a povoação.

— Estamos no Rincão dos Caboclos — observou Fogareiro. — Não tens que fiscalizar aqui?

— Não, isto pertence à Vila Velha.

— É uma ponta de terra encravada em Blumental.

— Como a Tchecoslováquia na Alemanha. Não haverá sudetos?

— Zona braba. Aqui... talho de palmo é vacina. Os Sousas e os Pereiras estão se acabando. Todos os anos morre uma porção deles...

Vinganças de sangue, pensou Geraldo. Como no Nordeste. Famílias que se exterminam, por causa das chamadas questões de honra. As famosas "manchas inapagáveis" que no fim de contas poderiam sair com benzina.

— Quando essa raça se acabar, aonde irá o major arranjar bombachudos? — perguntou Ruben Tauben.

— É um problema que não nos interessa — respondeu o fiscal. — Por mim, eles podem terminar todos enforcados uns nas tripas dos outros.

O auto subia a encosta, contornando a serra. O motor estertorava. O Fogareiro engatou em segunda. Agora era preciso uma primeira. Iam empinados, sacolejando dum lado para outro. Venceram por fim o declive. Estão em pleno pinheiral. Os negros perfis dos pinheiros se sucedem, com pequenos intervalos, por sobre a coxilha. Lá embaixo, à direita, corre o rio. Vê-se uma chaminé aflorando de um barracão de madeira e grandes toros empilhados à margem da corrente.

— Ali tem um tirando tatu — disse Tauben, fazendo sinal na direção de um auto atolado, cujo motor roncava, procurando safar-se. As rodas do carro atiravam barro para longe, mas não conseguiam sair do lugar, enterravam-se cada vez mais.

— O dr. Eumolpo Peçanha! — informou o Fogareiro, referin-do-se a um homem baixo, trigueiro, o cabelo lustroso encharcado de brilhantina. Aguardava com impaciência as manobras do chofer, enquanto o secretário e o promotor, seus companheiros de viagem, respingados de barro, ajudavam a empurrar o carro à frente.

Ruben Tauben aproximou a barata devagar.

— Essa turma decerto vem de Tannenwald. Aproveitaram o *kerb* para cabalar os colonos — disse aos companheiros, fazendo parar o motor.

— Precisam alguma coisa? — perguntou aos homens do outro carro.

— Estamos atolados. E não vejo jeito — respondeu o chofer.

— Quer dar um reboque? — pediu o promotor, cumprimen-tando Geraldo e Armando.

— Não adianta — respondeu o Fogareiro. — Já está com o eixo encravado. Para empurrar vamos nos embarrar. É melhor buzinar, chamando os colonos.

— Estão todos no *kerb* — pondera o deputado Eumolpo Peçanha.

— Qual, não tardam a aparecer. Isto é tatu de estimação — as-segura Fogareiro, trocista.

Ambos os carros puseram-se a buzinar. Dentro em pouco saía um colono de uma casa de taipa, metida no fundo de um laranjal. Vinha sem pressa, com as calças arregaçadas, arrastando os tamancos, a fumar o seu cigarro de palha. Cumprimentou. Examinou atenta-mente os passageiros dos dois automóveis, já apeados sobre uma elevação enxuta de terreno, e fixou o olhar em Eumolpo Peçanha. O deputado inflou o peito, sorriu satisfeito entremostrando as gengivas

119

roxas, contente de haver sido reconhecido, e prelibando essa prova de prestígio e notoriedade.

— Eu conheço o senhor — afirmou o colono na sua meia-língua. — Mas não me lembro de onde. Como é o seu nome?

— Eumolpo Peçanha.

— Ah, não conheço, não. Pensei que fosse parente dos Sousas do Rincão — comentou o colono. Estava desolado. Logo ele, que era tão bom fisionomista. Mas não desistiu de fazer reconhecimentos. Agora examinava Fogareiro.

— Mas aqui este moço eu conheço...

Coçou o queixo, onde apontava a barba ruiva.

— Ruben Tauben.

— Dos Taubens, de Blumental?! Ah! conheço muito. Ora, quem é que não conhece os Taubens.

E começou a dar detalhes sobre a família, sobre os pais do Fogareiro, sobre os tios, referindo suas proezas nos *kerbs* do bom tempo. Agora estava cansado. Chegara a vez dos filhos.

O homem não tinha pressa. O deputado estava impaciente. Queria chegar à cidade com toda urgência. Precisava conversar com os amigos, combinar alguns assuntos com o prefeito, tomar providências antes do comício daquela noite.

— Tenho aí uma junta de bois. Mas estão no campo — disse o colono pachorrento.

— Vá buscá-los. Depressa. Não faço questão de pagar.

O colono saiu a procurar os bois. Em menos de cinco minutos estava de volta com a junta presa à canga.

Ataram uma corrente no eixo da frente do carro atolado. Os bois, sob a pressão da aguilhada e dos *eias!* do homem, arrastaram o veículo para fora do barro, colocando-o longe do caminho pegajoso e úmido, que exalava um cheiro de lama e de estrebaria. O deputado pagou o colono, agradeceu a Ruben Tauben, convidou-o para o

120

comício, deu a mão a Armando e Geraldo, subiu para o auto, acompanhado pelo promotor e pelo secretário, e mandou tocar.

O motor da barata estava de novo em movimento e os passageiros nos seus lugares. O colono ficou olhando, como que à espera de que o outro carro se atolasse no mesmo sítio. Ruben Tauben, porém, fez uma hábil manobra, contornou o atoleiro e meteu o carro inclinado sobre a pequena rampa; e quando viu vencida a dificuldade, acenou cordialmente para trás. O colono mal levantou o braço, numa saudação murcha e desajeitada.

— Pois sim! — fez Fogareiro. — Os meus dez é que tu não pegas. Quer dinheiro? Vá trabalhar como os outros!

A estrada coberta de cascalho moído permitiu à barata desenvolver maior velocidade. Amiúdam-se novamente as casas coloniais, os pomares, os muros de taipa, as chácaras, à margem do caminho. Agora o auto atravessa a estrada estreita entre dois despenhadeiros.

— Vamos parar um pouco aqui?! — pediu Geraldo, olhos presos ao cenário, que se desdobrava lá embaixo.

Armando e o Fogareiro concordaram.

Era um espetáculo maravilhoso. De um lado e doutro o vale cultivado, as colônias divididas, plantações de milho, de mandioca, de batata, de alfafa. Tudo semeado, tudo dividido, tudo roçado. Em todo o vale, por quilômetros e quilômetros, nenhum trato de terra abandonado. Ao longe, no fundo da paisagem, dois morros gêmeos aflorando como os úberes da terra. Um moinho, casinhas brancas, numa amplificação de presépios. O silêncio, a transparência do céu, os pequenos ruídos dos insetos, a placidez do rio que serpenteava do lado direito, tudo concorria para encher os corações dum desejo de paz, de tranquilidade e de amor.

— Que maravilha! — exclama Geraldo, pensando ao mesmo tempo em Lore.

— É bonito mesmo! — concordou Armando. — Mas eu prefiro as coxilhas.

— Como é... podemos tocar? — arriscou Fogareiro.

Reembarcaram. O auto começou a descer. Mais adiante teve de diminuir a marcha, para dar passagem a uma pequena tropa de gado. Armando olhou enternecido para os tropeiros. De novo o cenário se abriu na paisagem do vale e do rio. Já se ouvia o som de um pistão repercutindo nas quebradas. Cada vez se distinguiam mais os instrumentos de sopro, do clarinete, do bombardão. Tornava-se nítido também o compasso do rabecão, no ritmo de uma valsa alegre, quebrando o recolhimento domingueiro das colônias.

Entraram na vila. Avistaram de novo o rio a deslizar entre margens de cascalho. Apareceu a ponte pênsil, muito estreita, jogando como uma rede de circo à passagem de um homem: o cemitério, a igrejinha pintada de fresco. Geraldo tirou o chapéu, respeitoso. Armando fez o mesmo. E como visse a surpresa do companheiro, a quem muitas vezes se confessara ateu, explicou:

— Pode haver inferno... O seguro morreu de velho.

A orquestra estava próxima. Viam-se cavalos atados à soga, na sombra dos cinamomos. Famílias de colonos caminhavam pela vereda estreita. Surgiam homens sentados em compridos bancos defronte do salão, que tinha o frontispício embandeirado e a porta de entrada enfeitada com talhas de jirivá.

Um tipo bem-vestido, rodeado de coloninhos de chapéus muito enterrados, segurava pela ponta do barbante um feixe de balões multicores, que flutuavam no ar.

— Repara só a elegância do Ben Turpin na roupa do Armando — mostrou Fogareiro, procurando lugar onde deixar o carro.

Quando o auto parou e os três amigos desceram, Ben Turpin correu-lhes ao encontro, gritando num instintivo impulso de alegria e comunicação:

— *Alambrina!* Una beleza, dottore! *Alambrina!*

— A orquestra atacava agora uma polca. Dentro do salão todos cantavam. Tinham chegado ao *kerb*.

12

Pouco depois das três horas da tarde o dr. Stahl fez soar a campainha da porta da residência dos Wolffs. Lore correu a atender.

— Essa gente já acordou? — indaga a voz grossa, simpática, do velho.

— Hoje levantei mais cedo para ir ao *kerb* — explicou Lore, abraçando o doutor.

A família Wolff já estava sentada à mesa para o café da tarde.

— *Wie gehts, Schatz?* — pergunta este, beliscando as faces da moça, antes de atirar-se no divã como era seu costume fazer logo que entrava. Desde pequena Lore se habituara ao apelido carinhoso de namorada que o doutor lhe impusera. Em compensação, chamava-lhe *Grossvater,* mas sempre que o via se lembrava do *Pelznickel,* o Papai Noel da colônia, por causa das barbas brancas, dos presentes e do vozeirão. Quando voltava com o pai das caçadas, carregado de perdizes, Stahl era mesmo, sem tirar nem pôr, como o Papai Noel.

— Estou muito zangada com o senhor, sabe? — diz Lore com um jeito entre mimoso e amuado.

— Pode-se saber por quê?

— Não foi ao concerto.

— Ah, filha! — explicou o velho, recostando-se no divã. — Tenho trabalhado como um mouro. Não tenho tempo para nada. Já soube que fizeste um figurão.

— Mas venha tomar café — convidou Frau Marta. Pela milésima vez, nesses últimos vinte anos, o doutor recusou. — Ao menos um pedaço desta cuca. Experimente. — Stahl fez que não. E pôs-se a queixar-se do excesso de trabalho. Ainda bem que agora estava mais aliviado. O inverno vinha chegando, as febres e as disenterias iam cedendo. Felizmente no próximo verão, com a hidráulica concluída, a calamidade não havia de repetir-se. E logo num momento daqueles é que tinham se lembrado de exigir que o dr. Schneider, que tanto o auxiliava, fosse obrigado a revalidar o diploma.

— Uma bobagem que inventaram agora — resmungou o dr. Stahl. — Nos bons tempos não se precisava nada disso.

— O senhor acha mesmo uma bobagem, doutor? — queria saber Karl, levando à boca uma fatia de cuca. Gostava de ouvir as heresias do velho.

— É claro; se não achasse, não diria.

— Pois eu acho que isso é das poucas coisas boas que este país tem feito — interveio Frau Marta. — Deviam também proibir esses médicos judeus de clinicar. Um horror! Estão invadindo tudo. Vai ver que o doutor também está de acordo com a entrada no país de médicos judeus?!

— Ainda suporta os judeus?! — indagou Karl. — Pergunto, porque nestes últimos tempos não temos tido oportunidade de conversar.

— Não, não suporto — afirmou o velho rindo.

Frau Marta e Karl compreenderam que aquilo era alguma cilada e não interrogaram a razão. Stahl não esperou a pergunta.

124

— Não lhes perdoo o crime de terem dado a Bíblia a ler ao povo alemão, sobretudo o Velho Testamento.

— Esse Stahl tem cada ideia! — sorriu Herr Wolff, querendo evitar que a discussão se estabelecesse, retardando o assunto das caçadas que tinham a combinar. Acariciava o pelo do cão policial, que se lhe aninhara entre os joelhos.

— Desde que leram o Velho Testamento, ficaram malucos. Andam sempre à procura de um Moisés e com essa mania de superioridade de raça. — Ao dizer estas palavras o velho olhava de soslaio para Frau Marta, observando a reação que elas provocavam.

— Essas ideias são ideias de judeu. Nem parece que o doutor acaba de receber da Alemanha a sua árvore genealógica.

— Atirei ao lixo o papel que aqueles idiotas me mandaram. Que me adianta saber que tenho sangue alemão desde o século XV?

— Deixa, Karl. No fundo ele está bem faceiro — afirmou Frau Marta.

— Ora, falar de raça pura na Alemanha e na Itália! A Itália, um ninho de úmbrios, vênetos, árabes, norte-americanos, judeus, turcos, tudo. A Alemanha, o ponto de passagem de todas as invasões bárbaras do Oriente para o Ocidente, o cadinho de cruzamento de bretões, germanos, de chineses, tártaros, mongóis. Vocês já viram o retrato do Keyserling? Mongol puro. Aliás, os nossos melhores pensadores e artistas, os Bachs, os Händels, os Nietzsches, tinham sangue de eslavo ou de judeu nas veias.

— Ora, exceções.

— Mas na Alemanha não há negros — contraponteou Frau Marta. — O doutor vai querer nos convencer que um negro é igual a um branco?

— E por que não? Se vocês pensam que a inferioridade deles vem da raça, estão enganados. Vem da escravidão, do regime em que viviam.

— O doutor conhece algum negro que preste?

— Uma infinidade. Os Estados Unidos estão cheios deles. Grandes escritores, grandes músicos, grandes cantores.

— Para mim o maior barítono do mundo é Paul Robeson — diz Lore, que via com impaciência a discussão se prolongar, quando já era hora de Karl tirar o Mercedes da garagem e se preparar para o *kerb*.

— E a melhor cozinheira é a Flora — acrescenta Stahl.

— Por que então os Estados Unidos, que o doutor tanto admira, não deixam que eles se misturem com os brancos?

— Fazem muito mal. Estão criando um quisto lá dentro. Deviam ter feito como o Brasil, onde não há problemas de raça.

Frau Marta estava sinceramente escandalizada. Lembrava-se da Alemanha ocupada pelas forças argelianas, as brancas possuídas pelos pretos, recordava, arrepiada, os costumes do porto de Hamburgo, onde Paul tinha visto marinheiros pretos do Brasil de braço dado com alemãs. Uma relaxação. Consultou o doutor sobre se não achava que os filhos concebidos em tais condições devessem ser eliminados.

— Se forem moralmente híbridos a mãe tem o direito de matá-los.

— Qual é a diferença?

— O híbrido é o resultado das uniões sem amor, das uniões de baixa sensualidade.

— Como é que o doutor explica que os mestiços sejam fracos, tarados, revoltosos, inadaptáveis, criminosos? — perguntou Karl.

— Porque não são filhos do amor. Do senhor que possui a escrava com repugnância e a despreza; da escrava que se abandona com medo do azorrague, não pode sair nada bom.

— Suponhamos uma união normal...

— Seria difícil pela própria condição social de cada um. Mas se isso acontecesse, então ter-se-iam filhos perfeitos. De um momento verdadeiro de amor, seguido duma gravidez sem sobressaltos, não

126

saem híbridos. Que gente pode resultar de um preto que possui uma branca à força; de um branco que preia uma índia no mato, arrastando-a consigo como escrava?

— Quer dizer que para o doutor todos podem casar à vontade? — escarnece Frau Marta.

— Tudo depende do amor. Casamento sem amor, casamentos por interesse, não produzem nada de bom. Veja as famílias reais. Quantos tarados. Procure a causa: uniões sem amor. Na natureza, como nas raças, deve-se praticar o enxerto em larga escala.

— O senhor casaria com uma preta? — pergunta Karl.

— Não, não gosto de negros. Mesmo que o quisesse, por um ato de vontade, não podia. Fui educado já com preconceitos raciais. Nesse tempo a Alemanha andava maluca com as teorias de Chamberlain e Gobineau. Agora seria difícil desintoxicar-me por completo. Infelizmente, não há purgativos espirituais para lavar a gente por dentro.

— Não, essa repulsa é inata no branco.

— Absolutamente. Agora mesmo encontrei aí na calçada o Paulinho brincando com os mulatinhos do Cardoso... Estava alegre e não me parecia repugnado. Pelo contrário: nunca o vi tão contente. Imaginem que nem quis vir comigo.

— Vá buscar o Paulchen, já, já — ordenou Karl à mulher, que até aí não tinha dado uma palavra.

— Desta maneira, quando ele tiver quinze ou vinte anos, dirá, como vocês, que nunca pôde suportar negro — observou Stahl.

— E os bugres de Iraí também são iguais aos brancos? — Karl estava desesperado de não encontrar um ponto fraco onde pudesse derrotar o doutor.

— No ponto em que estão, não digo que sejam. Agora, se me falassem dos incas do Peru, dos astecas do México e dos maias da Colômbia, eu entenderia um pouco.

Lore teve vontade de ajudar o doutor, falando nos nhengaíbas e na cerâmica marajoara, mas calou-se. Aquela discussão não teria fim? Ficou pensando em Geraldo, no que poderiam conversar no *kerb*.

— A única coisa que eu tenho contra eles é que não descobriram a pólvora antes da Europa. Foi também o mal da China, que a inventou, mas que não soube dar-lhe o destino conveniente.

— O doutor pode falar quanto quiser. Mas nessa questão de raça, ninguém o acompanha — diz Frau Marta.

— Ficarei só contra todo o mundo.

Lore já não podia conter a impaciência. Os minutos corriam. Todos já estavam servidos e ninguém se movia da mesa.

— Karl, a que horas pretende tirar o carro? — perguntou ao irmão, dando à voz toda a brandura possível.

— Podemos ir agora. Mas antes tens que assumir o compromisso de não dançar nem falar com o engenheiro.

Ao dr. Stahl custou compreender o sentido destas palavras.

— De outra forma, não consinto que vás — acrescentou Frau Marta. — É assunto resolvido.

Uma onda de sangue subiu à cabeça de Lore. Saiu correndo para o quarto, as lágrimas represadas nos olhos, antes que o doutor intercedesse a seu favor, agravando ainda mais as coisas. Stahl estava interdito, sem saber o que dizer. Mas já Frau Marta voltava ao ataque.

— Eu, se pudesse, mandava enforcar todos os judeus. — Era necessário provocar o doutor, antes que ele tomasse a defesa de Lore. Estabelecer, embora arbitrariamente, um novo ponto de partida.

— *Mein Gott*! E onde estão os seus sentimentos cristãos, Marta? — indagou Stahl, procurando disfarçar a sua angústia. Queria Lore como a uma filha.

— Cristo, que foi Deus, não teve dúvida em expulsar os vendilhões do templo, de azorrague em punho — exclamou vitoriosa Frau Marta.

128

— É o único gesto que eu não compreendo bem em Cristo. Ainda estava no começo da carreira. Depois mudou, talvez até se arrependesse. Deve ter sido esse gesto que o levou à cruz.

— Não blasfeme, doutor, isso é demais! — Frau Marta sentia um começo de revolta.

— Por que fazer distinções entre judeus e cristãos?

— O doutor não havia de ter tanta pena dos judeus se o governo desse licença aos médicos estrangeiros para exercerem livremente a medicina no Brasil — zombou Karl, convencido de que acertara no ponto fraco do velho.

— Está enganado. Sobre esse assunto tenho cá minhas ideias.

— É pela liberdade de profissão?

— Sou pela liberdade em tudo.

— Mesmo para os que não têm diploma?

— Mesmo para os que não têm diploma! — sustentou impávido o dr. Stahl.

— Então acha direito que se exija caderneta para ser chofer e não quer diploma para o exercício da medicina? Quem não o conhecesse até diria que o senhor não é formado.

— Em homenagem à medicina, acho direito.

— Como? O doutor hoje não cessa de gracejar? — comentou Frau Marta, novamente escandalizada.

— Pelo contrário, nunca falei tão sério. Para guiar um automóvel é preciso conhecer e executar um determinado número de movimentos mecânicos, certos, definitivos, invariáveis, sobre os quais não há nem pode haver duas opiniões contrárias. Dar-se-á o mesmo quando se trata de curar um doente? Para curar doentes, função que vocês hão de reconhecer que é pelo menos gradualmente superior à de guiar automóveis, reúnem-se muitas vezes à cabeceira de um enfermo vários médicos sem saber o que hão de fazer.

— Mas há coisas estabelecidas na medicina! — sustenta Karl.

— Gostaria que você me dissesse o que é que está definitivamente estabelecido.

Levantando-se e pondo-se a passear de um lado para outro, o dr. Stahl acusava agora os partidários do diploma de amigos da ciência oficial, uma calamidade. Eram todos regressistas, porque se esqueciam das lutas, das revoluções que tinham sido necessárias para destruir o exclusivismo das castas fechadas, os privilégios de corporações. Era preciso também não esquecer que a ciência oficial tinha dado cicuta a Sócrates, amargurado a velhice de Galileu. Ninguém devia esquecer-se de que quando Copérnico, Newton, Pasteur, Einstein ou Freud assombravam o mundo e honravam a humanidade, é porque se haviam rebelado contra os tais dogmas da ciência oficial.

O doutor agora não deixava que os outros o interrompessem. Tinha entrevisto novo rumo para o curso dos seus pensamentos. A prova de habilitação para o exercício de uma carreira liberal deveria necessariamente ser feita na conformidade de uma lei especial. Essa lei, por sua vez, teria de estabelecer com não menor necessidade quais as condições a serem preenchidas pelo aspirante. Soma — aparecimento de uma ciência oficial. Ora, nada tão presunçoso para Stahl, como isso: o Estado a impor o selo de sua aprovação a doutrinas e teorias. O Estado não tinha que se meter nisso. Nada tão flutuante, tão inconsistente, tão incerto como a ciência. A verdade de hoje seria o erro de amanhã. Nos bons tempos da Inquisição curava-se o histerismo na fogueira. Seriam os médicos de hoje mais razoáveis, com as suas injeções? Ele não estava bem seguro qual dos dois métodos o mais acertado. Os livros científicos deviam chamar-se tratados provisórios.

O doutor parecia um gêiser em ebulição. Não dava tempo a que o aparteassem. Insistia que uma lei reguladora da medicina importava na oficialização da ciência e trazia para determinadas corporações científicas o privilégio de fornecer diplomas. Mas era de perguntar-se se essas corporações dispunham de meios para saber exatamente como suprir as necessidades das populações em assunto de assistência médica. As estatísticas, por mais perfeitas e acabadas que fossem, ainda não podiam ensinar a medir essas necessidades nem em épocas normais, quanto mais nas anormais.

— Aqui está o caso de Blumental — adverte Stahl. — O tifo a grassar por toda parte, e onde médicos em quantidade suficiente para atender? Quanta gente a morrer sem ter sequer ao seu lado um curandeiro, desses bons curandeiros dos primeiros tempos da colônia?

— O senhor argumenta com as exceções — respondeu Karl. — E o sacrifício de vidas que exige essa liberdade de que o senhor fala? E os ignorantes que morrem nas mãos dos charlatães?

— E para manter o tal princípio da autoridade do Estado será menor o sacrifício de vidas?

— É outra coisa.

— Estão em jogo dois princípios igualmente respeitáveis. Se é inevitável o sacrifício de vidas, que o seja para sustentar o direito de cada um fazer o que quiser, escolher o seu médico como bem entender. Ao menos no caso da liberdade, as vítimas se oferecem espontaneamente... No outro é o Moloc do Estado que as indica com o dedo. O caso dos judeus na Alemanha é uma prova.

— O doutor é anarquista — diz Frau Marta.

— Pois seja. Não tenho medo de palavras. Para mim as palavras por si mesmas significam muito pouco.

— A liberdade de profissão talvez fosse ideal num país civilizado — procurou transigir Karl, para desfazer o efeito de sua anterior investida.

— E necessária num país de analfabetos — arrematou o velho.

— Mas o senhor não pode negar que o Rio Grande do Sul melhorou muito desde que extinguiram a liberdade de profissão.

Agora o dr. Stahl concordava que se haviam cometido muitos erros e muitos crimes. Mas dos males ele queria o menor. Entre decepar pela raiz a liberdade e cair no perigo de ressuscitar privilégios de casta, num país de instrução escassa e difícil, onde as escolas superiores estavam ficando cada vez mais caras e mais inacessíveis aos poucos protegidos da fortuna, onde a vida de sacrifícios do interior não seduzia aos moços formados das avenidas — era ainda mais preferível a liberdade pletórica, com todos os seus abusos.

— Na Alemanha, com as suas teorias, o senhor seria expulso ou internado num manicômio — sustentou Frau Marta.

O velhinho era obstinado. Agora procurava justificar-se pelo lado do seu amor ao liberalismo.

— Eles agiriam com lógica. Porque essa questão deve ser resolvida, em última análise, de acordo com a concepção de cada um sobre as funções do Estado.

— Como?! Não compreendo — diz Karl.

Na opinião de Stahl o caso era simples. A solução do problema dependia disso. Para quem considerasse que o Estado a tudo devia prover, impondo aos indivíduos desde a bíblia de sua fé religiosa até os evangelhos de suas crenças políticas, chamando a si todas as funções, socializando tudo, então nada mais lógico do que repelir, por absurdas, as liberdades individuais, entre as quais a profissional, a de pensamento, a da palavra, todas. E nada mais razoável do que conferir ao Estado a prerrogativa de impor doutores às populações que já não tinham o direito de escolhê-los onde quisessem. Mas isso que seria muito razoável para um partidário do socialismo, em que as liberdades não contavam, não o era para um partidário, como ele, do Estado liberal. Era contrário à sua lógica ser liberal e ao mesmo tempo favorável à mutilação da liberdade, sob qualquer pretexto.

— O senhor é do século passado — classificou Karl.

— Ainda não vi razão para mudar. Sou apenas coerente, um espírito lógico.

— Pois eu sou nacional-socialista...

— E ao mesmo tempo protestante, cristão? Então é incoerente.

— Não compreendo.

— Não compreende porque não raciocina. Diga-me cá uma coisa: qual é o fim do cristianismo?

— Ensinar aos homens a prática do bem e da justiça para a conquista do céu — respondeu Karl, depois de alguma hesitação.

— Muito bem. E para que o homem consiga, reconhece outros meios que não os da persuasão e da evangelização? Em outras palavras: admite que se obrigue alguém a interpretar a Bíblia deste jeito e não de outro, a aceitar alguma coisa pela força?

— Não.

— Ora, se dentro do protestantismo e do cristianismo, nem em nome dos bens eternos é permitido privar o homem de sua liberdade, todo sistema que quiser golpear esta liberdade, a pretexto de estabelecer novos reinos sobre a Terra, que serão sempre gradualmente inferiores ao reino dos céus, é contrário ao seu espírito e à sua lei. E, neste caso, está o nacional-socialismo. A Inquisição pelo menos queimava para salvar as almas.

— Você fala tanto em lógica e coerência — interveio Herr Wolff, desiludido de poder pôr fim à discussão, vendo Stahl num dos seus dias — e, no entanto, não posso compreender como é que defende a liberdade de profissão, tendo sido, como foi, partidário do Silveira Martins e do Koseritz.

— Eu estava com Koseritz porque era liberal, mas contra ele quando não admitia a liberdade profissional.

— Combatemos juntos o Castilhos — lembrou Herr Wolff.

— Não por isso, mas porque ele queria a ditadura.

— Então estava tudo errado.

— Tudo errado. Na vida é sempre assim.

— Mas qual é hoje o partido do doutor? — perguntou Frau Marta.

— Nenhum. Sou, ao mesmo tempo, pedreiro-livre, livre-atirador, livre-pensador, ateu e temente a Deus. Depende da hora.

— Qual, o que o Sthal é, é um grande espírito de contradição. Sempre foi. Só gosta de discutir — aparteou Herr Wolff.

— Que é que vou fazer? Sou da raça de Lutero. Posso discutir o dia inteiro.

— Mas como é que se pode viver assim, duvidando de tudo? — fala Frau Marta.

— Não poderia viver de outra maneira sem me embrutecer. Duvidar é o que se pode fazer de melhor e de mais decente. Se os portugueses não tivessem duvidado da geografia de Ptolomeu, teriam descoberto o Novo Mundo? Lutero duvidou da interpretação romana da Bíblia e fundou o protestantismo. Por milhares e milhões que duvidam à toa, como eu, de vez em quando aparece um Galileu, um Freud, um Einstein, de quem a humanidade aproveita alguma coisa.

Frau Marta já estava tonta. Doía-lhe a cabeça. Era sempre assim quando vinha o doutor... Um azougue, um demônio vestido de gente! Tinha de fazer um grande esforço para lhe acompanhar os sofismas, as acrobacias. Pediu licença e foi se retirando. Que grandes coisas não faria o doutor, se não fosse maluco e aplicasse a sua inteligência para o bem, numa grande causa — ia pensando ela ao subir para o andar superior.

Karl, porém, insistia. O doutor o irritava, mas não sabia o que era, sentia um mórbida satisfação em discutir com ele.

— O senhor não acha que o nacional-socialismo está levantando a Alemanha?

— Se sabes o que penso da Alemanha atual, por que me perguntas? Sou saudosista. Vivo a sonhar com a Alemanha anterior a 1870.

E aqui no Brasil também sou saudosista. Ando com raiva dessa união de partidos, dessa calmaria podre. No tempo do Koseritz é que era! Agora, para se fazer uma simples oposição municipal, nem com dinheiro se consegue.

— Queres derrubar o homem? — pergunta Herr Wolff.

— Se quero! E conto contigo para me ajudar.

— Eu não quero saber mais de política. Só serviu para me incomodar.

— Mas, doutor, nós não precisamos de política — diz Karl. — Não entendo como é que o senhor, que podia estar rico, ainda se mete nessa sujeira...

— Se me naturalizei brasileiro, é porque quero ser brasileiro.

— Mas... que tem uma coisa a ver com a outra? Acho que ninguém é mais brasileiro do que nós, em Blumental. Somos quem paga mais impostos, e de dinheiro é que o Brasil precisa e não de oposicionistas.

— Se estou aqui, tenho de me interessar pelo destino das coisas a que se acha ligado o meu próprio destino. Não é dar dinheiro o que importa. É pensar na terra, nos seus problemas, nas suas necessidades. Retribuir a hospitalidade com o pensamento, com o coração.

— Fazendo oposição?

— Quando não se pode estar de acordo, por que não? Estar sempre com o governo é que é prova de indiferença e descaso. Blumental está sempre com o governo. Quer dizer com isso que tenha mais espírito cívico do que Bagé ou Alegrete, onde a oposição quase sempre vence?

A campainha soou novamente. Alguém procurava o doutor, para um chamado. Ele se despediu de todos, numa alegria excitada, e se dirigiu para o carro. Cruzou com a mulher de Karl e Frau Marta, que trazia o Paulinho pela frente aos empurrões. Quando o motor se pôs a funcionar, ouvindo os berros do Paulinho, que apanhava, o dr. Stahl sentiu-se culpado de ter denunciado a amizade do menino com os filhos do Cardoso. Mas logo o auto arrancou e ele passou a pensar em Lore, na luta travada entre ela e Marta. E ele que ia lembrar o nome do engenheiro como candidato capaz de enfrentar o prefeito! Positivamente, o major tinha razão: era um errado em política. Voltou a pensar na discussão, satisfeito de si mesmo. Cansava-se na companhia dos que sempre concordavam com ele. Gostava dos que o contrariavam, porque o obrigavam a pensar, reformar ou revigorar suas ideias. Frau Marta era a sua oposição. Nunca estavam de acordo. Mas gostava dela, porque era obstinada, porque o interpelava, porque... "Porque obriga este cérebro enferrujado a trabalhar", concluiu interiormente, parando o carro em frente da casa de onde viera o chamado. Na praça os pardais algazarravam.

13

Uma alegria contagiante alastrava-se pelo amplo salão. Todos cantavam. Todos dançavam. Os que haviam ficado sem par dançavam sozinhos perto da copa, cantando para as garrafas de cerveja. Os velhos marcavam o compasso batendo no balcão com os copos vazios. As matronas faziam o mesmo, batendo com os nós dos dedos sobre as mesas. Era um delírio coletivo, elementar. Os músicos, já fatigados, vermelhos como pimentões, o suor escorrendo pela testa, faziam um supremo esforço para dominar o ritmo daquele coro alucinante. Impossível. Cessaram de tocar. Estrugiram palmas em todos os ângulos da sala.

— *Noch ein Shwanzchen* — berravam várias vozes.

A orquestra não podia mais, estava exausta. Mas os apelos de "mais um pouco", as batidas das garrafas, dos copos, das cadeiras, vinham num crescendo irresistível. E os músicos recomeçaram pela décima, pela vigésima vez. Os pares se atracaram novamente e ao ritmo acelerado da polca, empurrando para a esquerda e para a direita, pareciam fugitivos que procurassem forçar passagem no meio da multidão.

A música mais uma vez teve de parar. Repetiram-se os gritos, os apelos, as batidas de copos e garrafas. Os músicos, porém, desta vez não atendem. Estavam literalmente esgotados.

Os pares formavam a roda ao redor da sala. Um latagaço que quase chega a roçar a cabeça nas bandeirolas de papel colorido traz agora pelo braço a rapariga que lhe vai até a altura do ombro, e com ela puxa a fila. Os cabelos crespos em desordem, a roupa preta desajeitada, as mangas subindo o cotovelo, as calças muito apertadas, deixando à mostra as meias listradas de algodão e as botinas capazes de servir ao gigante das passadas de sete léguas. Atrás desse par sucedem-se os outros, e já na primeira volta a roda está completa, forçando a organização de novo círculo, que logo depois é seguido de outro.

Recostado numa das colunas que sustentam o arco de ligação entre o salão e a copa, Geraldo faz suas últimas identificações, ainda esperançado de encontrar Lore. A todo o momento olhava para a porta de entrada. De um instante para outro ela havia de aparecer. Lá estavam quase todas as moças do baile da Páscoa. Dos moços, nenhum faltara. O Kreutzinho, vigiado de longe pelo irmão, girava pela sala, falando com um e com outro, querendo brigar, mas sem encontrar parceiro. Soltava risinhos aflautados, em busca de vítimas. Os colonos o cercavam com simpatia, ele distribuía pontapés a torto e a direito, obrigando-os a fugir. De repente caiu, rolando, no chão. Os amigos o levantaram e o conduziram de novo para a copa.

Armando e o Fogareiro sentaram os respectivos pares e aproximaram-se de Geraldo.

— Como é, caboclo? É preciso cair na fuzarca. Não podemos perder tempo. Vai tirando à beça.

— Puxa! Fui sentar o meu par. Eu não aguento mais. Que asa braba! — comentou o Fogareiro.

— Depois vocês levam a dizer que negro é que tem budum — replicou Armando. — Imagina se ainda estivéssemos no verão!...

— Vamos tomar uma cerveja? — convidou o Fogareiro. — Estou com a goela seca.

Não havia mesas vazias. Foram ao balcão. Nas costas de Geraldo um homem bem-trajado contava em alemão um caso qualquer a um grupo de colonos. Geraldo voltou-se e deu de cara com o cearense do incidente do bolão. O cearense reconheceu-o logo. E como se nada tivesse havido entre eles, abraçou o engenheiro:

— Vocês por aqui, macacada?!

Armando e Geraldo corresponderam à efusão do cearense. Ruben Tauben apresentou-o. Disse que era viajante, que se chamava Vanderley e estava ali "se defendendo".

— Viajante que não fala alemão nesta zona não arruma pro café — explicou.

O empregado veio atender.

— Traga duas Oriente — ordenou o Fogareiro.

— Quem sabe querem experimentar da nossa? — arriscou o outro.

— Pois traga uma pra gente ver como é — anuiu Armando.

O homem trouxe a cerveja da terra. Serviu os copos de Armando e Geraldo. Ruben Tauben e o cearense recolheram os seus trocando entre si olhares compreensivos. Armando provou a cerveja, franziu a testa e cuspiu. Era uma cerveja de alta fermentação, de gosto insuportável. De repente ele percebeu que a garrafa não estava selada. Chamou para o fato a atenção do caixeiro. Este olhou assustado numa certa direção. Ao mesmo tempo Armando pulava para dentro do balcão, onde foi dar com um maço de selos servidos, escondidos numa lata de café. Fez menção de apreendê-los, mas a pedido de Geraldo e do Fogareiro, diante do ecônomo que acabava de chegar com os olhos esbugalhados, limitou-se a rasgar os selos e a recomendar que não fizesse mais aquilo.

— Não quero estragar a festa.

O ecônomo foi chamar o cervejeiro. O homem tremia da cabeça aos pés. Armando tornou a tranquilizá-los. Agradeceram ao fiscal.

139

Queriam mandar servir uma rodada de Oriente, que ele recusou. Os colonos observavam a cena meio assustados. Armando não se cansava de repetir:

— Pronto, acabou-se. Hoje é dia de festa. Não quero ver ninguém triste.

E Lore? Geraldo, na sua impaciência, lembrou-se estranhamente de suas noites no seringal quando ficava a esperar ansioso a cabocla que lhe visitava a rede.

O pistão deu um toque militar. As rodas formadas no centro do salão se dissolveram, deixando vazio o espaço das danças.

— Polca de damas! — exclamou o cearense. — Vamos ver!

— E Lore não vinha... Teria adoecido? Ou queria apenas fazer-se desejada?

Já as damas iam à escolha dos pares. Atravessavam o salão, faziam uma curvatura com um gesto de mão, os cavalheiros as enlaçavam, ficavam aguardando um momento, depois num instante propício do compasso mergulhavam na dança. Uma morena da cidade, que trescalava sensualidade, veio tirar Armando. A "moça da asa" investiu para o Fogareiro. Os colonos empurravam-se uns aos outros para ficarem bem à vista. Geraldo tinha voltado a recostar-se na coluna entre o salão e a copa. Uma rapariga loira, transbordante de saúde, forçou a passagem entre os homens e fez a Geraldo o sinal de que o queria para seu par. O engenheiro vacilou um momento, olhou para trás, para os lados, como a certificar-se se era com ele mesmo, depois tomou a mão da moça, ganhando o local das danças. Estava um pouco sem jeito, mas comovido com o gesto da rapariga. Agradeceu a gentileza, a moça sorriu. Era simpática e alegre. Quis conversar; ela não falava português. Agarrava-o com força. Tinha a mão áspera do trabalho na roça, os seios duros colados ao peito de Geraldo. O corpo recendia a sabonete de coco, os cabelos cortados *à la garçonne* cheiravam a água-de-colônia barata. A polca terminou. Geraldo não sabia o que fazer, mas já a moça o abandonava, encaminhando-se para o seu lugar. A sala ficou novamente vazia.

Geraldo olhava em torno, desolado. Sentia-se só, longe de Lore.

Dois rapazes com fitas brancas amarradas no braço, distintivos a reluzir na lapela dos casacos, impando de importância, caminhavam de um lado para outro. Tinham o ar grave, mas a fisionomia resplandecente de satisfação.

— Nunca vi povo para gostar tanto de crachás — observou Armando, olhando para os diretores do *kerb*.

Estes se aproximaram. Pediram licença, pregaram uma fitinha no peito do engenheiro e do fiscal.

— Quanto é? — perguntou Armando, que compreendera chegada a hora do pagamento.

— *Fünf Mil* — respondeu o mais velho, espalmando a mão, como a indicar que aquela honraria custava cinco mil-réis e dava direito às danças. Geraldo e Armando pagaram e ambos, muito importantes, continuaram sua peregrinação em torno da sala, em busca de cavalheiros que já houvessem dançado.

Chegara a vez de Geraldo retribuir a gentileza da moça da polca de dama. Quanto antes, melhor. Assim, quando Lore chegasse, já não lhe seria preciso cumprir esse dever de cortesia. A música tocou uma valsa. Foi tirá-la. Armando estava de novo agarrado à morena cor de jambo. Fogareiro dançava agora com uma mulher forte, com a cabeça afundada num peito alastrado de seios. Geraldo reconheceu-a. Era a empregada dos Wolffs, a mesma que lhe havia aberto a porta no dia da entrevista do violinista. Ben Turpin tinha vendido os balõezinhos e dançava com uma colona. As vozes de um novo canto enchiam a sala:

Trink, trink, Brüderlein, trink
Lass doch die Sorgen zu Haus.

A melodia animava o *kerb*, levando-o ao delírio. Convidava a irmandade que bebesse, que bebesse, deixasse em casa cuidados e preocupações, porque a vida era uma delícia. Quando os músicos pararam, o par de Geraldo não se retirou, enfiou-lhe o braço, puxando-o para a roda. Mas já a orquestra atendia aos gritos de "*Noch ein Schwänzchen*". E de novo o canto inundou a sala:

> *Trink, trink, Brüderlein, trink*
> *Lass doch die Sorgen zu Haus.*

A coloninha de Geraldo se agitava toda numa vibração de entusiasmo quando chegava a parte do estribilho, proclamando que assim a vida era uma beleza:

> *Dann ist das Leben ein Scherz.*

Duas, três, quatro, cinco vezes tiveram de repetir a valsa. Armando continuava agarrado à morena, alheio ao que lhe ia em derredor. Não saía do centro do salão. Se Clemenceau o visse, pensou Geraldo, alarmado com o cinismo do companheiro, decerto havia de repetir a pergunta que formulou, à vista dos pares dos bailes públicos de Paris: "*Comment, on peut faire ça debout.*"

Os velhos dançavam abraçados, girando sempre para a esquerda. Pareciam mais entusiasmados que os moços. O capataz da hidráulica arrastava a mulher pela sala, concitando o engenheiro a divertir-se. Geraldo estava surpreso e ao mesmo tempo encantado daquela promiscuidade. Gente da cidade e da colônia, patrões e empregados, os Kreutzers e os caixeiros da firma, todos rodopiando e cantando, deslembrados de diferenças sociais.

> *Dann ist das Leben ein Scherz.*

Só ele, Geraldo, ainda não se sentia à vontade. Achava-se ridículo e sem naturalidade dentro da alegria geral. Começava a desesperar de que Lore não viesse. E, sem ela, o que estaria fazendo ali?

Agora a orquestra assassinava uma marcha que lhe era familiar. Alguns colonos entraram a cantar:

O teu cabelo não nega, mulata
Porque és mulata na cor...

A coloninha sorria satisfeita para Geraldo. Ele ria para ela. Como visse a surpresa estampada na cara do engenheiro, tentou explicar:

— Sorteados.

Geraldo compreendeu. Eram soldados que acabavam de dar baixa. Vinham da capital e se sentiam orgulhosos de cantar uma música diferente, aprendida na caserna, contentes de poder mostrar aos outros que sabiam a língua da terra. Assim que a música parou, foi um barulho ensurdecedor. Todos queriam bis. Aquela meia dúzia de rapazes assumia proporções de heróis aos olhos das namoradas e dos companheiros. E eles, satisfeitos, vibrantes, sob o olhar cheio de aplauso e de inveja dos colonos, não se fatigavam de cantar a letra toda, do princípio ao fim. Geraldo agora sentia-se enternecido, com vontade de correr para eles, cantar com eles. Mas aquela hora lhes pertencia inteira; não devia perturbá-la. Admirava-se de se sentir outro, do ardor com que dançava, acompanhando o compasso, desligado de si mesmo, como parte de um todo de alma comum e elementar.

Positivamente Lore não vinha. Como era amargo o sabor da decepção...

Um grupo de homens, numa grande algazarra, conduzia um velho em triunfo para dentro do salão. Ergueram-no à altura de uma garrafa pendurada entre as bandeirinhas e meio escondida no trançado de ramos verdes que pendia do teto. O velho arrancou a garrafa e o grupo voltou levando os homens de roldão. Geraldo quis afastar-se, mas um colono o agarrou amigavelmente pelo braço, num convite para acompanhar os outros. Inútil resistir. Deixou-se arrastar. No balcão, o homenageado mandou abrir uma dúzia de cerveja. Ofereceu um copo a Geraldo, outro a Armando, e fez sinal aos demais para que se servissem. Em poucos instantes não restava mais nenhuma garrafa cheia. Foi então a vez de outro colono, logo de outro. Geraldo, encantado com aquele ambiente de cordialidade, também resolveu pagar uma rodada. Não queria, porém, que o conduzissem para o meio da sala. Protestou inutilmente. Já estava no ar, suspenso nos braços fortes dos colonos, em direção de uma garrafa. Ao voltarem para o balcão, mandou vir, em vez de uma, duas dúzias de cerveja. Estava alegre, comunicativo, exuberante. Aprendera a dar fortes batidas nos ombros dos outros, em sinal de amizade e efusão.

Anoitecia. As famílias começaram a se dispersar. Acenderam-se as luzes.

— Jantamos aqui, depois tocamos — disse o Fogareiro, que enxugava com o lenço o suor que lhe alagava a testa.

Armando queria ficar, mas Geraldo e o Fogareiro protestaram. Ruben Tauben tinha de sair para Vila Velha no dia seguinte. Andava com a viagem atrasada. Geraldo, novamente abandonado a si mesmo, deixava evaporar-se a alegria de havia pouco. Pensar em Lore tornara-se-lhe uma obsessão.

— Preciso estar cedo amanhã na hidráulica — disse, para desculpar-se.

Armando teve de ceder. Não lhe agradava porém a ideia de partir, agora que conhecera o *kerb* e encontrara uma morena do "outro mundo, francamente do barulho".

— Aquela morena ainda me mata, seu Geraldo!

A rapariga ia saindo. Olhava para Armando com uns olhos chispantes de desejo. O rapaz do balcão molhava a sala com o regador. Duas empregadas varriam o soalho, levantando poeira.

144

Geraldo olhava tudo com melancolia. A ausência de Lore, pressentia ele, devia ter uma significação muito grande para o destino de ambos.

O Fogareiro foi ver se conseguia lugar e voltou desolado. No seu encalço vinha um moço alto, de cabelos castanhos e crespos. Convidou os três a tomarem lugar em sua mesa. O Fogareiro fez uma rápida apresentação, enquanto se encaminhavam para o fundo do salão de refeições. Geraldo teve uma agradável surpresa ao saber que o moço se chamava Hans Fischer e era noivo da professora pública de Tannenwald, a respeito de quem Lore repetidas vezes lhe falara.

Chegados à mesa, Alzirinha os acolheu com um sorriso na comissura dos lábios, arredando para a ponta do banco. Era morena, baixota, tinha os olhos azulados e o tipo de brasileira. Fogareiro sentou-se ao lado de Hans Fischer. Geraldo e Armando ficaram em frente dos noivos, ao lado de um colono.

— Então, como vai a coisa? — pergunta Ruben Tauben, batendo na perna de Hans.

— Já conhecias minha noiva?

A brasileirinha estendeu a mão ao Fogareiro, que não pôde levantar-se, impedido pelo banco.

— A senhorita parece que foi colega de minha irmã, no colégio das freiras. Ela é que me disse que tinha sido nomeada para cá.

— É verdade. Ela, eu e Lore fomos colegas — respondeu a moça, observando o efeito que produzia em Geraldo a revelação. — Lore ficou certa de vir. Alguma coisa aconteceu...

Geraldo procurava aparentar tranquilidade.

— Não tem estranhado? — perguntou.

— Pelo contrário. Tenho gostado muito. A gente é muito boa. Os meninos são obedientes e quase não me dão trabalho.

— Estão aprendendo português com facilidade?

— É a parte mais difícil. Sou a primeira professora pública que mandaram para cá.

145

Geraldo queria mais detalhes. A professorinha respondia sem afetação. Explicava que, além da aula estadual, havia ainda a aula municipal, cujo professor vivia do que lhe davam os colonos, em gêneros da roça, porque o que ganhava, oitenta mil-réis mensais, não lhe chegava para o sustento. Tinha muita pena dele. Os colonos porém preferiam a aula estadual, que lhes saía mais barata. Só encontrara até ali uma dificuldade para o desempenho do cargo: o pastor protestante.

Este aconselhava a aula municipal, porque lá se ensinava alemão. Movia-lhe forte oposição, porque ela se recusara conceder-lhe as horas da manhã para o ensino da religião. Em verdade, não queria ensinar religião; a religião fora apenas pretexto para suas propagandas antinacionalistas. Como sabia que os meninos tinham de ajudar os pais na roça, à tarde, queria à força que ela lhe concedesse a manhã.

O homem que estava sentado junto a Armando meteu-se no assunto. Ele podia falar, pois fazia trinta anos que morava em Tannenwald, era seleiro e conhecia o ponto de vista do pastor. Era em benefício do próprio Brasil que ele procurava manter as tradições germânicas. Os que perdiam contato com essas tradições enfraqueciam, degeneravam.

— Perdem o valor para esses exploradores que vivem criando casos na colônia. Perdem, porque não podem mais manobrar com eles. Comigo é que eles não se arranjam — aparteou Hans Fischer.

— Isso é lá o que diz o pastor — desculpou-se o seleiro.

— No dia em que a colônia se nacionalizar por completo, eles não poderão mais vender os seus jornais e fazer propaganda política, por conta da Alemanha — volveu Hans Fischer.

— O *Volksstimme* de Porto Alegre é contra o nacional-socialismo — informa o outro.

— Por isso mesmo está lutando com as maiores dificuldades. Tiraram-lhe todos os anúncios por ordem do Reich. O dono de uma confeitaria abriu falência e acabou se suicidando, porque os nazistas impediam a entrada de gente da colônia alemã em sua casa.

Agora o seleiro concordava com Hans Fischer.

— Isso foi mesmo desaforo.

— Para eles — volveu Hans Fischer —, todos os que têm nome alemão, embora brilhem na medicina, na engenharia, no comércio, na indústria, passam a ser considerados maus elementos, renegados, traidores, desde o momento em que se integram no Brasil.

— Como é que o pastor encara os casamentos na colônia? — pergunta Armando, com escândalo de Geraldo.

Desta vez foi o Fogareiro quem informou:

— Não arranja nada. As coloninhas gostam de casar com brasileiro. Consideram isso uma honra. E depois... casando com brasileiro, não precisam trabalhar na roça.

Hans Fischer mantém-se envenenado contra o pastor. Refere agora a discussão que teve com ele, por causa do seu casamento. Queria casar na Igreja Protestante, mas em português.

— E sabem como me saiu aquele retovado? Que não podia ser, porque a sua Igreja era "protestante, evangélica, de língua alemã". Mandei-o às favas. Era só o que faltava, até a religião ter nacionalidade!

Armando, pondo termo ao assunto, deu a conhecer ao seleiro a sua condição de fiscal.

— Os livros estão em ordem. Faço questão que o senhor mesmo verifique — disse o colono, com serenidade.

— Não, noutra ocasião — respondeu Armando. — Faz bom negócio aqui?

O seleiro assegurou que agora, felizmente, os negócios aos poucos iam novamente melhorando. Mas que durante certo tempo pensara em fechar a selaria. Os colonos só queriam comprar automóveis e caminhões. Muitos se tinham arruinado por isso. Dentro em pouco, o homem provava que o automóvel e a gasolina é que haviam desmantelado as finanças do Brasil, e que a única salvação era voltar aos antigos meios de transporte.

— Olhem, a carroça, o carrinho, a carreta fazem o mesmo serviço do caminhão. Demoram um pouco mais, mas fazem. E a matéria-prima é nossa: a madeira, o couro para a fabricação dos arreios, o ferro, o cavalo, o burro, a alfafa, o milho. Antes de aparecer o automóvel, ia tudo muito bem. O Brasil tinha câmbio.

Ele, porque não sabia escrever, a mulher é que cuidava da escrita. Mas, se fosse doutor, lançaria um plano para salvar o país da bancarrota. Concitando o governo a expropriar todos os autos existentes e com esse produto formar lastro. Falara nele ao deputado Eumolpo Peçanha pela manhã. O deputado ficara entusiasmado e prometera que ia tratar do caso na Assembleia. Aquilo é que era homem!

Armando deu corda ao seleiro. Disse que conhecia jornalistas, dava-se pessoalmente com o presidente da República e também ia empenhar-se para que o projeto passasse no Congresso. O homem acreditou. Queria agora que Armando voltasse a Tannenwald. Ele se encarregaria de reunir a colônia, Armando podia ser o chefe do novo movimento de salvação pública.

Na mesa vizinha, às costas de Geraldo, o cearense voltara a contar vantagens aos colonos.

— Sujeito mentiroso esse Vanderley! — comentou Ruben Tauben.

Geraldo girou o corpo no banco para vê-lo. O cearense piscou o olho esquerdo e continuou a contar o seu novo caso em alemão, para os ouvintes embasbacados. Eles também acreditavam, com a mesma boa-fé do seleiro.

Foi servido o jantar. Grandes travessas de galinha ao molho pardo, de salada de batatas com salsichas, de repolho azedo, de arroz, de bife acebolado, tudo muito engraxado, flutuando na banha. Depois os pratos de pepinos em conserva, de ovos em vinagre e de salada de beterraba.

Armando e o Fogareiro atacaram com vigor. Como se não bastasse a quantidade de cerveja que já tinham ingerido, mandaram vir mais três garrafas. Armando comia com uma fome de fazer inveja.

148

Não enjeitou nenhum prato. Geraldo limitou-se à salsicha com arroz. Fazia um grande esforço para ver se penetrava o sentido de uma inscrição num quadro de parede:

Sorg aber sorge nicht
zu viel, es geht doch
wie's Gott haben will.

A professorinha correu em seu auxílio com uma ponta de suave ironia.

— Sabe o que diz ali?

— Estava precisamente imaginando o que pudesse ser.

— "Tenha cuidado, inquiete-se, mas não muito. Tudo há de acontecer como Deus quiser."

Geraldo sorriu. Aquele conselho do quadro seria uma simples coincidência? A conversa sobre o pastor levantara-lhe a ponta do mistério. Lore não viera porque a família se opusera; não queria namoros com brasileiros não arianos. Era da elite da cidade, da Igreja Protestante evangélica de língua alemã. Pela primeira vez teve a nítida consciência da enormidade de muralhas que ele e Lore teriam de transpor se quisessem seguir até o fim os impulsos do coração.

Ao termo da ceia, Hans Fischer insistiu com Armando e Geraldo para que aparecessem na sua granja, para comerem um churrasco de ovelha.

— Se não forem, eu mesmo hei de ir buscá-los na cidade.

Os dois amigos prometeram, desejaram felicidades à professorinha e encaminharam-se para a porta da rua.

Alguns colonos tornavam ao salão. Não queriam deixar que os visitantes embarcassem. À noite é que o baile ia ficar mesmo bom. Só os largaram de mão depois que assumiram o compromisso de voltarem no dia seguinte, ou terça-feira, para o final do *kerb*.

14

Os faróis iluminam a estrada. Caem sobre o rio as luzes frouxas das lâmpadas estendidas ao longo da pontezinha que balança à passagem dos colonos que voltam para o baile. Em torno adensam-se as sombras da mata e da noite, à medida que a barata se distancia dos limites da povoação. Os três amigos permanecem calados. Ruben Tauben espreita cuidadosamente o caminho, avançando devagar. Armando, sob a pressão do estômago sobrecarregado, evitava falar. Olhar perdido na noite, Geraldo estava mergulhado em profunda cisma. Pela centésima vez examinava o que vinha se passando consigo nos últimos tempos. Exteriormente nada lhe turvava o futuro. Não podia nutrir mais dúvidas sobre o êxito final de sua missão. Só tinha motivos para rejubilar-se e acreditar na vida. Sentia-se entretanto intranquilo, perturbado, agitado por pressentimentos insondáveis, cheio de queixas contra o destino que o vinha impropriando cada vez mais para seguir, como desejava, o seu velho lema de bastar-se a si mesmo, no espírito e no coração. Pensamentos, sonhos de trabalho e de realização, ambições, tudo agora dependia de Lore. Mas o que haveria nela de diferente para empolgá-lo dessa maneira estranha, rejuvenescendo-lhe a alma com as mesmas ansiedades e sofrimentos que envolviam os seus amores de adolescente? Afinal, seria ela de outra carne e de outra argila? Diversa em substância das outras mulheres? Geraldo forçava inutilmente o pensamento no rumo da pura especulação, incapaz de penetrar além da superfície o mistério das atrações indefiníveis. A imagem de Lore não se deixava banir. Ela era agora uma parte de sua vida; do seu destino. Em vão ele procurava interessar a imaginação nas mulheres que já tinham passado por sua existência, reconstituindo-as, como no momento da posse, palpitantes de prazer e de sensualidade. As imagens se recusavam a adquirir nitidez, porque elas jamais lhe ocuparam a menor parcela da alma. As coisas do corpo e do sexo não lhe haviam deixado cicatrizes no coração; nada tinham a ver com o seu mundo interior incontaminado de paixões. De repente, tudo mudara. Sentia em si reservas insuspeitadas de ternura, de carinho, de amor. Já não era aquele Geraldo indiferente e distante em quem a posse gerava a saciedade.

As luzes dos lampiões, nos ranchos da beira da estrada e nas casas dos colonos no fundo do vale, ponteavam a noite de clarões fosforescentes. Armando estava pálido, começava a suar frio. Ia seguro ao travão da tolda para amortecer o choque dos solavancos. Uma vaca se atravessou na frente do auto e obrigou Fogareiro a manobrar para a direita, contornando o perigo.

— Para! Para! — Armando não podia represar os engulhos que o afligiam.

Ruben Tauben travou. Geraldo saltou. Armando desceu precipitadamente, a tempo de vomitar na estrada. Em arranques convulsivos ia deitando carga ao mar. Suava frio.

— Safa! — expandiu-se, ao sentir-se mais aliviado.

O ar frio, a imobilidade depressa o refizeram.

— Aquele trecho que me leste de Nietzsche estava certo — comentou. — A comida alemã embrutece a gente. Aquele maldito repolho azedo é que me fez mal. Quem é que aguenta? Tem de embrutecer.

— Comes como um troglodita, depois a culpa é da comida alemã — respondeu Geraldo.

— Estou com Nietzsche: "O espírito brutal vem dos intestinos empanturrados." Antes de vomitar me senti um verdadeiro colono. Um ponto de intercessão entre o homem e a besta.

— Nietzsche a estas horas! Tinhas de acabar assim mesmo, meu caro.

— E quando é que havia de me lembrar dele, senão enjoado?

O Fogareiro estava impaciente de chegar à cidade, antes do comício.

— Se estás bem, podemos tocar.

Armando limpou os lábios com o lenço e voltou ao auto. Geraldo jogou fora o cigarro e cedeu-lhe o lugar junto à portinhola, para que ele pudesse apanhar o ar fresco da noite. O auto corria agora com mais cuidado. Distinguiam-se na distância as luzes de Vila Velha. Geraldo meditava. Acudiam-lhe frases soltas do *Ecce Homo*: "Estar à mesa é um verdadeiro pecado contra o Espírito Santo..." "A sopa antes das refeições; a carne demasiado cozida; os legumes refervidos com muita gordura e farinha; os doces, duros como ladrilhos; a necessidade verdadeiramente bestial dos alemães de beber cerveja... é de onde provém o *espírito alemão*: dos intestinos empanturrados."

Nietzsche foi demasiado rude com os alemães, pensava Geraldo. "Os historiadores alemães perderam completamente a larga visão do caminho, dos valores culturais... são uns palhaços.da política." E no meio destes pensamentos surge de quando em quando a imagem de Lore.

— Eta estrada braba! — queixava-se Armando, a um novo e forte solavanco.

Geraldo reconstituía o raciocínio de Nietzsche. Era necessário ser germano, fazer parte da raça para deduzir a respeito de todos os valores e não valores *in historicis*... Alemão é um argumento... a *Alemanha* acima de tudo, um princípio; os germânicos são a ordem moral na história, os depositários da liberdade... os restauradores da moral, do imperativo categórico. — O carro corria numa sucessão de solavancos. — "São eles responsáveis por todos os grandes delitos cometidos contra a cultura nestes quatro últimos séculos."...Eles têm na consciência a culpa de tudo o que ocorreu depois de Napoleão. (Napoleão... Goethe. Aquela tarde na casa de Lore... O sorriso dela...) Napoleão, cuja realidade não souberam compreender: a doença, a irracionalidade oposta à cultura — o nacionalismo, "esta nevrose de que sofre a Europa, este prolongamento ao infinito da divisão da Europa em pequenos Estados de *politicazinha* de campanário".

Geraldo bateu com a cabeça no travão mas, a despeito das sacudidas, continuou a refletir. Foram os alemães que derrotaram Napoleão ou os ingleses? (Lore passava-lhe a mão na cabeça no lugar que doía.) Heine dizia: "A Inglaterra foi o único país que cometeu o ridículo de derrotar Napoleão." Fizeram muito bem, achava Geraldo. Mas Lore fizera muito mal em não ir ao *kerb*. Tinha prometido... O melhor mesmo era voltar a Nietzsche. Era mais seguro... Seria mesmo mais seguro?

Todo o *Ecce Homo,* partindo da cozinha alemã, era afinal um libelo contra os alemães. "Quando pretendo imaginar um homem que repugne a todos os meus instintos, surge-me logo à mente um alemão." "Haverá guerras como nunca houve na Terra." O auto atravessava a treva compacta dos eucaliptos. Ele e Lore por entre os eucaliptos, na solidão do campo e da noite... Por que não poderia Nietzsche suportar a sua raça? Frau Marta não suporta os de minha raça. Mas qual é a raça de Nietzsche? "Eu não posso suportar esta raça com a qual nos achamos sempre em má companhia, que não possui o tato dos matizes... que não tem qualquer graça nos pés, que não sabe nem sequer caminhar..." De onde viria esse ódio de Nietzsche? Sim, de onde viria? No entanto, ninguém mais alemão na capacidade de ir ao âmago das coisas. Ele é que tinha descoberto a predominância da intuição, do instinto sobre a razão lógica, odiava os lógicos. E os alemães eram lógicos. Daí talvez o seu ódio a Leibnitz e Kant: "Leibnitz e Kant, dois grandes entraves à honestidade intelectual da Europa." Novo solavanco. Agora o carro beirava um abismo. "Talvez eu esteja beirando um abismo sem saber..." Mas que importa!

Estava certo de que no *kerb* aprendera mais sobre o temperamento alemão do que em todos os tratados e reflexões de Nietzsche. Procurava agora sistematizar suas conclusões, em fórmulas socráticas. *Primeira* realidade: povo de boa-fé, sempre à procura de um *Führer*; capaz de ser conduzido para o bem ou para o mal. Aquele grupo de colonos que dava ouvido às mentiras do cearense vinha prová-lo. De outra forma não se compreenderia o fenômeno dos Muckers. Não se satisfez com essa prova; pensou noutra: o seleiro, um homem inteligente, a dar crédito às fanfarronices de Armando. *Segunda* realidade: povo inteligente, de inteligência lógica, metafísica. Como o seleiro, um analfabeto, vira bem as causas da desorganização financeira do Brasil. *Terceira* realidade: povo sem senso político: o mesmo seleiro, tão lúcido, claro na compreensão de um problema, perdia o senso, ao indicar a solução. Queria que o governo vendesse todos os automóveis e com esse produto formasse lastro ouro. Como se isso fosse a coisa mais fácil do mundo. Um homem que levava o raciocínio às últimas consequências e ficava admirado quando via que os outros não concordavam com ele. A falta de senso político estava ainda no pastor protestante: como a lei lhe conferia um direito, queria fazer valer esse direito à sua maneira, sem tato político e diplomático. Tendo talvez razão, granjeara a antipatia da professora. No grande mundo dava-se a mesma coisa. A colônia era apenas um microcosmo. Nietzsche neste ponto andava acertado: faltava-lhes a nuança; eram cultores exagerados do imperativo categórico. Na cena do bolão, ainda a mesma coisa. O pior é que no fundo eles sempre tinham razão. Eram sócios, o salão não fora alugado, com que direito um intruso,

154

um não sócio queria perturbá-los, passando por cima dos estatutos? *Verbotten,* palavra sagrada para os alemães. Nisso se aproximavam dos russos. Levavam tudo às últimas consequências. O comunismo só seria possível na Rússia e na Alemanha. O alemão quer tirar do seu instrumento acordes inatingidos; é assim na música como no raciocínio: quando faz uso da razão, quer que ela lhe conduza às últimas possibilidades. Desliga-se da realidade para alcandorar-se às regiões de um frio e implacável idealismo. *Quinta* realidade: povo de instinto musical e poético. Só os povos de boa-fé podem ter tanta força na música e na poesia. Geraldo lembrou-se das inscrições de parede e voltou a pensar em Lore. Iria a família conduzir seus prejuízos raciais às últimas consequências? Um novo solavanco e uma pancada na cabeça, desta vez dolorosa e brusca — derrubou o edifício de ideias que Geraldo pacientemente construía.

— Já avistamos Blumental — adverte Ruben Tauben, quebrando o silêncio que os três vinham mantendo, silêncio só virgulado pelo ruído do motor. Viam-se ao longe clarões vermelhos.

— "É a cidade imensa, a meretriz das gentes" — recitou Armando com ênfase.

— De quem é isso mesmo? — pergunta Geraldo, saindo de suas reflexões.

— Do Guerra Junqueiro.

"Cidade imensa"[...] "meretriz das gentes."A frase calou no espírito de Geraldo. Principalmente — era estranho! — por causa da palavra "meretriz". Sentiu-se envelhecido pela vida que levara na metrópole. Num milagre vislumbrou a sua primeira mocidade povoada de lendas e fantasmas, poetas, romancistas, sonhadores, filósofos e heróis; reviu num segundo as suas vitórias e as suas decepções; tornou a sentir o sabor de velhas amarguras e a entrever o longínquo fulgor de grandes sonhos; e, junto com tudo isso, sentiu como nunca o peso do tempo que passa, a nostalgia de quem muito viveu, de quem tudo viu e nada mais espera. Tinha a sensação de estar velho, como se tivesse quinhentos anos.

O auto corria. As luzes da margem da estrada se repetiam com mais rapidez. As casas iluminadas no alto das coxilhas pareciam vapores em pleno mar. Armando se recolhera num silêncio pesado de homem enfarado e doente. Mais próximas, cintilavam as luzes de Blumental, como enormes vaga-lumes pousados em bando à beira do rio.

Não tenho razão para estar assim amargo — reflexionou Geraldo, invocando a imaginação de Lore. — Sim, agora existia aquela criatura em sua vida...

A cidade crescia para eles. Tinha qualquer coisa de agreste e de novo. Surgiam de dentro dos arvoredos escuros os bangalôs, os chalés, as casas claras.

Ao alto brilhavam as estrelas.

— Céu como o do Rio Grande — observou Armando com voz pastosa — não existe no mundo. — Fez uma pausa e depois acrescentou com voz arrastada: — Nem o de Nápoles!

Mas falava sem entusiasmo, como se estivesse declamando alguma coisa decorada com relutância.

Geraldo, o corpo fatigado, deixava-se embalar pelo ruído morno e macio do motor e pelo ritmo sereno e veloz do carro.

Avistavam agora a perspectiva da rua perpendicular com o duplo colar de combustores acesos, as águas venezianas do rio refletindo os globos elétricos da praça e da ponte. Por trás da cidade o horizonte vermelho, rosa, ouro e azul desmaiado, como um cenário pintado por uma imaginação meridional.

O auto atravessou a ponte. Portas entreabertas projetavam na calçada retângulos de luz. Janelas acesas. Vultos humanos. Gritos de crianças.

— Vou tomar um bicarbonato — resmungou Armando, olhando para o letreiro iluminado duma farmácia.

Eram oito e meia quando o auto parou na frente do hotel.

15

Espocam foguetes no ar, convocando o povo para o comício. Os manifestantes, ao compasso da banda municipal, conduzem o deputado Eumolpo Peçanha do Centro Cívico 15 de Novembro para o peristilo da prefeitura. Os bombachudos, disseminados em grupos, não se fartam de dar vivas sem repercussão. O ambiente é mais de expectativa do que de entusiasmo. Do lado de fora do quiosque as mesas estão literalmente ocupadas de curiosos, que aguardam, indiferentes, o início dos discursos.

A banda cessa de tocar. Silêncio. O promotor, na sua fatiota preta destinada às grandes cerimônias, sobe a uma armação de madeira, improvisada em tribuna, corre os olhos sobre aquela reduzida multidão, prepara a garganta e mete a mão no bolso de dentro do casaco, à procura dos papéis. Não os encontra do lado esquerdo. Simulando calma, procura-os do outro lado. Também não estão ali. Começa a impacientar-se. Suas mãos entram em atividade nos bolsos de fora. Nada. Repete a busca, agitado. Ouvem-se murmúrios na multidão. Nervosismo nas escadarias. O orador vai rapidamente perdendo todo o controle sobre si mesmo. Agita desesperadamente os bracinhos curtos, bate no peito com as duas mãos, apalpa-se nas ancas, volta a bater com força no peito.

Uma voz de moleque parte do meio do povo:

— Fiquem quietos que ele vai cantar...!

Alastra-se através da praça um coro convulsivo de gargalhadas. O orador está transformado na estátua do desalento. O deputado Peçanha, ladeado pelo prefeito e pelo secretário, estende os braços, implorando silêncio. No ângulo direito das escadarias a multidão fende-se ao meio, dando passagem aos bombachudos que levam pela frente, aos encontrões, o moleque suspeito de irreverência. O prefeito e o secretário juntam suas súplicas às do deputado, para que se faça silêncio. O promotor, numa decisão suprema, resolve improvisar. Afinal, as gargalhadas e o vozerio terminam. Já se podem ouvir as primeiras frases arrastadas do discurso.

— O homem está tirando um tatu brabo — murmura Fogareiro para Geraldo e Armando, que acompanham o comício, comodamente instalados sobre o muro do chafariz.

O orador tateia, com grandes pausas, no labirinto das frases feitas, sem atinar com o rumo. Desentranha-se em gritos para dar à voz estrídula tonalidades de tribuno. Ergue-se nas pontas dos pés, sacudindo os braços em movimentos histéricos. Agora deixou de fazer grandes pausas. Parece ter encontrado a estrada larga e batida, por onde possa deslizar, sem solavancos. Despeja em catadupas uma série interminável de adjetivos sobre a sabedoria, o patriotismo, o civismo, o espírito público do dr. Eumolpo Peçanha. Palmas dispersas. O auditório mantém-se fechado, impenetrável, hostil. O promotor torna-se hiperbólico. Tais qualidades atribui ao incomparável Eumolpo Peçanha que Geraldo começa a perguntar a si mesmo como é que um homem de tão insignes virtudes ainda não fora conclamado a marcar rumos à humanidade. Era simultaneamente

158

o bravo, o santo, o bom, o justo, o poliglota, o sábio, o profeta. Os aplausos é que não correspondiam ao entusiasmo do orador. Este, então, após longa pausa, coxeando, resolve enveredar por um atalho. Entra a fazer o elogio do major, o grande chefe da política de Blumental. Afigurava-se-lhe uma verdadeira bênção dos Céus ter-se à frente dos destinos da comuna um homem como o prefeito. Era a personificação da lealdade, do espírito de sacrifício... Nesta altura o promotor revolvia o fundo da memória, em busca de trechos do discurso perdido. Como esta recusasse obstinadamente atendê-lo, mete-se agora por novo atalho. Exalta a raça alemã, o progresso de Blumental. Funde-se instantaneamente o gelo em que se havia enrijado o auditório. Ouvem-se os primeiros aplausos. Só um mocinho loiro, ao pé de Geraldo, permanecia insensível, a julgar pelo tom do comentário dirigido ao ouvido do companheiro:

— Que é que pensa esse *Grüne*?!

O promotor continua a apregoar as qualidades da raça germânica, sua dedicação ao trabalho, seu espírito de ordem, de respeito às autoridades constituídas. Os aplausos vão num crescendo convidativo. Como achasse o momento propício, inteiramente deslembrado do objetivo inicial do discurso, cai em transe, para a peroração. Com voz de papo repisa o elogio da imigração alemã, a cujo trabalho o Brasil tudo devia.

Palmas compactas abafaram-lhe as últimas palavras, compensando-o de algum modo das asperezas da jornada. A banda executa um trecho rápido e vibrante. Famílias que passeavam ao redor da praça aproximam-se curiosas do chafariz e das escadarias. No quiosque as mesas já estão vazias.

O deputado Eumolpo Peçanha se presta para responder. A música cessa de tocar. Intempestivamente alguém pede a palavra no meio do povo. Todos se voltam para o lado esquerdo das escadarias. É o velho Cordeiro que quer falar.

— Temos coisa — afirma o Fogareiro. — Esse velho nunca falou na vida dele...

Faz-se um silêncio povoado de ansiedade e sobressaltos. O velho Cordeiro, o pala de seda envolvendo o pescoço, dispensa exórdios e circunlóquios. Debaixo de uma atmosfera de inquieta expectativa, entra de rijo no assunto. Pedira a palavra para chamar a atenção do nobre deputado Eumolpo Peçanha sobre a necessidade urgente de uma campanha de nacionalização da colônia alemã no Rio Grande do Sul. Cerrava os punhos, a face se lhe contraía em rugas nervosas. Era preciso acabar de vez com os incensos a outra raça que não a brasileira. Do contrário, jamais se chegaria a dar início ao combate aos que viviam dentro do Brasil, a celebrar, em vez da sua, a pátria dos seus antepassados. E os tempos estavam mais do que maduros para a organização de uma cruzada em prol da unidade nacional.

Um silêncio, povoado de interrogações mudas, recolhe as palavras do orador. O major, desamparado, volta-se de um lado para outro.

— Saibamos dizer aos descendentes de raça germânica — continua o velho Cordeiro —, que fazem das lendas do Reno o motivo exclusivo dos seus devaneios; aos que de origem italiana, polonesa ou lusa, que só estremecem de civismo com as epopeias dos seus antepassados, saibamos dizer aos representantes de todas as correntes humanas a quem o Brasil tem dado agasalho, que é preciso, de uma vez por todas, varrer essa errônea concepção de pátria, para se firmar para sempre no Brasil a unidade nacional, pela identidade de tradições, pela unidade de língua, de cultura e de educação, coisas todas do mundo moral, asseguradoras da paz dentro da nação.

As famílias sorrateiramente vão se afastando do local do comício. Sente-se já um ambiente carregado de eletricidade. O velho Cordeiro, imperturbável, prossegue, num tom ardente, iluminado.

Para ele cultos cívicos heterogêneos não geravam a unidade, quando não degeneravam em choques inevitáveis. Só dentro de uma

160

educação nacional homogênea, e só por meio dela, seria possível firmar no Brasil, inabalável e duradoira, a paz sem ódios e sem rancores, como patrimônio comum de todos os brasileiros.

O auditório parece estupefato ante tanta audácia; o deputado Eumolpo, o prefeito e o secretário dir-se-iam siderados. Mas a gente dos subúrbios, os operários e os mesmos bombachudos aplaudem freneticamente.

O orador, num crescendo de movimentos e gestos entra na peroração.

— Num só peito não cabem duas pátrias. O Brasil é bastante grande e glorioso para reclamar só para si o amor de todos os seus filhos... legítimos e adotivos.

Ouvem-se vivas ao velho Cordeiro. Vozerio. Os manifestantes começam a se dispersar, prevendo tumulto.

— Que catatau! — comenta Armando, satisfeito. — Este é dos meus.

O major, profundamente constrangido, limpa o suor da testa e sacode a cabeça. Pede de novo silêncio. O deputado olha para o céu, como a invocar ajudas divinas para sair daquela situação embaraçosa.

— Quero ver como é que ele vai descalçar essa bota — observa Armando, divertido ante o nervosismo geral.

Antes que outro orador pedisse a palavra, Eumolpo Peçanha, escandindo as sílabas, começa:

— *Meine Herren!*

Surpresa. Ao lado de Geraldo, o mocinho loiro comenta para um caixeiro dos Kreutzers:

— Repare só... esse negro também fala alemão!

Um bombachudo, no auge do orgulho e da admiração, transfere o seu entusiasmo de há pouco pelo velho Cordeiro para o patrício que sabe o alemão:

— Isto é que é homem!

161

— Vamos embora — convida Geraldo, a quem a surpresa desagradara.

O Fogareiro fica imóvel. A fim de reter os companheiros, procura traduzir o que o homem está dizendo. Mesmo sem a explicação, Geraldo já tinha percebido, pela constância dos aplausos e das aclamações, que ele entoava um novo hino ao povo alemão, à disciplina da colônia, à ordem, ao seu espírito cívico. O Rio Grande devia o seu progresso à colonização germânica. Por isso o povo de Blumental fazia jus à gratidão imperecível de todos os brasileiros.

O velho Cordeiro, agitando os braços, como a querer desembaraçar-se da mulher que lhe pede calma, a cara congestionada de raiva, passa pelos três amigos sem percebê-los. Fala para os caboclos que o acompanham com o olhar sombrio.

— Onde encontrar esse mulato, vou dar-lhe de relho. Corto-lhe a cara a chicote. Canalha!

Os grupos se abrem à sua passagem.

— Isto é mesmo uma indecência — diz Geraldo a Armando. — Chega um sujeito desses, com a responsabilidade de um nome ilustre, de uma posição, para desfazer num minuto todo o trabalho da professorinha. Assim nunca se há de nacionalizar coisa alguma.

Quando o homem termina, é o delírio. As aclamações enchem a praça.

Os três amigos encaminham-se para o hotel. Ao subir a escada, Armando resolve fazer blague, à custa de uma anedota que Geraldo lhe contara:

— Pois eu acho o deputado Peçanha um grande patriota.

— Como? — indaga Geraldo sem perceber o tom irônico do companheiro.

— Sim. Enquanto os nossos oradores estragam a sua língua, ele, o Eumolpo, escangalha a dos outros. Isso não é patriotismo?

Geraldo sorri melancólico e se enfia pelo corredor.

O RELÓGIO DA IGREJA protestante bate onze badaladas. Geraldo, da janela do quarto, contempla a noite. A luminosidade que sobe dos combustores faz empalidecer as estrelas. Há no ar qualquer coisa de mordente, um vago sinal da aproximação do frio. A rua começa a ficar deserta. Vem do quiosque um leve rumor de vozes. Mais além, correndo na sombra, o rio brilha foscamente como uma chapa de metal claro.

De súbito Geraldo se sente novamente tomado duma esquisita sensação… Medo? Desconforto? Pura melancolia? Ou apenas frio… talvez frio. No corpo e na alma. Qualquer coisa relacionada com uma impressão de perigo. O caçador marcha sozinho na floresta e de repente, sem que tenha ouvido o menor rumor, vislumbrando a menor forma hostil, ele pressente o perigo, tem como que o aviso duma presença inimiga. Fica imóvel, expectante, o coração a bater descompassado, os olhos parados…

Ele sente agora que algo de mau, de perturbador, de dramático, de desusado se avizinha…

Ou será apenas frio? Sim, o pijama de seda não lhe aquece o corpo. Geraldo volta-se da janela, vai até ao guarda-roupa, tira o *robe de chambre* e veste-o. Apanha um livro, tenta ler, mas larga-o em seguida. Lá está de novo a sensação indefinível…

Estendido de costas na cama, os braços cruzados, ele fica a olhar o teto, como se ele fosse alguma tela de cinema por onde desfilassem seus pensamentos.

Procura analisá-los. Recapitula os acontecimentos do dia. Pela manhã não encontrara Lore, à saída da igreja. À tarde ela não fora ao *kerb,* como prometera. Era possível que um contratempo qualquer tivesse motivado essa ausência. Mas o mais certo — oh, ele o sabia cada vez com mais clareza! — era que Frau Marta houvesse proibido a filha de encontrar-se com ele… Tinha tremendos e invencíveis preconceitos de raça… E a ideia de raça veio à mente de Geraldo

163

personificada na pessoa de Eumolpo Peçanha. E ele viu de novo a cara bronzeada, o nariz largo, os beiços arroxeados e grossos, as maçãs salientes... *Meine Herren!* Raça... negros... mulatos... cafusos... bugres... alemães... Não havia dúvida. Eles o desprezavam. Eram brancos, louros, tinham os olhos azuis, o corpo esbelto, o sangue puro. Raça de guerreiros e artistas. E lá estava, dominando a multidão, a figura tonitruante de Eumolpo Peçanha. Mas agora se erguia o perfil do velho Cordeiro, com a voz pausada, nítida, incisiva... E as palavras terríveis que dizia... E a convicção que punha em cada frase, no gesto, no olhar... Um entusiasmo firme e sereno daqueles não se improvisa, não se finge: é produto de longos anos de paixão, de experiência. O velho Cordeiro talvez nunca tivesse lido tratados de civismo, grossos compêndios de etnologia, mas tinha uma visão larga dos homens e das coisas. Geraldo ouvira falar na malícia que a vida lhe dera, nos golpes que sofrera ao contato com as outras criaturas. O velho Cordeiro, na sua quase misantropia, aprendera a conhecer a alma dos homens, a adivinhar-lhes as reações... Aquela sua vida em Blumental, sem transigir, sem amolecer, sem deixar absorver-se... Não era apenas um homem de letras que se contentasse com enfileirar palavras, inventar imagens... Alguma coisa grave se estava passando. Blumental era o encontro de dois mundos diferentes. Era preciso fazer alguma coisa, antes que algo dramático e irremediável acontecesse. Geraldo procurava situar o problema em fórmulas cartesianas, mas ele não se deixava apanhar. Sentia-o mais com a sensibilidade do que com o raciocínio.

Fechou os olhos e procurou pensar nos bons colonos do *kerb,* invocar o momento de simpatia que o atraíra para eles. Lá estava porém nos seus pensamentos, nítido, persistente, o vulto do velho Cordeiro. Geraldo de há muito detestava os oradores: em geral eram vazios, teatrais e presunçosos. Fora ao comício arrastado por Armando. Acompanhara com invencível má vontade o discurso do promotor. Mas o velho Cordeiro simplesmente o conquistara. Na sua grave serenidade, no ímpeto profético de sua voz, havia qualquer coisa que fascinava. Sim, *fascinava* era o termo.

Geraldo saltou da cama, tornou a ir até a janela. Que estaria Lore fazendo àquelas horas? Dormindo? Pensando nele? Até onde iria a sua capacidade de amar? Seria capaz de, por amor dele, romper com a família, com os velhos preconceitos de sangue? E ele, Geraldo, teria coragem de exigir dela esse sacrifício?!

Não chegaria nunca a uma conclusão. O melhor era dormir. Tinha o corpo lasso. Tirou o *robe de chambre,* apagou a luz e deitou-se. Mas lá continuava o velho Cordeiro a falar em seus pensamentos. E depois Lore. E depois Frau Marta. E — estranhamente — Bismark, tal como ele o vira de relance na varanda da casa dos Wolffs. E no desfile apareceram-lhe também o pai, a mãe e em seguida uma multidão de flagelados das secas do Nordeste e das inundações do Amazonas. E Eumolpo Peçanha discursando em alemão. Votos! Votos! Era preciso aliciar eleitores. Pouco lhe importava que isso custasse o esquecimento de boa parte do Brasil! Votos. "Num só peito não cabem duas pátrias. O Brasil é bastante grande e glorioso para reclamar só para si o amor de todos os seus filhos…" Agora era o velho Cordeiro quem falava. Como resolver o problema? Em que daria a assimilação? Ou seria tarde demais para pensar nisso? Não. Nunca é tarde.

Lore… Imaginou-a a seu lado. Mas não lhe desejou o corpo. Teve, isso sim, um desejo obsedante de devassar-lhe o pensamento, de esquadrinhar-lhe a alma, de saber se na mais profunda camada do seu ser ela não guardava um sentimento de desprezo por ele, para com aquele caboclo moreno de cabelos corridos.

Lore… Onde iria acabar aquilo tudo? O seu amor… Os preconceitos de raça… A casa dos Eumolpo Peçanha… O Brasil… A humanidade…

Era um tolo ficar pensando naquelas coisas. Um sentimental. Os engenheiros gozavam da reputação de serem homens frios, dados ao cálculo, ao método, às cogitações impessoais e rígidas da matemática e da física. Como se em vez de carne e nervos fossem feitos de cimento armado e fios de aço. Talvez fosse melhor. Não, não era.

Melhor mesmo, dormir. Procurou deter a marcha dos pensamentos. O tumulto continuava. Só que agora o velho Cordeiro falava da distância e sua figura surgia mais esfumada, tão brumal que já se dissolvia contra o maciço de verdura à beira do rio. O rio. O grande rio correndo na noite. Na noite escura e esquecida do seu sonho.

E depois sua mãe ficou ali a seu lado, a trançar redes de tucum, cantando para ele dormir. Cantando uma canção tris e dos índios nhengaíbas.

INVERNO

16

Ouvia-se dentro do quiosque o assobiar do minuano. As vidraças gotejavam de frio. O *barman* tentou lançar uns assentamentos no caderno, mas os dedos se recusavam a mover as articulações. Ele esfregava as mãos, serviu para si mesmo um cálice de cúmel e voltou ao caderno. Através da janela Geraldo via as árvores se agitarem numa dança macabra dentro da noite. Estava só. Tinha de tomar uma grande decisão. Armando e o velho Cordeiro não tardariam a aparecer com os seus homens. Pediu outro conhaque. Sentia frio em todo o corpo, sobretudo na alma. Refletiu. Sua fisionomia estava retesada.

Armando abriu a porta, entrou uma lufada de vento na sala, fazendo voar os cartazes e as toalhas.

— Como é? Que é que decidiste? Os homens estão aí — informou ele. — Chegou a hora. — Embrulhado num sobretudo preto, trazia uma manta de seda branca ao pescoço e tinha o chapéu de abas largas desabado na frente e do lado.

— Por favor, Armando! — implorou Geraldo com voz suplicante. — A coisa não tem a importância que lhe demos.

— Já sei. Não topas — interrompe Armando, revoltado.

— Procura compreender-me, rapaz!

— Só compreendo que quem vai ficar desmoralizado és tu, não sou eu… Olha: quem não aguenta tempo não se mete na chuva — disse Armando, retirando-se. Outra lufada de vento derrubou um quadro da parede.

Geraldo sentiu ímpetos de acompanhar o amigo. Mas deixou-se ficar. Nunca se sentira tão infeliz em toda a sua vida. Estava ali, achava-se desmoralizado. Um réu que ouvisse sua condenação a trinta anos não se sentiria mais aniquilado. Não tinha dúvidas sobre a decisão da Sociedade Ginástica. A coisa fora bem-tramada: não seria aceito. Choveriam bolas pretas contra ele. Que poder teria Ruben Tauben, com a sua meia dúzia de viajantes amigos, contra o prestígio dos Kreutzers e dos Wolffs?! Enfim, a condenação de Blumental só o atingia no que dizia respeito a Lore; criava entre ambos o irremediável. O que havia já era terrível. Mas, como se isso não bastasse, teria ainda de perder a amizade, mais do que a amizade, o respeito de um amigo? Era mais do que podia suportar. Que estupidez a sua a de haver concordado com a proposta de Armando. Onde estava com a cabeça quando anuiu em envolver no assunto o velho Cordeiro e os caboclos do velho Cordeiro? Sim, por comprazer, julgando tratar-se de uma simples fanfarronada. Mas então não sabia que nesses assuntos não se dizem coisas por comprazer?! Ah!, uma vez que tudo quanto mais prezava estava perdido, devia pelo menos resguardar sua dignidade, sua honra, varrendo aquela canalha a tiro, empastelando aquele antro de germanismo e de agravo aos brasileiros. Não era apenas ele que estava em jogo. Lore também. Inútil querer acalmar a consciência com o pretexto de que nada devia fazer desde que Karl figurava entre os açuladores do movimento. Não, Lore não aprovaria essa deserção vergonhosa. Entre ele e o irmão não hesitaria. Ela devia pertencer a uma estirpe de mulheres capazes de tudo arrostar em defesa do seu amor. Ele é que era um covarde.

Não, o que tinha nas veias não era sangue nhengaíba, não era sangue de cearense. Os nhengaíbas eram pacíficos, mas não eram covardes. Nas suas veias devia correr o sangue daqueles repugnantes caboclos do Baixo Amazonas, mistura de branco com índia, mamelucos pálidos e efeminados em quem a influência indígena só servira para suprimir os fortes atributos do branco, sem, em troca, nada de bom comunicar ao produto. Desses que vivem rolando de tasca em tasca pelas barrancas das cidades, povoados e vilarejos. Degradantes. Vida de abominação. Em lugar de falar, tartamudeiam... Apertos de mão visguentos... Incapazes de dar provimento às questões morais que os obriguem a desagravos. Analgésicos, não têm nervos nem sangue para reagir aos mais agressivos insultos... Seu código moral contém poucas regras. Para eles rapariga só deixa de ser moça quando se lhe torna visível a intumescência do ventre... Têm o couro moral resistente como o couro do jabuti e da tartaruga. Levam-lhe as mulheres e as filhas e nem por isso dão cópia de más pessoas. Bêbados e indolentes, o grande ideal deles seria que os rios corressem simultaneamente para os dois lados, divididas as águas por um canal de aguardente. Isso lhes pouparia o esforço de remar...

Geraldo afastou repugnado o copo de conhaque.

Ruben Tauben abriu a porta, empurrado pela ventania, e veio sorrindo para a mesa de Geraldo. Abraçou-o demoradamente. Geraldo custou a compreender.

— Precisamos festejar a vitória — foi logo dizendo. E, voltando-se para o balcão: — Becker, um chope preto. Correu tudo que foi uma beleza...

Ganhamos quase por unanimidade. Apenas duas bolas pretas. Uma do Karl, outra do Oscar Kreutzer, aquele que abotoaste no bolão. Geraldo estava inibido, não sabia o que dizer. Quem salvou a situação foi o dr. Stahl. Esteve formidável. Disse que se não cedessem ia pedir ao governo para fechar a Ginástica, que ia mandar riscar seu nome da lista de sócio... Fez o diabo... Nunca vi o velho tão brabo. O

Blankenheim, do *Kolonie Zeitung,* quis se meter, mas o doutor rebentou com ele: que depois não se queixasse de incêndios e empastelamentos e fosse desde já se preparando para escrever de novo na porta da livraria: "Esta casa é brasileira." Pintou o caneco... O pessoal ficou murcho.

Agora entrava Armando, muito alegre. Envolvendo Geraldo num longo e afetuoso abraço, comentou:

— Que besteira íamos fazendo, hein, caboclo?! — Mas como visse que o Fogareiro não percebia do que se tratava, desconversou: — E o negócio de filiar a Ginástica ao Reich também caiu, sabes?

— Você é quem me está dizendo — murmurou Geraldo.

— Ah, nem me lembrei de contar — disse o Fogareiro. — Aí a coisa esteve preta. Mas o velho Stahl também entesou. Formaram-se dois grupos...

— Velho batuta, eu não te dizia sempre?! — interveio Armando.

O Fogareiro explicou então o ponto de vista das duas facções. O pessoal alemão queria a filiação por causa das vantagens; era só para que a Ginástica tivesse direito a revistas, aparelhos ginásticos, barracas para os acampamentos da juventude. Viria da Alemanha uma porção de coisas gratuitamente.

— E o velho Stahl?

— Disse que o preço exigido era muito caro. A Ginástica sempre fora independente e por tão alto preço não deviam comprar um arrependimento. Pagaria do bolso dele as tais vantagens. Se não houvesse gato escondido, deviam aceitar. Mas ele não se enganava. Já tinha percebido o que se passava. Tudo obedecia aos planos da *Verband Deutscher Vereine im Ausland,* de Berlim, com o fim de introduzir nas colônias alemãs o espírito nacional-socialista, por meio de escolas, sociedades e igrejas, sob a direta orientação do Reich... Intercâmbio cultural, remessa de instrutores de ginástica, era só para uso externo... O velho também fizera um barulho dos diabos, reclamando contra o desaparecimento dos livros de Heine na Biblioteca. Responsabilizou a diretoria pelo roubo.

Agora começava a chegar o pessoal da sessão, muito embrulhados em seus sobretudos, esfregando as mãos e batendo o queixo. Cumprimentos. Armando corresponde com abanos amáveis. O Kreutzinho vem até a mesa dos três amigos.

— Um chope, Kreutzinho? — oferece Armando.

— Não, *gracias*. Já pedi uma soda.

— Chope só sábados e domingos? — gracejou o fiscal.

Ele deu o seu risinho de falsete e perguntou ao Fogareiro por que saíra tão cedo da sessão.

— Houve mais alguma coisa?

— O Oscar e o Karl, aqueles bobalhões, quiseram que se resolvesse sobre o uso de armas.

— E o que foi que decidiram?

— Ficou proibido entrar armado.

A gargalhada de Armando retiniu pela sala. O Kreutzinho deu-lhe um soco amistoso nas costas, o fiscal fingiu que ia revidar com um pontapé e o outro tornou ao seu grupo.

Armando e o Fogareiro, num transbordamento de satisfação, combinavam agora uma ida à capital.

Já fazia tempo que não passavam lá uma semana de farra. E o inverno era bom para isso. Queriam levar Geraldo.

— Agora é humanamente impossível. A turma está reduzida. O major resolveu construir um pontilhão pagando aos operários maiores salários. Estou lutando com falta de pessoal.

— Então não conclui a obra para o mês? — pergunta Tauben.

— Vai ser difícil. Ainda se eu pudesse dobrar o serviço ou mandar vir trabalhadores de fora... Com a verba de que disponho não é possível.

— Esse major para vencer eleições é capaz de tudo... — comenta Armando.

— Não faz mal — pondera o Fogareiro. — Até é melhor assim... Geraldo ficará mais tempo com a gente.

— E o tifo? — pergunta Armando.

— No inverno não há perigo — assegura o outro. — Desde que a hidráulica fique terminada antes do verão, tudo irá bem.

Ficaram os três conversando sobre coisas distantes. Dentro em pouco, porém, Armando e Ruben Tauben queriam conduzir Geraldo para o Centro. Podia haver parceiros. Geraldo disse que não se constrangessem por sua causa. Ia beber mais um conhaque, depois iria para casa. Os dois quiseram pagar a despesa, mas o engenheiro não deixou.

Ruben Tauben saiu na frente com o pessoal da Ginástica, que também se retirava. Armando seguiu atrás, fazendo grandes gestos. Geraldo enternecido acompanhava-o com os olhos. O vento tinha amainado.

Acabava de compreender a estranha psicologia do companheiro. Tudo agora lhe parecia claro naquela natureza desconcertante, de altos e baixos, a um tempo generosa e cruel, amável e brutal. Sem religiosidade, sem espírito musical, sem grandes preocupações de cultura, destemido, um pouco aventureiro. Armando era bem o representante dessa raça nova, misto de celta, de espanhol e de bandeirante, que repontara no Sul do Brasil. Sim, ele tinha todos os traços essenciais desse povo talhado para a coragem e para a aventura. Permanente mobilidade, o seu quarto lembrava a tenda, o acampamento do nômade que está sempre pronto a partir. Fazia o que tinha a fazer instantaneamente, afrontava a sociedade, trazendo amantes a Blumental, entregava-se aos instintos, sem se preocupar com tabus. No jogo, um destemido, um aventureiro, um homem de nervos de aço... O ordenado de um mês numa parada... A tranquilidade com que aceitava, ele, o fiscal do imposto de consumo, o contrabando, a sua admiração pelo homem fora da lei, ele mesmo em tempos um contrabandista, dava-lhe agora o segredo do triunfo do seu povo. Era mesmo de uma raça talhada para dominar e vencer. Armando nascera para a grande ação, sem o saber... Aquela tolerância com o contrabando... Contrabandear — achava — é ilegal, mas não é imoral; o contrabandista... o herói; a literatura regional faz-lhe a apologia; fortunas construídas com o contrabando não desclassificam ninguém… Políticos do Sul, homens arrojados, que se não enredam em pequenos escrúpulos… O máximo ideal: o caudilho. No fundo do próprio Armando, sem que ele disso tivesse consciência, dormia um caudilho em perspectiva. Criara-se no galpão, ao lume das fogueiras, a ouvir os peões contando histórias de guerras, de generais, de chefes, de correrias, de proezas. Seus heróis prediletos, os farrapos, cavaleiros sem itinerário definido… No âmago de cada um o dono, e o desejo de dominação sobre o grupo social. A luta subterrânea entre o major e o fiscal não era outra coisa senão a luta pelo máximo de poder. Armando, um boêmio, cioso como ninguém de sua autoridade. Agora Geraldo, dando uma reviravolta no pensamento, buscava interpretar o entusiasmo dos homens do Sul pelo positivismo. Era um sistema que se lhes ajustava à mentalidade que a educação tinha preparado… Um jogo floral de teorias que se lhes adaptava à realidade interior… Os heróis regionais sempre caudilhos… Caudilhos bárbaros ou caudilhos letrados… O autócrata… O domador. Nem o artista, nem o homem de pensamento, mas o domador. Tipos humanos que se não enredam em vírgulas de escritura no momento da ação e tudo resolvem pelo instinto. Por isso, com escândalo de todos, chegavam, viam, venciam. Possuíam o sentido demagógico da ação. Os demais, mentalidades formadas no culto das fórmulas, dos esquemas e dos tabus, tinham que ceder a eles os postos de chefe. Desafrontados de séculos de praxismos e sistemas, estes venciam, porque sabiam enfrentar os imprevistos dos acontecimentos. Improvisadores de soluções, contemporâneos da Renascença; aplicavam Machiavel sem nunca terem lido Machiavel. O próprio major era assim. De certo modo também um representativo. Para triunfar não se enredava em escrúpulos. Era preciso corromper alguém? — corrompia o promotor; era preciso envolver o fiscal? — fazia tentativas nesse sentido; era preciso intimidar os colonos? — mandava vir os bombachudos; para cortejar a colônia, era preciso o sacrifício da saúde pública? — sacrificava a saúde pública. Corromper, cortejar, destruir, atemorizar, tudo dentro do lema: vencer. Mas em Armando havia algo mais: a sua estranha irradiação pessoal, o seu magnetismo. Possuía o mistério da personalidade, esse estranho mistério a que os outros, os cultos, os eruditos, os sensatos, se submetem sem protestar... Conduzia, arrastava. Um sibarita, uma natureza rabelaisiana, à boa maneira dos homens da Renascença. Fazer dele um romântico era literatura. Nada disso. Vida de puro instinto. Comia como um bruto, bebia, jogava. Tinha a cupidez do dinheiro. Mas à sua maneira. Capaz de se conservar insensível à grita e à malquerença de toda uma população, para conseguir dinheiro com multas, chegava uma criança, no momento de lavrar um auto de inflação que lhe daria uma fortuna, ele rasgava a fortuna ao alcance da mão, para enxugar as lágrimas de uma criança. Imoral? Anormal? Nem uma coisa nem outra. Um ser com uma moral à parte, como os povos jovens, plenos de possibilidades, que ainda vivem nos limites da civilização com a barbaria. São suficientemente civilizados para dominar normalmente os impulsos bárbaros, e bastante bárbaros para romperem com os compromissos da civilização quando isso lhes pareça necessário.

Como ele, Geraldo, gostaria de viver assim, ao jeito de Armando, sem pavores diante da vida. Mas estava condenado por uma fatalidade indesviável. Diante da selva dominava-o o terror cósmico. Era o sangue branco que reagia. Diante da civilização, retinham-no os tabus, os temores supersticiosos da maloca. Agora, onde quer que estivesse, seria sempre um desenraizado.

O *barman* começou a apagar as luzes da sala como a indicar que desejava fechar. Àquela hora não viriam mais fregueses. Geraldo sorveu o último gole do conhaque, pagou a despesa, levantou a gola do sobretudo e ganhou a rua, encaminhando-se para o hotel, reconciliado consigo mesmo, com os homens e com as coisas.

17

Foi à sua volta da hidráulica, à tarde, que lhe entregaram o telegrama da Companhia. Era imperativo: "*Suspenda obras, dispense pessoal, embarque urgente.*" O despacho produziu no engenheiro um efeito fulminante. No primeiro momento sentiu-se atonizado, como se a vida de repente tivesse parado. O seu próprio coração estacara, quebrando a cadência regular, e todo sangue lhe fugira do corpo, deixando-o amolentado, aéreo, apático. Depois uma onda de calor ferveu-lhe no peito, ardeu-lhe nas orelhas, subiu-lhe ao rosto, enovelada, formigante, avassaladora. E nos instantes que se seguiram ele pensou e agiu ao ritmo da cólera. Sim. Estava claro. Tudo aquilo era obra do prefeito e de Herr Wolff. Patifes! Desejou esbofeteá-los. Imaginava-se já a espancá-los no meio da praça. Pensou em sair assim como estava e procurar os responsáveis por aquela situação. Havia de agredi-los, onde quer que os encontrasse... Pôs-se a passear no quarto, como fera acuada, cheio de sanha e gestos desordenados. Deu um pontapé na cadeira que lhe barrava o caminho no espaço estreito. Chegou até a janela e derramou sobre a cidade o seu ódio num olhar duro, faiscante, incontido. Pela primeira vez quis mal ao rio que a enchente havia transfigurado. Aquela pretensiosa corrente de água, mesmo com a cheia, continuava medida, artificial, egoísta, utilitária, como os homens daquela Blumental. Lembrou-se, por contraste, da beleza desordenada do Amazonas... E na sua mente apareceram-lhe os pais, olhando-o com expressão triste nos rostos trabalhados de dores; como se adivinhassem a fúria com que se atiravam contra o filho as forças do destino e da maldade humana. A lembrança daquelas duas criaturas teve a virtude de aplacar-lhe momentaneamente a cólera, de chamá-lo à razão, de lhe devolver um pouco de calma.

Geraldo respirava agora com mais regularidade. Foi até a pia, abriu a torneira, meteu a cabeça debaixo do jorro gelado, deixou que a água lhe empapasse os cabelos e lhe escorresse pelo rosto.

Mas agora, enxugando-se, sentia a raiva voltar-lhe. Não mais uma raiva descontrolada e brutal, mas uma raiva aguda, disciplinada, metódica. E Geraldo ficou a pensar num mundo de perversidades, na vingança atroz que havia de tirar contra o prefeito e Herr Wolff. Imaginava-os já humilhados, desprestigiados, a lhe pedir perdão... Haveria um recrudescimento de tifo em Blumental... motins... massacres... empastelamentos. Iria aos jornais desmascarar os culpados, denunciaria os politiqueiros de Blumental; faria com que Herr Wolff e todos os que estivessem solidários com ele fossem extraditados...

Wolff... Lore Wolff...

Geraldo atirou a toalha para cima da cama. Lore tomava-lhe agora todo o campo da mente. Invadiu-o de súbito um amolecimento interior. O ódio desertou-lhe a alma, deixando-o desamparado, melancólico. Sentou-se na beira da cama, encurvou o busto, fincou os cotovelos nas pernas, passou as mãos pela cabeça. Mediu o trabalho que realizara na hidráulica. Rememorou num segundo todas as dificuldades vencidas, tornou a sentir o sabor das horas de esperança e a

178

cinzenta amargura dos momentos de desânimo e de dúvida. Estava ali como alguém que tivesse começado a construção de um dique ou de uma represa e visse num instante uma avalanche levar tudo de roldão. Todos os seus sonhos desmoronados! Lore definitivamente perdida; a obra em que se empenhara com todas as forças, liquidada. E ele, que nunca quisera, nunca pudera acreditar nos boatos que lhe chegavam aos ouvidos... Como todos estavam bem-informados! Dera-se o que Ruben Tauben tinha previsto. Entre o major e Herr Wolff estabelecera-se um pacto sujo, sórdido, ignóbil. Herr Wolff daria seu apoio ao prefeito, desde que este fizesse com que o engenheiro fosse compelido a abandonar Blumental para sempre. Portanto, não foram as dificuldades financeiras que levaram a prefeitura a suspender o pagamento da última prestação... Puro pretexto para obrigar a Companhia a ceder. O êxodo dos operários tinha sido apenas o começo. Claro, claríssimo... Só ele não quisera perceber. Mas a Companhia é que nada justificava se conduzisse por essa forma com ele. Tinha o dever de resistir... Geraldo procurava culpados por toda a parte. Mas agora refletia. Que é que podia fazer a Companhia? Estaria também contra ele? Absurdo. Ela dependia do crédito público, precisava operar verdadeiros milagres para trazer em dia os compromissos. Qualquer suspensão de pagamento arruinava-lhe os planos, não lhe deixando outra alternativa senão curvar-se às imposições de governos e prefeituras.

"No fim de contas — concluiu Geraldo —, tudo está certo. O errado sou eu. Como sempre." Não devia ser tão sentimental, não devia entregar-se aos outros confiante e sem defesa, esperando de todos uma atitude cristã, limpa, sincera, aberta. Dali por diante procuraria vestir a velha armadura que já tinha imaginado, uma armadura feita de cinismo, de desconfiança, ceticismo e impiedade. Assim protegido conseguiria a vitória, o triunfo.

Mas o que era triunfo? Encolheu os ombros, como se a pergunta partisse dum interlocutor invisível. "A minha nudez no que diz respeito a intenções, pensamentos e sentimentos — refletiu ele — se parece de certo modo com a nudez primitiva dos índios." Sorriu tristemente, e pela primeira vez desde que lhe chegara o telegrama compreendeu que, com ou sem filosofia, teria de portar-se de acordo com o laconismo das instruções: "Suspenda obras, dispense pessoal, embarque urgente." Embarcar urgente... Lutou por alguns instantes com noções de tempo e espaço; o dia em que estava, a hora, o movimento dos trens... Chegou à conclusão de que só poderia embarcar no dia seguinte. Sim, iria embora daquela terra que não o aceitara, apesar de todas as suas intenções cordiais, daquela cidade onde ele se sentira como um estrangeiro.

E Lore...? Instantaneamente a ideia de vê-la tomou conta dele, espancando todas as outras. Precisava ver Lore, custasse o que custasse. Tolice, pensou. Mas os seus nervos de novo vibravam. Tinha necessidade de fazer alguma coisa.

Lembrou-se então de arrumar as malas. Começou... Um pouco narcotizado pela tristeza e pela dúvida, primeiro ia fazendo tudo lentamente, com relutância, como a esperar algum acontecimento milagroso que viesse alterar a situação. Depois se pôs a se mover às pressas, atabalhoado, quase frenético, como quem se prepara para fugir, amontoando umas coisas sobre as outras, sem plano e sem ordem. Ao cabo de dez minutos estava tudo terminado. Mas faltava espaço para os livros. Só então advertiu que o sobretudo podia ir no corpo, cedendo-lhe o lugar na mala grande. De resto, tinha uma pequena coleção a mais: os *Muckers,* de Ambrósio Schupp; o *Fausto,* de Goethe; o *Ecce Homo,* de Nietzsche; a *Decadência do ocidente,* de Oswald Spengler; a *Minha luta,* de Adolf Hitler; algumas monografias sobre a colonização alemã... Cheio de fel, murmurou: — "Aí está o que ganhei por ter procurado compreender esta terra e esta gente...!" Faltava ainda alguma coisa. Geraldo não sabia o que era, mas tinha certeza de que faltava. Olhou então em redor do quarto e viu a raquete de tênis pendurada na parede. Tomou-a nas mãos, entre zombeteiro e acabrunhado. Ela também lhe sugeria pensamentos tristes. Dera-lhe uma grande alegria, para depois cobrar o preço que estava pagando. De algum modo ela também era um pouco responsável dos seus desastres... Ajeitou-a em cima dos livros e fechou a última mala.

Abriu a janela do quarto e olhou ainda uma vez a praça. As folhas dos plátanos tinham caído. As árvores estavam desnudas. No claro-escuro da tarde pareciam fantasmas descarnados. A torre da igreja protestante mergulhava nas nuvens baixas.

Era curioso: ele já não odiava Blumental. Agora só tinha sentidos para aquela realidade dolorosa: tinha de partir. Vencido... Geraldo sentiu desejos de gritar o seu desespero... Mas nem Armando estava ali, para ele desabafar. Justamente agora é que se lembrara de ir à capital. Lá andava com Ruben Tauben a gozar a vida. Isso é que também ele devia ter feito. Sacudir de si, como uma inutilidade, a sua estúpida consciência de responsabilidade.

Sentia necessidade de agitar-se, fazer movimento, sair, caminhar. Sim. O ar livre lhe faria bem... Desceu. No saguão, num impulso de autômato, pediu ao hoteleiro que tirasse a conta. O homem olhou assustado para ele.

— Não precisa. Paga na volta, doutor?

Geraldo não respondeu. Encaminhava-se apressado para o fim da rua... E Lore? De novo esse pensamento o empolgou. Necessitava vê-la, precisava falar-lhe. Ela decerto não pactuava com aquilo. Não podia envolvê-la na mesma culpa sem ouvi-la.

Os letreiros desfilavam numa colorida sucessão: *Apotheke, Schumacher, Bäckerei,* KREUTZER IRMÃOS, KREUTZER IRMÃOS. Geraldo odiou os letreiros e agora, à vista de tanto nome estrangeiro, voltava a odiar a cidade. Ao passar por uma casa alta viu um homem que se dirigia para uma porta. Reconhecendo o engenheiro, o homem acenou para ele desajeitado e ficou um instante imóvel e constrangido.

Era o prefeito. Geraldo sentiu o sangue subir-lhe à cabeça. Um palavrão começou a afluir-lhe aos lábios. Mas dominou-se e, travestindo a custo o seu ódio em sarcasmo, gritou com voz apertada:

— Adeus, reserva moral!

E investiu para ele, apressando o passo... O prefeito embarafustou pela porta, atarantado, e fechou-a atrás de si.

A PRAÇA DA IGREJA CATÓLICA era um lago de silêncio. Geraldo lembrou-se dos pardais. Eles já não estavam ali. Onde andariam? Decerto já tinham invadido outras praças e expulsado de lá os pássaros de canto. Mas o pequeno busto de pedra continuava coberto de seus excrementos. Geraldo mais uma vez desejou uma chuva amazônica, um dilúvio, que fosse capaz de lavar a imagem poluída.

No palacete dos Wolffs as janelas estavam cerradas. Desde a Páscoa não mais se tinham aberto para ele. Geraldo ficou à esquina, esperando. Esperou longo tempo. Se ao menos o piano tocasse, como nos primeiros meses, poderia compreender pela mensagem musical o estado de alma de Lore. Silêncio, Lore decerto já não o amava. Não havia dúvida; tinha se submetido às imposições da família.

Os anões brincavam no jardim. Um deles parecia piscar o olho brejeiro para os outros. Geraldo não pôde fugir à impressão de que comentavam entre si, dentro da tarde brumal, o desaparecimento de Lore. Sim — fantasiava, meio lírico —, o cavaleiro Siegfried viera buscá-la. Lore não era para índio. Ali estava o castelo. Ali estava o anão Mime, senhor de todo o segredo. Siegfried atravessara os mares e as florestas para vir arrebatá-la, como na lenda dos Nibelungen, das garras do dragão e restituí-la ao espírito de sua raça... Siegfried... Wagner... Numa rápida sucessão de emoções vagas e indefiníveis, Geraldo sentia-se agora inundado de música wagneriana. De repente não era mais Wagner que ele ouvia mentalmente. Era o prelúdio impetuoso que Lore executara ao piano na tarde de sua chegada, com desbarrancamentos, descargas elétricas, árvores a tombar em meio da tempestade desencadeada. Aflito, Geraldo procurou invocar a melodia serena que se seguia ao prelúdio. Mas debateu-se em vão atrás do pianíssimo que a memória teimava em recalcar.

Ao cabo de alguns momentos, fatigado da espera inútil, Geraldo abalou em passadas largas, fugindo ao turbilhão interior. Chegando ao hotel, avistou luzes na igreja protestante. Lore... Quem sabe? Quase a correr, encaminhou-se para lá. À porta hesitou um instante. Nunca entrara num templo protestante. Tinha a impressão de que se encontrava no limiar de território proibido. Dentro, reinava um ambiente frio. Dos dois lados corriam as galerias. (Geraldo lembrou-se duma gravura do Parlamento inglês do tempo de Cromwell.) Nenhuma imagem. Janelas góticas, arcadas góticas. O altar severo, sem ornamento. Apenas vitrais, com imagens de Cristo, ao fundo. Nada de figuras, de virgens santas embalando o menino Jesus. Nenhuma pompa. Se ao menos se pudesse aspirar o aroma do incenso... Geraldo estava com a alma gelada. Ouviam-se agora as notas do órgão, numa litania plangente, medieval, acompanhada pelo coro de homens e mulheres. Geraldo procurou Lore entre os fiéis. Deu com a figura de Frau Marta, severa, rígida, quase monástica. Lá estava ela na galeria, no seu vestido preto, o ar grave, a cabeça voltada fixamente para o hinário. Cantava, mas os seus lábios finos e descorados mal e mal se moviam. Geraldo olhou em torno. Tudo hierático, soturno, gelado.

Então era aquela a igreja que o exuberante Lutero tinha fundado? Não, não podia ser. Lutero seria quando muito o patrono do protestantismo da colônia, um protestantismo risonho, cheio de cantos, de festejos, de comezainas, de cervejadas, sem o perpétuo e atroz temor do pecado. Se Lutero visse aquilo, certo protestaria. Ele amava a boa mesa, as ruidosas canções populares. Calvino é que odiava a vida, os instintos, e tinha convertido Genebra numa cidade de sombras e espectros ambulantes. Calvino podia ser o patrono daquela igreja, do protestantismo da cidade, mas o patrono da colônia era Lutero.

Geraldo tornou a ganhar a rua. Atrás dele a presença de Calvino parecia invectivá-lo, expulsá-lo. Era um Calvino com a cara de Frau Marta. Saiu precipitado, como a fugir na direção da ponte.

A lua acabava de sair de entre as nuvens; a refletir-se nas águas do rio. Debruçado sobre a amurada, melancólico, Geraldo ficou a contemplá-la. Havia tempo em que não contemplava a lua... Sempre gostara dela. Desde menino. O luar despertava-lhe desejos de bondade, de ternura. Uma de suas primeiras curiosidades de criança fora a de saber por que na lua havia sempre aquelas manchas escuras. Um dia alguém lhe dissera: "Aquelas sombras são a Virgem Maria com o menino Jesus ao colo, montada num burrinho. Vão fugindo para o Egito." Passara-se o tempo. E uma noite (tinha então vinte e três anos e voltara do Rio formado) a caboclinha que ele amara na rede, ao ar livre, lhe contara entre beijos a lenda indígena sobre a origem da lua.

Taperé, a filha do tuxaua, apaixonara-se por um guerreiro de outra tribo. Mas o seu destino estava escrito: teria de casar com um homem de sua gente, de sua raça. Rebelou-se. Nas noites escuras de breu, fugia da taba, cruzava as florestas, ia para o campo rival aninhar-se na rede do índio que amava, na sombra densa da mata. Madrugada, antes que o sol nascesse, ela fugia, sem dar-se a conhecer ao bem-amado. E assim foi durante muitas noites de breu. Mas o guerreiro morria por saber quem era a ardente companheira de sua rede nas noites de amor. Um dia apanhou na floresta o fruto do jenipapo e ficou à espera de Taperé. Quando ela chegou, alisou-lhe a testa e as faces com os dedos tintos de jenipapo. Pela manhã, ao se mirar no espelho do lago, viu Taperé que estava marcada. Um grande desespero invadiu-lhe a alma. Tomou do arco e pôs-se a atirar as flechas para o alto. Não descansou enquanto as flechas não tivessem ligado a Terra aos céus. Então subiu pela comprida corda e nunca mais voltou. Mas todas as noites saía do seu esconderijo de nuvens para vir mirar-se nas águas dos lagos, dos rios e dos igarapés, a ver se já lhe tinham desaparecido do rosto as manchas do jenipapo.

Lá estava agora a pobre Taperé a olhar-se também naquele rio do Sul, em pleno inverno... As manchas ainda lhe sombreavam o corpo. Não sairiam nunca. Marcariam para sempre a face de Taperé.

Talvez não fosse Taperé, imaginou Geraldo. Talvez fosse Lore quem lá estava. Ah!, sim, ela é que desaparecera, desde a noite do baile da Páscoa. A sua face branca de ariana tinha tocado no seu rosto queimado de índio. Ficara decerto manchada de jenipapo.

— Para sempre? — Geraldo disse estas palavras em voz alta, como se estivesse interrogando a lua.

18

O diurno vinha atrasado. Passava das cinco horas da tarde quando entrou resfolegando na estação. Havia poucos passageiros a embarcar. A maioria deles destinava-se à terceira classe. Apanhando a maleta de mão, Geraldo saltou apressado para um dos carros de primeira a fim de garantir um lugar isolado para a longa viagem que ia empreender. Não lhe foi difícil conseguir o que queria, porque logo em seguida estava de volta na *gare,* onde o aguardava o capataz da hidráulica que, sem dar mostras de impaciência, ali se conservava de pé, quedo, desde as três horas. Os dois trocaram um forte aperto de mão e mal puderam murmurar:

— Feliz viagem, *doktor.*

— Adeus, meu amigo.

Ganhando precipitadamente o interior do vagão, Geraldo acomodou a maleta no guarda-volumes e tomou assento do lado esquerdo. O vidro estava embaciado e apenas deixava entrever as sombras que se moviam do lado de fora. Alguém veio bater com o nó dos dedos na janela ocupada pelo engenheiro. Este enxugou com o lenço o vapor de água da vidraça e pôde reconhecer a figura esfuminhada do Ben Turpin, envolta numa larga capa de campanha, com as abas forradas de vermelho atiradas para trás. Geraldo acudiu à plataforma, a tempo de abraçá-lo.

— *Signor dottore, é vero que se vá? Alambrina.* — O trem soltou um apito, e pôs-se em movimento.

— Adeus, Ben Turpin.

— *Addio, dottore, addio e presto ritorno.*

Geraldo ficou abanando com a mão até que as silhuetas do capataz e do Ben Turpin tivessem desaparecido na bruma da tarde. "Afinal de contas — soliloquiou — nem tudo foi decepção e malogro em toda essa aventura. Quem chega, como eu, sem ser recebido por pessoa alguma e encontra, na partida, dois amigos que lhe desejam boa viagem, não deve queixar-se do destino."

A escuridão descia as primeiras sombras sobre a cidade. Uma cortina de névoa escondia os cerros distantes. As carroças recolhiam para os subúrbios. Homens agasalhados em grossos casacos, as cabeças cobertas com bonés, cujas abas lhes escondiam as faces, transitavam nas ruas, em demanda de suas casas. Operários, refletiu Geraldo. E uma nuvem de tristeza nublou-lhe o espírito. Atravessou-lhe a mente a cena da manhã na hidráulica. Ali estava o capataz a dar ordens para o reduzido número de trabalhadores. Já não atroava os ares com seus palavrões. Os homens falavam baixo uns para os outros... Era um crime deixar aquilo parado no ponto em que estava, pensou Geraldo com um aperto no coração. Tudo pronto: o motor instalado sobre o console; os reservatórios concluídos; o conduto de recalque, a máquina elevatória, os cilindros, os tubos de ferro fundido, as bombas montadas sobre o maciço, prestes a funcionar... Perfeitamente ajustados, no nível, regulados a primor... Mais um arranque e a hidráulica estaria concluída... Sim, era um crime, uma inconsciência aquela súbita paralisação... Viriam as chuvas, o material exposto às intempéries mais tarde precisaria ser reformado, talvez inteiramente substituído... Geraldo divisava agora o quadro que muitas vezes observara através do Brasil: materiais abandonados, fortunas expostas ao tempo...

O trem ganhava velocidade. Geraldo lançou um olhar angustiado através do vidro. Fora desfilavam as casas dos operários, os moleques da beira do rio, brincando nas sarjetas inundadas com a água escura do curtume dos Wolffs. Um longo apito anunciou a proximidade da ponte de ferro. Embaixo o rio alagava a várzea. Enchente. Como os lanchões, as balsas de pinheiros que passavam às carreiras, arrastados pela correnteza, também ele estava sendo carregado pela enchente. Ia praguejar pela centésima vez, mas a longínqua imagem do pai o deteve, suscitando-lhe desejos de reação contra o abatimento a que se entregara. Ninguém teria mais justificadas razões do que o velho de blasfemar, com toda a força do seu desespero e do seu ódio, contra a crueldade do destino, contra o absurdo da existência. Jamais, porém, lhe ouvira uma anátema diante das grandes calamidades, uma maldição a desafogar desesperos contidos. Era o homem que emigrara para vencer e sentia vexame de reconhecer o fracasso e confessar a derrota. Não, não devia praguejar.

A uma curva da via férrea, Geraldo olhou para trás, procurando distinguir na distância a casa de Lore. Só pôde divisar a torre da igreja protestante, perfilada diante da ponte. Ficou longo tempo voltado para ela, devorando-a com os olhos. Queria fixá-la bem na lembrança, como um marco do seu destino. Quando perdeu de vista a torre, a ponte, a cidade, cerrou os olhos e pôs-se a considerar, ao compasso do trem sobre os trilhos. O que lhe acontecera nesses últimos meses não teria sido um pesadelo? Ter-se-ia passado mesmo tudo aquilo?! As batidas do coração, as sacudidas do vagão, o matraquear das rodas, o silvo da locomotiva diziam que sim. Ah!, mas ele havia de cancelar esse passado, banir definitivamente da memória as imagens que ficassem para além da torre. Frau Marta, Karl Wolff, os anões, a ponte, Blumental dentro em breve estariam diluídos na penumbra. Havia de destruir esses fantasmas.

E Lore? E os seus sonhos de paz, ao seu lado, junto ao piano, cercado de curumins loiros e bulhentos brincando perto da lareira?

Uma voz, que não lhe era estranha, trouxe Geraldo à tona da realidade. Ergueu os olhos e deu ali no trem com a presença cordial, sorridente e implacável de Maurício Vanderley.

— Mas que surpresa é esta? — O rosto do caixeiro-viajante estava ainda mais largo no sorriso que lhe fazia crescer os zigomas. — Então de viagem para o Rio?

Geraldo encarou-o sobressaltado. O cearense vinha avivar-lhe as recordações daquele mundo cuja extinção ele acabara de decretar. Compreendendo num relance que o recém-chegado ardia por entabular conversa, murmurou, evasivo:

— É verdade. — E não o convidou a sentar-se.

— Pretende demorar?

— Depende.

Mas Vanderley não parecia disposto a largar a vítima que lhe caíra dos céus para a sua necessidade de comunicação.

— Estava dormindo?

— Não, com dor de cabeça.

— Isso passa. Trago sempre comigo um tubo de Cafiaspirina.

— Muito obrigado. A Cafiaspirina me ataca o coração.

— Tenho também Guaraína.

— Nada disso — respondeu Geraldo, desamparado. — Logo estarei melhor.

Já o viajante fazia recuar o encosto do banco da frente, sentando-se diante do engenheiro. Era inútil qualquer tentativa de resistência àquele desejo de camaradagem do cearense.

O trem mergulhava na paisagem das colônias, tocada pelos últimos clarões do dia. Mulheres com largas mantas atadas à cabeça trabalhavam ao lado dos colonos. Pela encosta dos montes os arados ainda sulcavam a terra. O trem apitou tristemente e o seu silvo estridente, entrecortado como um soluço, ecoou longe, dissolvendo-se na paz dos campos.

— Gente danada para o trabalho — comentou Vanderley. — Disso é que precisávamos no Norte.

Geraldo limitou-se a sacudir a cabeça, num gesto vago, que era mais de contrariedade do que de assentimento.

— Então, como se tem dado em Blumental?

Fechando-se a novas interpelações o engenheiro contestou em tom categórico:

— Muito bem.

— Eu sempre digo — insistiu o outro —, não há terra como Blumental. Pessoal que sabe divertir-se. Você não acha?

Geraldo não respondeu. Acompanhava a corrida dos postes do telégrafo e das luzes dos ranchos, na margem do caminho.

Numa estrada perpendicular à via férrea, uma carreta conduzia grossos toros de pinheiro na direção da cidade.

O cearense odiava o silêncio. Num crescendo de entusiasmo, arrolava agora as vantagens de Blumental: hotéis de primeira ordem, mesas fartas, bastante verdura, gente sã; bailes e *kerbs* de arromba! moças divertidas e camaradas... Tinha deixado lá uma pequena. Chamava-se Wilma Stumpf, dos Stumpfs do outro lado do rio... Talvez Geraldo conhecesse. Geraldo sacudiu a cabeça numa negativa quase frenética, já assustado com o rumo confidencial que o viajante procurava dar à palestra.

— Aquela com quem dancei de par efetivo no *kerb* — esclareceu Vanderley.

— Não me lembro — murmurou o engenheiro, contrariado.

— Na minha próxima viagem vamos contratar casamento, sabe? Só quero ver em que dá cruza de cearense com alemã. — Ia falando com os olhos molhados de ternura nas prendas da futura noiva, nos predicados da família, gente modesta, mas de muito trabalho e respeito. Dentro em pouco estava a proclamar a raça alemã como a primeira do mundo e a investir contra os governos do Norte, e por não terem sabido atraí-los para lá.

— Que não seriam hoje o Ceará e o Amazonas povoados por eles?

— O Ceará não sei — contestou Geraldo, disfarçando a custo o mau humor. — Quanto ao Amazonas, posso garantir-lhe que não teria lucrado nada com isso.

— É então contrário à colonização alemã?

— De nenhum modo. Estou apenas afirmando que no Amazonas ela não daria ponto. — E antes que o cearense reagisse, Geraldo explicou: — Se no Amazonas ainda não há uma grande civilização, não creia que seja por culpa do homem. É culpa exclusiva do meio. Quantos tentaram fixar-se ali — exceção feita do caboclo, bem-entendido — têm sido sistematicamente derrotados.

— Com os alemães não se daria isso.

O assunto "Amazonas" tivera a mágica força de varrer o aborrecimento de Geraldo. Já agora, de língua solta, e palavra fácil, continuava:

— As experiências até agora feitas não justificam muito o seu otimismo. Em Manacapuru, por exemplo, onde tentaram o plantio do algodão, fracassaram integralmente. E sabe em que deu a colonização alemã estabelecida na Amazônia peruana, à margem do rio Pozuzo?

— Gostaria de saber.

Geraldo seguia a velha técnica: falar para fugir ao interlocutor.

— Em nada. A nova colônia, situada nas proximidades de um bom mercado como o de Iquitos, próxima de rios navegáveis como o Ucaiale — excelente ponto estratégico para o combate contra a floresta —, em lugar de prosperar decaiu de uma maneira impressionante. Ficou reduzida a culturas rudimentares que mal chegavam para o seu próprio consumo. A prole degenerou. Passados menos de trinta anos estava aquilo convertido no mais miserável dos acampamentos.

Os colonos e seus descendentes, abandonados ao mais descontrolado fanatismo, passavam os dias a rezar, a fazer penitência, a entoar ladainhas intermináveis… De fazer pena…

— Não diga… Mas o senhor sabia…?

Geraldo cortou a palavra do outro, e prosseguiu:

— É por estas e outras que não acredito em superioridade de raça. Enquanto não me provarem que uma raça possa independer das condições do meio, reservo-me o direito de não levar essa história a sério.

— Mas uma coisa temos de reconhecer: o progresso do Rio Grande do Sul está sendo feito pelos alemães.

— Pudera! Deram para eles de mão beijada as melhores terras do Brasil…! Esteja certo, entretanto, que se o governo, em vez de entregar-lhes este seio de Abraão, com um clima de quatro estações definidas, como o europeu, os tivesse localizado no Ceará ou no Amazonas, as coisas não seriam assim tão fáceis…

Passavam agora por um bosque de eucaliptos. Geraldo contemplou por alguns instantes as árvores esbeltas, cujas folhas nítidas e finas farfalhavam ao vento da tarde. Estavam plantadas com uma simetria que de certo modo lembrava a prussiana e marcial rigidez dos escoteiros de Blumental.

O cearense acendeu um cigarro. O trem continuava no seu cadenciado matraquear de ferros. Geraldo olhava a estranha e móvel perspectiva dos troncos de eucaliptos contra o fundo escuro e remoto do horizonte.

— Veja por exemplo essa floresta de eucaliptos… Tem uma unidade que surpreende. É qualquer coisa de organizado, de disciplinado, de simétrico. Considere agora nas matas do Amazonas.

O cearense deu um pulinho no banco e investiu:

— Ora, doutor, não queira comparar a floresta do Amazonas com estes matinhos raquíticos do Rio Grande. O que se vê aqui são florestinhas de salão…

Geraldo acendeu também um cigarro. A discussão começava a interessá-lo. No fim de contas o diabo do caixeiro-viajante podia ser um companheiro bastante suportável. E sua palestra borboleteante podia evitar que ele, Geraldo, pensasse em Blumental.

— Mas de que vale essa pujança amazônica — prosseguiu o engenheiro — se não pode ser aproveitada racionalmente?

Veio-lhe à memória uma pergunta que lhe fizera o promotor: "Por que o Amazonas não aproveita a sua riqueza em madeiras?"

— Acontece que os grandes industrialistas, entusiasmados com as amostras de madeiras de lei que o Amazonas costuma mandar às exposições, escrevem pedindo informações sobre a sua capacidade de produção e exportação... É aí que calça o carro... Porque o negociante em madeiras não pode arriscar nenhuma afirmativa exata nesse sentido. Porque nas florestas amazônicas há todas as espécies de árvores imagináveis...

— Mas tudo espalhado... — concluiu o cearense.

— Isso. Um pé de sumaumeira aqui e outro a cem ou duzentos metros além... Nada de grupos homogêneos como esse bosque de eucaliptos, compreende?

— Mas por que não fazem como aqui?... Por que não plantam?

— Impossível — replicou Geraldo quase com raiva, como se o companheiro de viagem fosse culpado da uberdade amazônica. — A terra é tão diabolicamente fértil que outras árvores e plantas surgiriam do solo, destruindo o trabalho do homem.

Geraldo deteve-se um momento. Tornou a olhar para fora. Morros azulavam ao longe. O trem mergulhava na paisagem do pinheiral.

— Do ponto de vista econômico, meu caro — continuou ele —, um simples pinheiral do estado do Paraná talvez tenha atualmente mais valor do que toda a floresta amazônica. E o que custa ao homem da planície o manter, como vem mantendo, a sua indústria de madeiras...!

Outras vozes sonolentas se elevavam acima do ruído das rodas. O chefe de trem apareceu para revisar as passagens.

O cearense tornou a falar.

— Se falhassem na agricultura, os alemães apelariam para a indústria. Neste ponto ninguém pode com eles.

— De acordo — disse Geraldo, zombeteiro. — Eles sabem que terão sempre a seu lado um aliado infalível: o governo. Nunca hão de faltar leis para amparar os industriais estrangeiros, a pretexto de proteger a chamada indústria nacional. Agora, se se tratasse de abrir créditos para saneamento das regiões povoadas pelos filhos da terra, valorizar o nosso homem, construir açudes no Nordeste, as coisas não andariam tão depressa...

Pausa. Tinham-se acendido as luzes dentro do vagão. O cearense parecia lutar agora com um raciocínio que se recusava a tomar forma. Após debater-se com ele alguns instantes murmurou:

— Parasitas...

Geraldo parou um momento, suspenso. Depois, como quem falasse mais com seus próprios pensamentos do que com o interlocutor, disse:

— Sabe o que me lembra o estrangeiro em face do Brasil?

— Que é? — O viajante, num misto de admiração e de curiosidade, pendia dos lábios de Geraldo.

— O apuizeiro de nossas florestas. Ele chega modesto, sorrateiro, quase invisível; encosta-se à grande árvore, suga-lhe a seiva, cresce, multiplica-se. Depois, passados alguns anos, dificilmente se encontrará sinais da árvore que o nutriu com o seu sangue...

Geraldo ia prosseguir, mas se conteve. E, suspendendo bruscamente a descrição do avanço silencioso e envolvente do apuizeiro, corrigiu:

— A comparação está mal. Estou exagerando. É o maldito vício da literatura.

194

Estava contrariado consigo mesmo por ter ido tão longe, deixando-se dominar pelo ressentimento. Tinha agora gravada na mente a frase de Nietzsche: "O estado dos enfermos é uma espécie de verdadeiro e atroz ressentimento." Sim, era preciso parar antes que sua mágoa denunciasse ao outro as lutas que se travavam em seu espírito.

— Pelo que vejo, você é um grande conhecedor das coisas de sua terra — volveu o cearense, deitando lenha ao fogo da conversa que ia esmorecendo. — Há quanto tempo não vai ao Amazonas?

— Há mais de quatro anos — respondeu Geraldo frouxamente.

— Não pretende voltar?, a gente sempre volta — confidenciou Vanderley com uma ponta de nostalgia nas palavras.

Geraldo sacudiu os ombros, melancólico. Voltar... Para quê? Para fugir, como na última vez. Teria coragem para tentar novamente aquela vida do seringal? Assumir o posto do pai, curtir os pavores da selva, os terrores da noite, ir com os caboclos para o degredo da mata?

O trem parou. Uma pequena estação. Vanderley pediu licença, ergueu-se e saiu. Geraldo ficou com os seus pensamentos melancólicos.

A noite tinha caído. Fazia frio — um frio cortante, seco. Na plataforma da estação, alumiada por lampiões amarelentos, passavam vultos. Houve uma breve espera. Depois duas badaladas do sino e o trem retomou a marcha. Geraldo esfregou o vidro embaciado e alongou o olhar para fora. O céu se pontilhava de estrelas. À beira da estrada havia ranchos com janelas tristemente iluminadas. E de novo o ruído monótono das rodas. E os seus pensamentos a marchar ao ritmo do trem.

Voltar... — ruminou ele. Sim, a gente sempre acaba voltando. E o mais trágico é que não encontra o mundo sonhado nas horas de saudade. — Lembrava-se dolorosamente de sua volta para a casa dos pais, logo depois de formado. Estava enfarado do Rio, daquela vida artificial e inutilmente agitada — cassinos, avenida, teatros, *bonbonnières*... Tinha a nostalgia da cidade natal. Certo dia uma carta de casa precipitara tudo. "Teu pai teve outro ataque de impaludismo, o coitado tem tido muita febre, atirado em cima da rede, variando, falando que não tem quem cuide dos negócios. Seja tudo pelo amor de Deus." Sim. Ele precisava voltar à terra, tomar conta dos negócios do pai. Foi... Lembrava-se com uma precisão impressionante das emoções que sentira ao rever homens e coisas dos seus tempos de menino. E com que fúria se atirara ao trabalho. Tudo para verificar ao cabo de algum tempo que ele já não compreendia aquela terra, não se entendia com aquela gente — um desenraizado. A todo instante surgiam divergências entre ele e o pai, contendas irremediáveis que em vão tentava resolver com tolerância.

Geraldo sentia os pés frios e inertes. Precisava caminhar. Iria até o carro-restaurante tomar um conhaque. Ergueu-se. Já agora não queria mais a companhia do cearense. Necessitava de solidão. Solidão para pensar. Lore... O pai, a mãe... a sua sensação de instabilidade diante da vida, de vaga insatisfação, de amargo abandono...

Atravessou o vagão contíguo, outro e mais outro. Por fim um empregado do trem lhe avisou que aquela composição não trazia carro-restaurante. Geraldo sentiu mais uma vez o sabor acre duma frustração.

— Quer tomar alguma coisa? No outro carro tem um bar...

Geraldo agradeceu e caminhou para o outro carro. Encontrou junto do bar o cearense, que tomava uma cerveja.

— Olá! — exclamou ele. Aproximou-se... — Que é que toma?

Foi com esforço que Geraldo conseguiu alisar a testa que a contrariedade enrugara.

— Um conhaque para esquentar...

O cearense discutia política com o empregado do bar. Geraldo pôde ficar em paz com o conhaque e com os seus pensamentos.

A grande divergência tinha surgido por ocasião da safra. Seu pai conseguira armazenar um grande estoque de peles de borracha. O produto alcançara uma alta apreciável.

— Meu pai, por que não aproveita a alta? Venda a borracha, apure uns bons dinheiros, vá descansar. Isto não é mais vida para o senhor... Venda tudo.

O velho arreganhara os dentes escuros, num sorriso que pretendia ser de malícia e experiência.

— Vou esperar preço mais alto, meu filho. Ninguém perde por esperar.

— Mas é uma loucura...

O velho sacudiu a cabeça, irredutível. E então ele vira que o pai sofria do mesmo mal de todos os donos de seringal: o delírio da alta. Esperando, esperando naquela calma inexorável, que o produto subisse, alucinado por um sonho fabuloso de lucros estonteantes. E no fim lá viera a queda, e tudo desmoronara... Desde aquele instante Geraldo percebera de maneira profunda que o pai estava perdido, que todas as tentativas para salvá-lo seriam inúteis.

Geraldo pagou o conhaque, bateu no ombro do cearense e, antes de dar-lhe tempo para a menor palavra, abalou.

Quando saiu do vagão o trem dobrava uma grande curva. Com um leve desfalecimento no coração, Geraldo avistou longe, muito longe, entre os dois morros que se erguiam nas proximidades de Tannenwald, o céu avermelhado com o clarão das luzes de Blumental.

Estranho destino o seu, pensou tristemente. Do Amazonas, onde todos o queriam, ele fugira. De Blumental, onde queria ficar, tinha sido expulso. Mas aquela terra misteriosa, de iaras e botos, de assombrações e mistérios, ficara dentro dele, às vezes como um sonho doce, outras, como um pesadelo terrível. Que recordações lhe deixaria Blumental?

Ficou-se um instante a olhar... Depois embarafustou vagão adentro, com uma sensação opressiva de coisa final, desesperada e irremediável...

19

No quarto sombrio o dr. Stahl se aproximou na ponta dos pés. Lore ardia em febre. O médico, mal encostou a mão na testa escaldante da enferma, mordeu os bigodes brancos ligeiramente amarelados de fumo, franziu o sobrolho em rugas de concentração e ficou a conjeturar sobre aquele caso. Fizera tudo quanto podia fazer. Agora o remédio era esperar a marcha da moléstia e confiar nas resistências naturais daquele organismo. Seus olhos interrogadores fixaram-se no rosto de Lore, com um interesse apaixonado, mais de amigo do que de médico; contemplou-a longamente, com uma expressão quase dolorosa, como se quisesse penetrar no mundo fantasmagórico da febre em que ela andava perdida. Mas no delírio de Lore havia algo indevassável, onde lhe não era permitido penetrar. Indiferente ao que lhe ia em derredor, mergulhada em sonolência, o olhar vago, o rosto emagrecido, a boca entreaberta, as narinas palpitantes, a procurar com as mãos objetos imaginários, Lore de quando em quando movia os lábios trêmulos para soprar uma palavra apagada, um monossílabo, num gemido débil e prolongado. Houve um instante em que o dr. Stahl julgou ouvi-la sussurrar o nome de Geraldo.

Idiotas! — vociferou ele em pensamento. — Mandarem embora um rapaz daqueles! Um belo animal de sangue... E depois, dessa simpatia envolvente que ele se acostumara a descobrir nas criaturas de pele queimada e olhos escuros. Que monotonia se o mundo fosse só povoado de cabeças loiras, epidermes brancas como papel, olhos azuis vazios de emoção, na sua frieza e transparência de lago alpino... Idiotas!... Que bela cruza podia sair de Lore e Geraldo.

Coçou as brancas falripas de cabelo, olhou o relógio — só por vício, pois nem chegou a ter consciência da hora que ele marcava — e retirou-se do quarto, murmurando qualquer coisa para Frau Marta e para Ema que o aguardavam à porta, cheias de ansiedade. Desceu com elas para o andar térreo, deixando Lore a sós.

No quarto? A sós? Era estranhamente povoada a confusa província em que Lore se debatia. Lá estava o mar — às vezes parecia Torres, outras vezes o Báltico —, o mar de fogo líquido. As ondas se aproximavam dela, seu calor já lhe bafejava as mãos, o rosto, as pernas, as têmporas, as entranhas, o corpo todo... E as águas de fogo avançavam e ela queria fugir, mas não podia... Geraldo! — gritava. — Mas sentia que sua voz se quebrava no vento, se desfazia em pó, morria no ar. Geraldo apareceu no alto duma torre de pedra e — santo Deus! — Geraldo era um negro. Como pudera ela amar um negro? Frau Marta ria, ria, perguntando: "Eu não te dizia? Eu não te dizia?"... Geraldo! Como ele estava horrível... E agora Lore já não era mais Lore e sim um pássaro de fogo que reduzia a cinzas as terras por onde passava. Como doía ser ave. Doía... Dores agudas lhe trespassavam o corpo como agulhas em brasa, e suas asas se agitavam e ela sentia a língua ressequida, queria água, estava com sede, olhava para baixo, na esperança de descobrir um rio. Lá ao fundo havia um rio... Um homem na proa de um galeão a chamava. Geraldo!... Sim,

199

ele tinha prometido levá-la para longes terras. Ela correu para ele, embarcou no galeão. Agora já não era galeão, era uma jangada. Numa das margens levantava-se o fogo de um grande incêndio. Índios bronzeados dançavam em torno das fogueiras onde ardiam corpos de mulheres brancas. Na outra margem, lá embaixo, estava Blumental. Oh, Deus! Eu não quero ir embora de Blumental. Queria voar, mas as garras do pássaro lhe arranhavam a pele, entravam-lhe no ventre. Onde estava Geraldo? Índios brancos o arrastavam para a fogueira. Bubi Treptow, que ela pensava tivesse morrido, dava-lhe murros na cara ensanguentada... As labaredas cresciam para ela. Sede. Medo. — Lore! Lore! Minha filha! Uma voz a chamava. Ela queria ver claro, queria descobrir quem chamava... As pálpebras lhe ardiam, pesavam... e naquela estranha escuridão ela enxergava monstros... Queria Geraldo... Odiava Geraldo... Geraldo desceu sobre ela e contaminou-a com o seu sangue. Era um sangue verde... Se ao menos o sangue dele fosse frio, pudesse refrescar-lhe o rosto, as mãos, o corpo — porque ela ardia; ela era agora um avião de metal coruscante, voando por cima da terra incendiada. Geraldo era o piloto... Louro... Claro...

Quando Ema tornou a entrar no quarto, Lore se revolvia na cama, murmurando: água... água... água...

A súplica de Lore tinha sido ouvida na saleta do andar térreo.

Havia ali um ambiente carregado de vagas ameaças de desastre. Dentro do silêncio opressivo parecia que até as coisas — móveis, quadros, estatuetas, utensílios — participavam daquele temor da morte. Sempre reluzentes e imaculados, pois nem a doença de Lore conseguira quebrar a rígida rotina instituída por Frau Marta, eles tinham agora um estranho ar de tristeza, como uma emanação das pessoas da casa. Andavam todos na ponta dos pés, falavam-se aos cochichos, empenhavam-se em ser úteis a qualquer instante e sempre que o dr. Stahl descia do quarto de Lore era para encontrar voltados para ele muitos

pares de olhos ansiosos, fixos, interrogadores, expectantes. Até Paulinho, como se compreendesse a gravidade da situação, andava pelos
cantos, quietarrão e melancólico, o ouvido atento às conversas dos
grandes, principalmente quando se falava da saúde de *tante* Lore.

Nesse dia, durante o jantar pouco se falou. Toda a conversa se
fez em surdina, e no silêncio espesso só se ouvia o tinido dos talheres batendo nos pratos. Era com uma pesada tristeza que Herr Wolff
olhava para o lugar que Lore costumava ocupar. Frau Marta, essa
conseguia controlar as emoções. No seu código íntimo havia regras
nítidas e indiscutíveis no que dizia respeito à exibição de sentimentalismo. Amava a filha dum modo exclusivo, iniludível, quase feroz.
Seria capaz de fazer por ela todos os sacrifícios. Fora porém educada
num ambiente em que todas as manifestações derramadas de sentimentos íntimos eram tidas não somente como ridículas, senão também como absolutamente inúteis.

Uma combinação, tácita, segundo a qual a doença de Lore e tudo
o mais que a ela estivesse ligado devia correr num ambiente de so-
briedade, sem desesperos teatrais, parecia haver-se estabelecido entre
todos. Acontecia, porém, que sem a válvula de escape das lágrimas,
dos grandes gestos e das exclamações sentidas — os sentimentos íntimos daquelas criaturas — tristeza, às vezes desespero, ansiedade,
dúvida, desalento — concentravam-se-lhes no rosto, principalmente nos olhos. Era como se em todos eles um pincel invisível tivesse
passado uma camada de tinta baça e sombria que as desfigurava.

Por isso é que a notícia da próxima chegada do primo foi rece-
bida sem grande alegria. Otto Wolff era um dos orgulhos da família.
Médico em Berlim, desfrutava ali de grande prestígio, e Frau Marta
gostava muito de reforçar suas ideias com os "Assim pensa o dr. Otto
Wolff, médico em Berlim, primo do meu marido" ou então "Primo
Otto disse". Estava ele agora no Rio, de onde avisara da próxima
visita a Blumental.

— Vem em péssima ocasião... — comentara Herr Wolff ao transmitir a notícia. E estava agora a pensar em como seria bom se Lore não estivesse doente, se tudo corresse normalmente... Apresentaria, orgulhoso, primo Otto aos amigos... Talvez lhe prestassem uma homenagem, um banquete, um baile... Depois ele levaria primo Otto a passear de auto pelo município... Contar-lhe-ia coisas... Haviam de ter alegres noitadas. Lore ao piano, primo Otto narrando as maravilhas que Hitler dera à Alemanha, uma boa cerveja correndo a roda. *Gemütlich*. — Vem em péssima ocasião — repetiu.

— Péssima? — avançou Frau Marta. — Quem sabe se o primo Otto não vai acertar com a Lore...

Tinha confiança no dr. Stahl, nem por um instante duvidara dele ou pensara em chamar outro médico. Só agora, ante a notícia da vinda do parente berlinense, é que lhe ocorria que neste grande mundo de Deus Nosso Senhor existiam milhares e milhares de outros médicos. Quem sabe se ele não traria consigo a salvação de Lore?

Karl encolheu os ombros:

— Acho que o dr. Stahl está fazendo tudo quanto é humanamente possível... O remédio, como ele disse, é aguardar a marcha da moléstia... A febre tifoide é assim mesmo.

Mas no rosto de Frau Marta transparecia uma nova luz de esperança. Primo Otto era a Alemanha moderna... Primo Otto era decerto a ciência contemporânea do nacional-socialismo. O dr. Stahl representava uma Alemanha velha, cética e atormentada. Sim, o dr. Otto Wolff era a Nova Germânia. Foi com esforço que controlou o entusiasmo, que no momento não lhe parecia decente sentir e muito menos demonstrar.

Terminado o jantar, Herr Wolff atirou-se no divã, com o telegrama na mão.

— Mas que diabo virá primo Otto fazer aqui?

Nunca vira viagem mais intempestiva. Havia meses que não tinham notícias dele. De repente, aquele telegrama...

— O rapaz decerto está esgotado de tanto trabalhar... Tem dinheiro... Tirou férias... — sugeriu Frau Marta.

Herr Wolff sacudiu a cabeça, lentamente. Mas um leve sorriso de malícia crispou os lábios finos de Karl. Passava-lhe pela mente uma ideia que ele preferiu não formular em palavras. E se primo Otto trouxesse uma missão do governo alemão? Sim, era bem possível. Havia colônias alemãs em todo o Sul do Brasil. Era preciso organizá-las, levar para a Grande Pátria documentos que dessem ao *Führer* uma ideia das possibilidades da colônia. Primo Otto... Missão secreta... Havia de lhe contar coisas, dar-lhe-ia informações preciosas.

— De que é que está rindo, Karl? — indagou Frau Marta.

— De nada. Uma coisa que estou pensando...

E não disse palavra. Frau Marta chamou Ema e ordenou-lhe que fosse aprontando com antecedência o quarto para o ilustre hóspede.

Naquela noite o dr. Stahl voltou, reuniu-os na sala de jantar e lhes disse, sombrio, que Lore infelizmente não tinha obtido melhoras.

20

Era na tarde em que o primo Otto devia chegar. Estirado na poltrona de couro, Karl, com um ricto de preocupação estampado na face, fazia um supremo esforço para concentrar a atenção na leitura de *Der Mythus des zwanzigsten Jahrhunderts,* de Rosenberg. Aquilo era um tanto cacete, mas precisava estar forte nas teorias do nacional-socialismo, para não decepcionar o primo Otto. Porque já agora não tinha dúvida: aquela viagem inesperada, realizada quase em segredo, obedecia a fins políticos. De outra forma não se explicaria que ele abandonasse a sua clínica, o seu hospital, para uma viagem à América do Sul. Com o fim exclusivo de visitar os parentes é que não era. Férias? Bobagem... Depois, era mesmo tempo de dar organização à colônia alemã em torno dos novos princípios. A última decisão da Sociedade Ginástica tinha sido um desastre.

Fez uma última tentativa para mergulhar na leitura. Esforço inútil. A lembrança de Lore interpunha-se entre o seu espírito e as páginas do livro.

Karl largou o volume no braço da poltrona. Não podia desviar os olhos do retrato de Hitler, que um ramo de miosótis enfeitava. Pela fresta da janela via a alameda de ciprestes do jardim. Aquele ramo no retrato de Hitler lembrava-lhe as coroas de enterro; aqueles ciprestes melancólicos deram-lhe uma ideia de cemitério. Pela primeira vez surgiu no espírito de Karl um pensamento torvo. E se Lore morresse?

Via já a casa forrada de crepe, a varanda cheia de coroas. Não, não podia ser. Absurdo! Mas outra ideia se insinuou: a fortuna dos Wolffs acabaria em suas mãos. A quanto montaria? Ah! Mas era um pensamento indigno. Lutou por afastá-lo, e essa luta lhe foi amargamente dolorosa. Certo, desejava ser rico, muito rico, mas não por tal preço. Amava Lore, à sua maneira. Sempre fora rude para com ela. De resto, era brusco e rude para com toda a gente — o pai, os empregados, os amigos, a sua própria mulher. Só ele sabia os esforços que já fizera para não ser assim, para tratar os outros com delicadeza. Mas nunca acertara em ser agradável. Era-lhe uma impossibilidade física, congênita, orgânica, mais forte que ele. Via que só conseguia magoar, mesmo quando sua intenção era agradar. Como é que os outros podiam ser naturalmente amáveis?

Pensou em Geraldo, com um estranho sentimento de tristeza.

Não, Lore não podia, não devia morrer. Seria uma vingança demasiado terrível para um simples amor contrariado. Toda a cidade ia dizer que ela adoecera como muitos outros, por causa das águas, precisamente quando a hidráulica já podia estar pronta, não fosse o empenho da mãe em afastar o engenheiro. Sim, todos tinham a sua culpa no caso: o pai, porque concordara em subordinar seu apoio ao major a tal condição; o major, porque capitulara; ele, Karl, porque achara excelente a solução. Ah! Mas a grande responsável era sua mãe. O velho, coitado, só fizera como das outras vezes, submeter-se à vontade forte da mulher. Coitada, como o destino estava sendo ingrato com ela! Karl compreendia-lhe o drama íntimo, o esforço que ela fazia para não fraquejar.

Que natureza forte! Como sabia sofrer em silêncio, disfarçando o tumulto interior. Que pesado tributo tinha de pagar para ser fiel às suas ideias. Como o destino era exigente e implacável, ao pôr à prova um caráter. Ela no entanto nada mais fizera senão preservar um lar da contaminação do sangue negroide. O Hitler do retrato encarava Karl com um olhar duro, implacável. Parecia dizer-lhe que tudo estava certo, que ele também tivera de blindar o coração para cumprir melhor um dever sagrado. Acima da dor dos indivíduos, do perigo das guerras, estava o império alemão, a raça alemã! As pessoas, as famílias passavam, mas a raça e a nação eram eternas. Esse pensamento consolou Karl.

— Acho que a febre subiu — disse Irma para o marido, enquanto dava um novo ponto ao bordado.

— À tarde a febre sempre sobe — consolou Karl, procurando emprestar à voz o máximo de brandura de que era capaz. Ainda assim não se sentiu plenamente satisfeito com a inflexão. Ficou indignado. No entanto, nesse momento, considerava-se um monstro de bondade.

Os passos do dr. Stahl e de Frau Marta repercutiram no corredor.

— Então, doutor? — perguntou Frau Marta, no momento em que entravam na saleta. Havia malcontida ansiedade em seus olhos.

— A doença está seguindo o seu curso normal. Agora vêm os dias de crise. Tudo depende da resistência dela nesse período.

Tinha na testa a ruga de concentração denunciadora de perigo.

— Acha que ela resistirá? — perguntou Frau Marta, como a implorar ao doutor uma resposta afirmativa.

— Tenho confiança no seu organismo. Mas moralmente ela está muito abalada. Confiem em Deus. Rezem. Só recomendo uma coisa: não a contrariem em nada.

O médico encaminhou-se para o porta-chapéu. Antes de sair disse que voltaria para a conferência assim que o seu colega chegasse. Frau Marta sentou-se na poltrona de couro, aniquilada. E teve a dilacerante impressão de que se sentava no banco dos réus, diante de tremendos juízes invisíveis que a iam julgar. Mas... julgar por que crime? Entrecerrando os olhos, viu-se Frau Marta a dialogar consigo mesma. As duas partes do seu eu mais íntimo discutiam frente a frente. O seu *Dopelganger,* de feições indefinidas e de voz longínqua, dizia: — A culpada da doença de Lore és tu. A outra parte, que tinha exatamente as suas feições e que estava com ela sentada na poltrona de couro, respondia: — Culpada, por quê? — Obrigaste o engenheiro a ir embora; fizeste com que os outros o expulsassem. — Mas que tem a ver Geraldo com a doença de Lore? — O *Dopelganger,* investia, inexorável: — Sem a hidráulica, o tifo se alastra. O que Lore sofreu por causa de Geraldo deixou-lhe o organismo enfraquecido, sem defesa. — E pensas que eu não sofro vendo Lore em perigo de vida, ardendo em febre, sofrendo, gemendo, delirando? Nunca foste carinhosa com ela. — Passo as noites em claro. — Isso não lhe melhorará a sorte.

Frau Marta comprimiu as pálpebras com a ponta dos dedos, longamente. O diálogo continuou, implacável:

— Podias tentar outra atitude. Se fosses como as outras mães... — Negras, mestiças! Acostumam mal os filhos. Não têm coragem no momento do perigo. — No fundo, sempre pensando no engenheiro... — Que vale mais? A minha filha ou a Alemanha?... — Tu sabes que tua filha vale mais que a Alemanha. Não queres reconhecer... — Não me arrependo de tê-la afastado do índio. — Tens certeza disso? — Preferia vê-la morta... — Deus tenha piedade de tua alma. Estás certa de que preferes vê-la morta?

Então, contra o fundo escuro das pálpebras, Frau Marta viu Lore muito pálida, estendida no caixão, cercada de flores. Duas lágrimas lhe escorreram pela face branca. Abriu os olhos, alarmada, e enxugou-os às pressas com o lenço, num gesto furtivo.

De onde estava via o relógio. Eram quase quatro horas. O marido e Karl tinham ido à estação esperar o primo. Dentro em pouco estariam chegando... Frau Marta o esperava sem alegria. Em outros tempos alimentara sonhos de casar a filha com aquele parente ilustre. Os dois tinham até se encontrado em Berlim e ficado muito amigos. Agora Otto vinha encontrar Lore em perigo de vida, a casa triste, cheirando a remédio, as caras sombrias... Deus às vezes se mostrava bastante cruel para com seus filhos. Se Ele queria uma vítima, que escolhesse a ela, Frau Marta, e poupasse Lore... Daria de bom grado sua vida para salvar a da filha... De nada lhe serviria viver, se Lore morresse. Sim, Deus havia de ouvi-la. Ela era religiosa. Educara os filhos dentro dos divinos mandamentos... Deus havia de ser misericordioso. — *Mein Gott* — murmurou — *Mein Gott*. Queria mostrar-se humilde e vencida diante do Senhor. Mas era-lhe difícil despir a armadura de guerreira, baixar a cabeça, dobrar os joelhos...

Naquele instante Frau Marta ouviu o ruído das traves do Mercedes que parava diante do portão.

Herr Wolff, Karl e o primo vinham entrando. Frau Marta fez um supremo esforço por mostrar-se amável. Apertou a mão a Otto, perguntou pelos parentes. Quase não o reconheceu. O rapaz estava diferente do retrato. Tinha tirado o bigodinho. Já não usava o cabelo raspado nas têmporas. Deixara-o crescer desmedidamente. Imaginara-o um homem de movimentos ginásticos e o que estava ali à sua frente era um homem de fala branda. Podia-se até pensar que era um impostor, se ele não fosse parecidíssimo com o seu Paul no tempo de moço.

Frau Marta pediu ao marido que conduzisse o primo aos seus aposentos. Ele devia estar cansado da viagem. Naturalmente havia de querer tomar um banho quente...

Naquela mesma tarde o dr. Otto Wolff e o dr. Stahl discutiram o caso de Lore.

Frau Marta, Paul Wolff e Karl acompanhavam com impaciência a conferência dos dois médicos. Otto Wolff confessou ao dr. Stahl que não esperava que no interior do Brasil já se estivessem aplicando os últimos processos da Europa no tratamento do tifo. No caso de Lore ele nada tinha a acrescentar ao diagnóstico e ao tratamento indicado pelo colega. Agora só restava esperar a reação da *vis medicatrix* da enferma.

— Mas não podem dar nenhuma garantia? — inquiriu Frau Marta.

— A medicina ainda está muito atrasada para poder garantir qualquer coisa — contestou o dr. Stahl.

— O colega tem razão. No caso das febres tíficas, por exemplo, continuamos, a bem dizer, a tatear no escuro — obtemperou Otto.

— Usamos os novos processos, mas serão eles mais eficientes que os antigos, que qualquer dona de casa podia aplicar?

O dr. Otto, neste ponto, achava que não havia mais dúvida. O processo antigo era irracional. Debilitava o doente com o jejum. O paciente muitas vezes morria de fome. E dizer-se que isso durou séculos! Assassínios em nome da ciência. No hospital ele tinha feito experiências sobre o processo moderno. Os resultados tinham sido surpreendentes.

— Li — interrompeu-o o velho Stahl — os seus trabalhos no *Boletim médico*. Mas de repente o colega cessou de escrever...

O dr. Otto não respondeu. Estava então a atender a uma pergunta de Frau Marta sobre se tinha ficado satisfeito com o aposento que lhe fora destinado.

— Encantado. De lá se avista o rio. É bonito e cheio de sugestão...

— O colega vai gostar de Blumental — assegurou Stahl despedindo-se. — Aqui tudo imita a Alemanha. Até a natureza, para ser agradável, pôs à nossa disposição um rio que imita o Reno...

FRAU MARTA FICOU A contemplar o primo. Estava decepcionada. Achava-o taciturno e sem aprumo marcial. Esperava um rapagão de postura rígida, ar esportivo e cheio daquela alegria de aço que tem a mocidade da Nova Alemanha. Ali, entretanto, estava um homem prematuramente envelhecido, de olhos medrosos e ar arredio...

209

Frau Marta, com estranhos e sombrios pensamentos a povoar-lhe a mente, mandou a criada pôr a mesa para o jantar.

— Paul — disse ao marido, sem nenhum entusiasmo. — Vai buscar aquele *Liebefraumilch* velho para tomarmos em honra do primo.

No serão daquela noite houve mais animação, pois Lore mostrara sensíveis melhoras. O jantar tinha sido farto, o vinho generoso e estavam agora todos reunidos na varanda a conversar.

— Venha dar boa-noite ao primo Otto — ordenou Karl ao filho que ia subir a escada pela mão da empregada.

Paulinho correu para Otto, estendeu-lhe a mão, meio acanhado, desejou-lhe boa-noite e voltou para a criada que o esperava ao pé da escada. Subiram lado a lado e, no quinto degrau, o menino parou, voltou-se, olhou para Otto, que estava de perfil e murmurou:

— Credo! Parece um carneiro!

A empregada sorriu (*Ach du, Paulchen!*) e puxou-o para cima.

O vinho dera uma expressão nova aos olhos do dr. Otto Wolff. Ele contava agora coisas da Alemanha. Falava nos *Autobahn,* onde um carro podia correr léguas e léguas em linha reta. Uma maravilha.

Os outros escutavam. Muito tesa na sua cadeira, Frau Marta não tirava os olhos do hóspede, como se quisesse penetrar-lhe todos os segredos. A seu lado Irma fazia tricô. O velho Wolff, o colete desabotoado, a gravata frouxa, estava atirado muito à vontade na sua funda poltrona coberta de chitão. Costumava ler os jornais àquela hora, mas hoje não podia fazê-lo em atenção ao primo Otto. Karl, com a grande mão pálida, acariciava a cabeça do cão policial. Estava quente ali dentro, mas o bafo das vidraças dava ideia do frio que ia lá fora. Bastante duro aquele fim de inverno. O vento fazia bater as vidraças, farfalhar as árvores.

— O minuano... — murmurou Herr Wolff.

E Karl teve de explicar ao primo o que era o minuano. Houve depois um silêncio em que os olhos de Frau Marta, do marido e do filho se fixaram em Otto, como a lhe pedir esclarecimentos.

Karl admirava-se da discrição do parente. Se fosse um tipo como qualquer daqueles politicoides de Blumental decerto já estaria batendo com a língua nos dentes, contando vantagens, vangloriando-se de suas relações com os chefes do nazismo.

Arriscou uma pergunta:

— Como vai o partido?

— Que partido? — indagou Otto.

— O Nacional-Socialista...

Otto pediu licença e acendeu um cigarro.

— Vai bem... — respondeu por fim.

— Naturalmente o primo faz parte... — sugeriu Frau Marta.

Otto teve um gesto vago:

— Fiz...

Silêncio. Frau Marta remexeu-se na cadeira, impaciente. Não estavam em família? Por que aqueles mistérios?

Para salvar a situação Herr Wolff pegou o jornal, aparentando displicência, leu um cabeçalho, que era uma frase ameaçadora de Hitler, e ficou esperando o resultado.

Otto sacudiu a cabeça.

— Não sei onde vai parar a Alemanha com esses malucos...

Karl, que estava de olhos baixos, ergueu-os bruscamente. Frau Marta sentiu um leve estremecimento.

— Perdão... — fez ela, como a pedir repetição das palavras do hóspede.

— Digo que não sei onde a Alemanha vai parar, levada por esses malucos...

O rosto de Frau Marta era uma máscara de surpresa.

Karl tomou a ofensiva:

— Mas o primo não é do partido?

Otto esvaziou o copo de licor que tinha ao lado da cadeira, estralou de leve a língua e tirou nova baforada do cigarro.

— Ah! Como é bom estar longe daquele inferno.

Herr Wolff estava intrigado, olhava do filho para a mulher, da mulher para o filho, atarantado, como a pedir-lhes explicação. Esperavam um soldado de Hitler, um emissário do *Führer,* e lá estava um inimigo do regime...

— O primo não pode deixar de reconhecer as grandes coisas que o nazismo tem feito pela Alemanha — disse ele, com voz um pouco alterada. — Salvou o Reich e a Europa da catástrofe comunista... e pôs ordem no caos.

Otto escutava-o com ar cético, sorrindo.

— Bem se vê que vocês só leem os jornais nazistas...

— Temos amigos que nos escrevem da Alemanha — contrariou Frau Marta. — Todos são unânimes...

Otto interrompeu-a:

— Mas é claro, prima Marta. E a censura? O país tem setenta milhões de habitantes e oitenta milhões de espiões. O marido não diz mal do partido nem à mulher, nem ao filho, com medo de ser denunciado. Vive-se num regime de apertos... Tantos gramas de manteiga e de carne por semana... Tudo em rações medidas... É horrível...

Karl animava-se:

— Mas a Alemanha é respeitada no mundo, o infame Tratado de Versalhes foi rasgado e o nosso exército hoje é o mais poderoso do mundo.

— Ora! Isso é uma realidade de parada. A realidade cotidiana é negra: os campos de concentração... aperturas de toda sorte, perseguições, barbaridades, banimentos, assassínios...

O vento continuava a uivar, as janelas a bater. Mas um vento ainda mais frio gemia dentro do peito de Frau Marta, dando-lhe à alma um gelo de morte. Ela começava a odiar Otto. Porque ele vinha juntar às tristezas daquela casa mais o amargor duma grande decepção. Ele estava mentindo! Mentindo!

— Hitler é o maior de todos os alemães — afirmou Karl, agressivo.

Otto esmagou o cigarro no cinzeiro e respondeu com calma:

— O dr. Kurt Gleaser, psicanalista com quem conversei em Viena há pouco tempo, tem um ótimo estudo sobre Hitler. Hitler é um desviado. Tem um complexo paterno. Impressões da infância lhe deixaram marcas fundas... O pai era um beberrão, mulherengo, que fazia a esposa sofrer... Hitler criou-se com horror ao casamento, às mulheres, a toda espécie de vícios, até os mais pequenos. Não bebe nem fuma e não tolera que fumem e bebam na sua presença...

Frau Marta chegara ao auge da indignação. Não entendia de complexos. Só sabia que Freud era um judeu desprezível e que aquelas coisas que Otto dizia nada tinham a ver com a grandeza da Alemanha, da Alemanha invencível.

Na sua indignação, Karl não sabia o que dizer. Compreendia agora tudo, Otto fora expulso do Reich. Traíra decerto o partido. Devia mas era estar num campo de concentração!

Aproveitando a pausa, Otto desfiou o seu anedotário de Goering:

— Goering era muito conhecido no tempo da guerra. Grande aviador, manda a justiça que se diga. Mas era um sujeito violento, egoísta, vaidoso e brutal. Por muitos anos foi viciado em morfina e a crônica não é das mais limpas. — Fez uma pausa, sorriu e continuou: — Gosta tanto de condecorações e fitas que anda sempre parecendo uma árvore de Natal...

Novo silêncio. Otto ergueu-se e foi até a janela. Riscou no vidro um nome: *Deutschland* — e seus olhos por um instante ficaram melancólicos. Voltou-se para os outros e caminhou na direção deles. Perdurava o silêncio. Frau Marta, de lábios cerrados, Karl olhando o relógio, procurando um pretexto para se recolher ao quarto. Irma tinha disposto o tricô em cima da mesinha de centro e se dirigia para o fundo da casa. Com ar muito desconsolado, Herr Wolff olhava para a mulher, como a lhe pedir conselho.

Otto foi até a prateleira e apanhou um livro. Era o *Werther* de Goethe. Folheou-o ao acaso, sorriu, sacudiu a cabeça e disse:

— Os maiores pensadores da Alemanha estão exilados. Os nazistas ainda toleram Goethe, mas um dia ainda vão acabar descobrindo que ele era judeu...

Frau Marta fuzilou sobre ele um olhar feroz:

— Goethe era ariano.

Otto encolheu os ombros.

— Depois que descobriram que nós temos sangue judeu, não duvido de mais nada.

Foi como se de repente a terra tivesse cessado de girar e uma súbita e aflitiva parada se tivesse produzido no universo inteiro. Frau Marta não pôde deixar de soltar uma exclamação.

— Quê? — perguntou Karl, erguendo-se automaticamente.

Otto esclareceu, resignado:

— Descobriram que o nosso bisavô, de Frankfurt, tinha sangue judeu. Coisa que nenhum de nós sabia... Vi os documentos... Não há dúvida. — Pausa. Encolher de ombros. — Mas que importa?

— E é por isso...?? — balbuciou Frau Marta, não ousando terminar a pergunta.

Otto completou a ideia:

— Não é por outra coisa que estou aqui. Não que me obrigassem a vir embora, não... Mas a vida se tornou insuportável para mim. No hospital os colegas passaram a me tratar com desprezo... Um dia, ao chegar em casa, vi escrito na fachada estas palavras: "Morra o judeu renegado!" Pode-se lá viver numa terra como aquela?

Atirou o livro em cima da mesa, com raiva.

Frau Marta sentiu aquele golpe no peito. Algo se tinha desmoronado dentro dela.

Lá fora o minuano continuava a soprar. A enfermeira desceu naquele instante para dizer que a febre de Lore estava cedendo.

214

PRIMAVERA

21

Como era bom estar viva! Lore caminhava pela casa, aérea, leve, com aquela indefinível e agradável sensação de fraqueza da convalescença. Revia os recantos familiares, comovida. Os móveis, os quartos, a pintura das paredes, os utensílios domésticos — todos eram velhos amigos que de há muito ela não via. Sentia uma curiosa pena de si mesma, um desejo de carinho, de bondade, de comunhão com as pessoas e as coisas.

Atravessou a sala de jantar, seguiu pelo corredor fresco, entrou na cozinha silenciosa. Até as latas esmaltadas de azul que se estendiam na prateleira com os nomes — *Reis, Mehl, Bohne, Salz, Zucker* — lhe deram uma alegria de descobrimento. Lore ficou parada no meio da peça, de olhos fechados, aspirando aquele vago cheiro de comida — ela que tanto tempo tivera de observar uma dieta rigorosa.

Depois saiu para o pátio e de repente parou, num leve choque de surpresa. É que dava de repente com uma presença perturbadora que lhe falava aos sentidos, que a envolvia, que a arrebatava, que lhe restituía desejos de sonho e devaneio. Era a primavera. Ela andava no ar num perfume de flores e resinas, estava nos canteiros floridos, naquele vento que despetalava junto do muro as rosas de todo o ano. As espirradeiras estavam rebentando em flores cor-de-rosa.

Até o céu parecia dum azul perfumado. Lore sentia um singular desejo de fazer coisas infantis — cantar, correr, saltar (oh!, se ao menos tivesse forças); conversar com alguém... mas com alguém íntimo, amigo, compreensivo.

Num instante a lembrança de Geraldo apagou a presença da primavera. Ela lhe visitava a todo momento a imaginação. Já não tinha esperanças de revê-lo. Sabia que o perdera para sempre, que ele nunca, nunca perdoaria a ofensa dos Wolffs. Mas como ela o amava ainda! Como o sentia agora como parte da paisagem, como coisa da terra. Ele era moreno como o chão do pátio, como a casca dos pinheiros, tinha a poesia do vento, a força do sol. Era filho duma terra nova, duma raça adolescente, duma civilização diferente da europeia, duma civilização sem preconceitos absurdos, sem a obsessão do heroísmo e da guerra. Geraldo estava, sim, na paisagem. E por isso ela desejava fundir-se com a paisagem, dissolver-se nela, num abandono comovido.

Voltou para dentro. No *hall* quedou-se ante o espelho. Sorriu tristemente para a própria imagem. Estava pálida, magra, lábios sem cor; tinha perdido um pouco de cabelo. Se Geraldo a visse assim... Esta ideia lhe causou um calafrio. O vento da primavera balouçava os estores, fazia oscilar as flores do grande vaso de vidro, em cima da mesinha. As flores se refletiam no fundo do cristal. Era também primavera no espelho — pensou Lore.

Chegando à sala sentou-se, apanhou a novela que estivera lendo antes da doença, passou os olhos pela página onde parara na última vez. Sabia que sua atenção andava vaga. Não conseguia fixá-la no que lia. Lá estava Geraldo novamente em seus pensamentos. Fechando o livro e deixando-o em abandono sobre os joelhos, Lore rememorou os acontecimentos daquelas últimas semanas.

Primo Otto chegara como um cataclismo que tudo destrói, transforma e subverte. A revelação de que os Wolffs tinham sangue judeu deixara Frau Marta de tal modo abalada que ela parecia ter envelhecido muitos anos naqueles poucos dias. Já não mantinha a mesma rigidez dos velhos tempos. Andava taciturna, perdera o ar autoritário, a postura orgulhosa, já não gostava de dar ordens com voz de comando. Frequentava ainda mais a igreja e, quanto à Alemanha, ao arianismo e à pureza racial, ninguém lhe ouvira mais nenhuma palavra. Não se pronunciara mais o nome de Geraldo naquela casa. E por mais de uma vez Lore surpreendera a mãe a fitá-la com olhos ternos, diluídos, onde parecia haver uma remota luz de remorso. Herr Wolff, de todos, fora quem mais depressa se refizera do golpe. Conseguira mandar o primo Otto para Porto Alegre, onde ele podia encontrar ambiente para a clínica. Suplicara-lhe que não contasse a ninguém a ascendência judaica dos Wolffs. Já que aquilo era irremediável, que ao menos os seus colegas de comércio, os companheiros da Ginástica e os outros não ficassem sabendo. Karl andava irritadiço e descarregava sua irritação na mulher e no filho. Seu ódio aos judeus paradoxalmente recrudescera. Falara em mudar de nome, em fazer declarações no jornal. Herr Wolff conseguira dissuadi-lo, pois o melhor era fingir que nada havia acontecido.

Lore fechou os olhos. Ouviu mentalmente uma frase dum concerto de Beethoven — *Ação de graças dum convalescente a Deus.* — E seus pensamentos seguiram ao ritmo da música. Ela e Geraldo, de mãos dadas, fazendo-se confidências. Caminhando pela orla do mar... Lá estavam os dois a acompanhar o movimento das ondas, uma vela longe... Ele a puxou para si, beijou-lhe a boca... Lore chegou a sentir o contato morno dos lábios dele... E de repente uma voz chamou-a à realidade.

— Lore... — Era a copeira. — A dona Alzirinha está aí.

Lore, muito corada, como se de fato tivesse sido surpreendida no momento em que Geraldo a beijava, apenas pôde balbuciar:

— ...Mande entrar.

FAZIA JÁ ALGUNS minutos que conversavam. Alzirinha contava a sua odisseia em Tannenwald. Os colonos a estimavam, tudo correra bem até o momento em que o pastor protestante começara a hostilizá-la. Ultimamente chegara a conseguir que alguns habitantes do lugar fizessem uma representação contra ela ao secretário da Educação porque a tinham visto a passear com o noivo pelos arredores.

— Vê, Lore, ao que a gente está sujeita...

A moreninha clara, de voz doce, olhos grandes, de pestanas veludosas, vestia com modesta elegância um costume verde que a Lore pareceu muito de acordo com a primavera.

— Como vai o Hans? — indagou.

— Vai bem. Tem trabalhado muito ultimamente.

— E o casório?

— Lá por janeiro...

Houve um silêncio. O rosto de Alzirinha de repente ficou sério.

— E o Geraldo?

Lore olhou para a janela.

— Águas passadas...

Alzirinha conhecia a amiga.

— Não adianta fingir, Lore. Eu te conheço tão bem... como tu mesma.

— Mas de que vale agora eu me lembrar ou não me lembrar dele?

A professorinha pegou a mão da amiga. Arrependeu-se logo do gesto que fizera num ímpeto incontrolado de cordialidade. Para disfarçar, pôs-se a brincar com o fecho da bolsa.

— Acho que agora tua mãe não pode mais se opor... — comentou. Lore lhe contara a história de Otto, tudo.

— Há coisas que não se ajeitam nunca...

— Qual!

— Geraldo deve ser orgulhoso. E tem razão de ser. Quem foi tratado da maneira como o trataram...

— Não creio — encorajou-a Alzirinha. — Ele parece tão bom, tão sem complicações...

220

— É o que parece.. Se ele me despreza, não o censuro por isso.

Alzirinha fez um gesto de brejeira impaciência.

— Deixa disso, Lore. Tu gostas dele. Ele gosta de ti. Essa história de raça é tolice. Estava aí dona Marta muito orgulhosa com o seu arianismo e de repente chega um parente e vem dizer que ela está casada com um bisneto de judeu... Tudo águas abaixo.

Lore sorria tristemente. Sentia agora uma certa volúpia em ser infeliz. Sacudia a cabeça.

— Não, Alzira. Muito obrigada. Eu te peço que não

— Tudo tem remédio. Ontem estavas doente, a bem dizer desenganada. Hoje estás aqui...

— Amor é diferente...

— Qual nada! Amor é uma doença como qualquer outra. Uma espécie de febre...

— Geraldo está tão longe...

Pausa curta. De repente Alzira deu um pequeno salto e quase gritou:

— E se eu escrevesse a Geraldo?

Levou a mão à boca como se houvesse pronunciado alguma palavra inconveniente em voz alta.

Lore continuava a sacudir a cabeça negativamente.

— Não, Alzira. Muito obrigada. Eu te peço que não escrevas...

— E então?

— Vamos deixar que o tempo passe. Se ele gosta mesmo de mim, talvez um dia volte. Talvez...

— É... Quem sabe?!

O rosto de Alzira se ensombreceu. Ficaram em silêncio por alguns minutos e depois começaram a falar em coisas impessoais — fitas de cinema, bailes, vestidos...

Quando Alzira se retirou, Lore foi até o piano experimentar alguns acordes de Brahms. Mas a fadiga não a deixou ir longe. Deitou-se no sofá e ficou a pensar na proposta de Alzirinha.

221

Não, quem devia escrever a Geraldo não era Alzirinha, era ela, Lore. Mas ainda teria coragem e força para isso? E que faria Geraldo? Responderia? Sim, ele talvez respondesse, mas responderia no tom de Goethe. — Lore revia Geraldo, como na tarde en. que a visitara com o casal Raul Machado. "Tu és Lore... deves casar, constituir família, ter muitos filhos. O teu marido te fará feliz. Eu? Eu sou Geraldo. Tu ainda não sabes o que isso significa." Não, ele não responderia assim. Ele haveria de achar jeito de transpor as montanhas de dificuldades que se interpunham entre ambos.

Agora Lore já se imaginava casada com Geraldo. Mas o pensamento agradável durou pouco. As reflexões encadeadas atrás do devaneio levaram-na novamente à melancolia, da melancolia à dúvida, da dúvida ao desespero. Geraldo amara uma Lore harmoniosa, exuberante, alegre. Casando com ela, iria possuir uma outra Lore, uma Lore feia, pálida, amargurada, de cabelos ralos. O espectro do passado toldar-lhe-ia para sempre a beleza da vida. Oh, se fosse possível romper com o passado, dar o passado como não existente! Não, não escreveria a Geraldo. Ele era digno de um destino melhor. Se casasse com ela, por mais que quisesse evitá-lo, na sua pessoa havia de ver sempre, em cada gesto, em cada traço, a presença de seus perseguidores. Ele precisava casar com uma mulher do seu povo, de uma raça cordial, suave, sem a carga pesada de ódios seculares estuando no sangue; de uma raça sem preconceitos de superioridade, sem desejos de vindicta, mas crente no sonho cristão da fraternidade universal...

Ela, Lore, ficaria, já agora, esperando o alemão que os pais haviam ambicionado. Eles não vinham agora. Viriam depois. Depois da nova guerra. E Lore pensou com um ricto de desespero nos lábios na caravana de nevrosados, de neurastênicos, de estropiados, que a Alemanha ia despejar pelo mundo...

Um desejo de aniquilamento apoderou-se de Lore. Teve de novo vontade de morrer.

22

No Rio, Geraldo ainda não acabara de convencer-se da presença de Armando. Pela manhã recebera carta do amigo, em que este lhe anunciava sua próxima vinda, ao mesmo tempo que lhe referia os últimos acontecimentos de Blumental: a doença e o restabelecimento de Lore, o recrudescimento das febres no bairro operário, a indignação da cidade pela paralisação das obras da hidráulica. A carta extravasava uma grande cólera contra o major e os Wolffs, por estarem dando a beber à população "as águas do curtume", e rematava com comentários de muita pilhéria sobre a recente mudança do estado de guerra e a consequente renúncia do governador, a quem Armando chamava, cheio de simpatia, "o meu caudilho de estimação".

A carta deixara Geraldo mais triste do que alegre. A notícia da doença de Lore e do alastramento epidêmico do tifo no bairro operário toldou-lhe por completo o prazer da vingança. Viu num relance a repetição daquelas pequenas tragédias que tanto o tinham abalado durante a sua estada em Blumental: aqui era um operário que tentara suicidar-se porque o tifo lhe levara o único filho; ali a mulatinha que ficara transtornada, porque a febre degenerara em meningite... toda uma série de cenas dilacerantes que lhe não sairiam jamais da retina da memória. Mas, ao transpor o *hall* do hotel, uma grande alegria, uma alegria real, tangível, lhe estava reservada: o telefonema de Armando, emprazando-o para aquele encontro na sorveteria.

— Mas que ideia foi essa de vir assim de repente? — Embora encantado com a surpresa, aquela viagem precipitada de avião adquirira aos olhos de Geraldo um sabor de mistério.

Armando não teve pressa de responder. Instalado na poltrona de junco, sorvia com delícia o seu copo de laranjada, enquanto acompanhava os movimentos da rua e do passeio.

— Vais gozar um pedaço — resolveu-se por fim explicar. — Tudo obra do nosso amigo, o prefeito. Imagina você que o homenzinho entendeu novamente de manobrar comigo. Queria que eu sapecasse multas nos inimigos dele e poupasse os amigos. Estrilei... Com jeito, é claro, mas estrilei. E o homenzinho não descansou enquanto não conseguiu a minha transferência.

— Quer dizer que de certo modo tiveste o mesmo destino que eu?

— Sem tirar nem pôr.

Armando acendeu um cigarro e assoprou voluptuosamente a fumaça para cima. Não se fartava de analisar de alto a baixo as mulheres que passavam.

— Foste transferido para cá?

— Não. Queriam mandar-me para a colônia italiana. Era só o que faltava... Estou farto de colônias. Isso de me sentir estrangeiro na minha própria pátria... Chegou! Vim ver se arranjo para ficar aqui, adido... Para que é que a gente tem amigos?! Depois, tu sabes, a nossa turma está mandando um bocado...

224

— Vem cá — interrompeu Geraldo. — E como é que se arrumou o nosso major na derrubada do general? Ele era todo do general. Vi nos jornais, por acaso, o bruto telegrama de solidariedade que ele passou em 7 de setembro.

— O cabra é sabido. De circo, seu Geraldo. À última hora bandeou-se para a dissidência. Olha que foi na hora mesmo; já iam tirando a prancha.

Os dois amigos puseram-se a rir. Depois fez-se um rápido silêncio. Geraldo olhava para a fila de passageiros que na calçada do Jockey Club aguardavam o ônibus. Os automóveis, de um e de outro lado da avenida, cruzavam à desfilada, enchendo o espaço de buzinadas frenéticas.

— Sabes que és hoje um homem cotado em Blumental? — disse Armando, envolvendo o amigo num olhar de ternura.

Um tropel de perguntas acudiu ao espírito de Geraldo. Mas, apesar do seu alvoroço interior, conseguiu detê-las, com uma exclamação:

— Valha-me ao menos isso!

— Pois é verdade. — Por mais que Geraldo procurasse simular tranquilidade e aparentar desinteresse pelo assunto, Armando sentiu-lhe nos olhos a ansiedade. — A alemoada, quando soube da safadeza do major e dos Wolffs virou a teu favor. Tu, creio eu, é que não hás de querer saber mais deles e de Blumental.

— Podes crer, meu velho, não guardo nenhum rancor contra eles. — As palavras de Geraldo vinham tropeçando, nervosas, umas nas outras. — Tenho procurado compreender as coisas... eis tudo... Afinal de contas... não posso me queixar. Quando foi a vez deles me julgarem, como no caso da Ginástica, julgaram com justiça... Na decisão que proferiram encontrei a reparação de um agravo pelo qual, aliás, não eram coletivamente responsáveis... No entanto, nada me deviam, nem sequer me conheciam. Foram justos... E de quem havia de partir o bote traiçoeiro? Quem havia de curvar a cabeça a uma imposição facciosa? Um dos nossos, precisamente aquele que devia colocar-se desde a primeira hora ao meu lado. E tudo por motivos de baixa politicalha...

Geraldo tomou por sua vez um cigarro, acendeu-o um pouco trêmulo e prosseguiu:

— Aí tens... Só mesmo por um milagre de boa vontade poderiam ter apreço por nós. Mas, como podem nos estimar, que respeito podem ter por nós, quando examinam o elemento humano de que é composta a nossa gente? Atenta para a figura mais representativa de Blumental: o prefeito — um pulha. Olha o promotor — outro pulha. O secretário — talvez um bom sujeito, mas uma calvagadura... Os que prestam, se isolam.

— Mas tínhamos o Grêmio Cívico 15 de Novembro — gracejou Armando.

— Que antro indecente de jogatina! Que espelunca sórdida! Dali só saía dinheiro para o major manter a capangada... Ora, você compreende... que respeito podem ter por nós, vendo essas coisas, eles que são educados no culto da probidade e do respeito às leis? Terão lá os seus defeitos, mas neste ponto não vejo por onde atacá-los. Que juízo poderão fazer dos brasileiros? Lá, onde a nossa gente devia ser escolhida a dedo, parece que o critério tem sido a seleção às avessas. Vão para a zona colonial os fracassados, os desordeiros, homens que a vida acossou até o ponto de alugarem a alma aos prefeitos... E os que chegam de fora, como o inefável Eumolpo Peçanha, é para mendigar votos e cortejar a colônia...

— É duro, mas é verdade — murmurou Armando. — Só sentem a nossa presença pelo lado suspeito e antipático.

Fez-se de novo silêncio entre os dois. O céu resplandecia como uma placa de platina batida de sol. A paisagem distante da baía, emoldurada pelas montanhas, a tepidez do ar impregnado de asfalto, a presença anônima de uma multidão heterogênea e cordial, as notícias que o amigo acabara de transmitir-lhe, inundavam agora o coração de Geraldo de uma vaga sensação de melancolia e bem-estar. O desabafo de havia pouco deixara-o de espírito leve e desoprimido.

— O Rio é formidável! — exclamou Armando, absorto na contemplação dos homens e das coisas, como a querer segurar com os olhos aquele instante vertiginoso de beleza e luminosidade.

Geraldo continuava calado. Estava ausente, em Blumental, junto de Lore. Passeava ao lado dela, à sombra dos ciprestes, desfiando pensamentos ligeiros da vida e da morte. De repente a sombra de Lore desvaneceu-se. E as imagens de Frau Marta, de Karl Wolff, de Ruben Tauben vieram ocupar-lhe o plano nebuloso da imaginação.

— Que é feito do Fogareiro? — perguntou reentrando na realidade.

— Viajando como sempre. Mandou-te um grande abraço.

— Bom sujeito! E o dr. Stahl, que tipo excelente, hein?!

— Teu amigo até ali… Sempre perguntava muito por ti. Queria que eu te escrevesse para ires a Blumental roubar a loirinha.

Geraldo esboçou um sorriso triste e desconversou. Armando compreendeu e não insistiu.

— E o velho Cordeiro?

— Envenenado como sempre… E sempre a clamar pela nacionalização… Ele ainda acaba estragando a nossa Blumental… — Armando falava com um ricto de zombaria nos lábios. — Aquilo nacionalizado vai perder a atração. Agora, para conhecer a Alemanha a gente precisa atravessar os mares, e o câmbio não ajuda. Deixando aquilo como está, com dísticos e letreiros em alemão, *Singer Verein, Kolonie Zeitung*, temos a Alemanha dentro de casa, a preços módicos. Para efeitos turísticos eu até achava melhor substituir o major por um burgomestre…

— É curioso — observou Geraldo. — Não posso pensar no velho Cordeiro sem me lembrar do velho Treptow, aquele que no dia da minha chegada atirou ao chão a bengala do promotor. Como se assemelham um ao outro, com os seus ódios de raça, apesar de aparentemente antípodas... — Parou para acender o cigarro que se tinha apagado. — O velho Cordeiro sempre amigo do Kreutzinho?

— Ah!, não sabias? Os Kreutzers faliram. Deram um prejuízo brutal à colônia. Gente que perdeu para mais de cem contos. Houve uma onda de indignação... O Oscar fugiu... O Kurt tentou suicidar-se.

— No fim a colônia é sempre quem paga as despesas... Os homens da terra... Os que entram com o dinheiro, com que se enriquece a elite da cidade...

Pausa. Os autos continuavam a passar à desfilada. Ranchos de moças vinham dos lados da Cinelândia, trescalando perfumes caros. Geraldo recordava o que lhe vinha do passado: as tardes à sombra dos plátanos, junto ao quiosque, as caminhadas ao fim da rua, o piano de Lore, a ponte, a igreja protestante, o *kerb,* a paisagem geométrica das colônias, o velho Cordeiro, o Ben Turpin, os bombachudos, os ulanos...

— E teu pai? — perguntou Armando. — Tens recebido notícias dele?

— Lá continua no Amazonas, agarrado ao seringal. Aquilo não tem mais jeito. Desde que os ingleses levaram as sementes da seringueira para o Ceilão, a borracha não tem mais futuro... Outro dia vi a notícia de que a borracha tinha subido um pouco. Mas não adianta. Escrevi ao velho que vendesse tudo, que a alta era fictícia. Exorei, implorei, pedi, mas não houve nada. Aqueles homens quando a borracha começa a subir ficam alucinados. Retêm-na na esperança de que ela alcance os preços fabulosos dos outros tempos e depois tudo se vai águas abaixo: *é terra caída.* Mas eles continuam. Já fiz toda sorte de propostas ao velho para deixar aquilo. Lá continua ele agarrado à terra. É o verdadeiro servo da gleba.

— Mas você, caboclo velho, definitivamente aqui no Rio?

— Não, o Rio já me tentou. Agora que eu tinha oportunidade de ficar, recusei. Vou para Mato Grosso, construir lá uma rede de esgotos...

— Rumo do Oeste, a zona das grandes pastagens. Olha: é do que você anda mesmo precisado... Não querer ficar no Rio é caso de pastagem.

— Não me leves a mal, Armando, se eu te disser o que penso hoje do Rio. Uma cidade absorvente, tentacular, que dispersa a gente. Não compreendo como aqui se possa criar alguma coisa. Nas cidades pequenas leva-se uma vida mais concentrada. Tem-se mais tempo para os exames de consciência. Aprendi mais nesses poucos meses de Blumental do que em toda a minha vida.

— Isso é lá contigo. Quanto a mim, como há muito desisti de criar, resolvi entregar os pontos a Petrônio: "Deve-se viver, como se cada dia que se vive seja o último."

— Talvez a razão esteja contigo e com Petrônio. Mas eu é que não desisto de aproveitar minhas últimas reservas de entusiasmo. Que diabo, a gente é humilde, mas lá vem uma hora em que se pensa fazer alguma coisa, deixar rastos de sua passagem pela Terra, seja cavando esgotos, seja construindo uma represa ou um arranha-céu.

— Então, decididamente não ficas? — Armando não se conformava com a decisão do amigo.

— Não. O Rio me ensinou o sentido das legendas de Homero — observou Geraldo, dando à voz uma tonalidade indefinida de zombaria e gravidade.

— Vá lá, em homenagem a Homero, que eu nunca li. O que queres dizer com isso? Troca isso em miúdo. Mas não me faças destroncar o cérebro...

Então Geraldo explicou que, na ilha de Éia, Circe costumava corromper os hóspedes, desenvolvendo todas as forças de sedução de que era capaz. À mesa dos festins apresentava-lhes o que havia de melhor na ilha: frutas, ambrosia, comezainas divinas. Embriagava-os. Depois encantava-os, e eles nunca mais voltavam. O primeiro que voltou foi Ulisses. Isso mesmo graças ao nume que o protegia. No momento em que ele corria perigo de sucumbir aos encantos de Circe, a musa lhe mostrou a célebre vara de porcos num dos recantos da ilha, advertindo-o de que não eram propriamente porcos: eram antigos reis, antigos monarcas, grandes generais, artistas famosos que se tinham deixado corromper.

— Compreendo — interrompeu Armando. — Queres fugir desta ilha antes que alguma Circe te corrompa. Deixa rapaz, que eu tomo o teu lugar no chiqueiro.

— Há tentações e ilhas de prazer por toda parte. — Geraldo agora procurava corrigir. — Em Blumental a tua Circe ia sendo o prefeito. No entanto, a musa advertiu-te a tempo. Faço votos que ela continue a proteger-te.

— Devias antes fazer votos que ela me ajudasse a ajeitar a adição — disse Armando, consultando o relógio. Eram seis horas.

— Bem. É tempo de ir ao ministério. A noite no cassino, combinado?

— Combinado.

Os dois amigos trocaram um longo abraço. Depois Armando seguiu despreocupado pela avenida, a fixar com insolência as mulheres com que cruzava. Antes de chegar à esquina, antes mesmo que Geraldo o tivesse perdido de vista, já uma loira lhe tinha sorrido.

Àquela hora a avenida rumorejava. Geraldo, com o cotovelo apoiado à mesa, dividia a atenção entre o movimento do passeio, os primeiros anúncios luminosos e os garotos que apregoavam os jornais.

A loira que havia pouco sorrira para Armando sorriu também para ele. Era simpática e alegre; na sua maneira de olhar havia qualquer coisa que lembrou a Geraldo a coloninha com quem dançara no *kerb. Kerb*... Tanto bastou para que a imaginação se interpusesse entre ele e a realidade. Um tropel de frases musicais reconduziu-o novamente a Blumental.

Trink, trink, Brüderlein, trink
Lass doch die Sorgen...

"*...Sorg, aber sorge nicht zu viel, es geht doch, wie's Gott haben will.*" Geraldo repetia mentalmente a frase decorada e a explicação da professorinha: "Preocupa-te, mas não muito; tudo acontece como Deus é servido."

E seria justo esse Deus que fizera as coisas acontecer como tinham acontecido, esse Deus sobre cuja existência ele vivia a discutir com Armando? Agora não era Armando que o interpelava; era Lore, uma Lore filosofante, na qual os traços femininos haviam desaparecido. Ela perguntava se ele, Geraldo, depois de tudo quanto acontecera, ainda seria capaz de sustentar com a mesma convicção a existência da justiça imanente da vida, sobre a qual tinha discutido com o amigo toda uma tarde, contemplando o rio a rolar lá embaixo sob a ponte. Sim, ele se lembrava de sua confusa teoria, dos gráficos que pretendera traçar, estabelecendo para cada vida a sua porção de dor, de felicidade, de venturas e desventuras, alegrias e mágoas, com o fim de provar que todos os destinos, os medíocres, de curvas suaves, como os heroicos, de altos e baixos alucinantes, confrontados entre si, acabavam atestando a justiça de Deus através do determinismo aparentemente impenetrável do universo.

Ainda seria capaz de aceitar a vida como antigamente, com o mesmo sadio e risonho otimismo? Geraldo reagia. Sim, a vida tirara-lhe um dia a fortuna, era verdade, lançando-o da opulência às portas da miséria, mas em compensação enrijara-lhe a vontade para enfren tar as incógnitas do seu destino. Que seria dele se a miséria nunca lhe houvesse rondado os passos? Teria feito o curso que fez? Teria a opulência consentido que se lhe entranhasse no espírito esse anseio obsedante de realizar alguma coisa, de se tornar socialmente útil? Sim, argumentava Geraldo, o destino, apesar das aparências, era justo, na sua inexorável distribuição de prêmios e castigos. Àqueles a quem dava fortuna embotava o espírito para as supremas venturas da criação. Àqueles a quem dava nervos vibráteis para o sofrimento, dotava, em compensação, de sensibilidade para sentir a beleza na multiplicidade estonteante de suas formas. Venturas e sofrimentos, mágoas e alegrias, eram apenas elementos postos em suas mãos para manter a justiça imanente da vida.

Não, decerto também não fora por pura maldade que o destino lhe semeara com montanhas de dificuldades e aflições o caminho de Blumental. Talvez até tudo tivesse sido sabiamente premeditado.

"Tolice — falou Lore, amargurada e agressiva —, uma tolice como a de todos aqueles que um dia pretenderam imprensar a vida na simetria dos sistemas."

— Com licença.

Era o garçom que abria caminho, fazendo passagem a uma família que se dirigia para o interior da sorveteria. Geraldo consultou o relógio, deixou o dinheiro da despesa em cima da mesa e saiu vagarosamente para o restaurante, a conversar com os seus pensamentos e fantasmas.

23

Era a terceira vez que Geraldo entrava na sala de bacará com o propósito de arrancar Armando do jogo. Os dez minutos de prazo que ele lhe pedira para tentar a sorte, já havia muito se tinham escoado. Armando, ao avistá-lo, levantou-se, embolsou uma pequena pilha de placas de marfim, e cedeu o lugar ao violinista Raul Machado que, muito pálido, o cabelo em desordem, vinha fazendo de pé as suas paradas.

— Como te trataram?

A fisionomia de Armando deixava transparecer que a luta lhe fora favorável.

— Estive ganhando quatro contos. Mas, depois que o Raul se plantou atrás de mim, desovei a metade...

— E ele?

— Muito mal. Só tem corrida mesmo para perder.

Os dois amigos se encaminharam para o *grillroom*. Na grande porta de entrada, um servente coberto de alamares fez rasgados cumprimentos a Armando.

— Uma mesa aqui para o doutor — ordenou ao garçom.

Mas os lugares estavam escassos. Apesar de já se haverem encerrado os números de palco, e a despeito mesmo da ordem do homem dos dourados, tiveram que aceitar uma mesa de canto, distante do hemiciclo das danças.

— Bolas! Logo hoje que estou esperando a Georgette — resmungou Armando.

— Não faz mal. Aqui ficamos mais à vontade.

Chegou o garçom e serviu o uísque que tinham encomendado, colocando na mesa o baldezinho de gelo e as garrafas de água de soda.

— Deixe aí o Old Parr — intimou Armando.

O *cabaretier* anunciou um número e em seguida a orquestra rompeu a melodia de um *blue,* muito lânguido, longo em nostalgias e notas sensuais. Alguns pares ganharam o centro do salão.

— Sabes quem encontrei hoje, à saída do ministério? O Vanderley...

Geraldo ficou um instante suspenso, sem saber de quem se tratava.

— Ah! — disse por fim —, viajamos juntos um bom pedaço...

— O coitado não está bem. Parece que tem de fazer uma operação no fígado.

— Do jeito que bebia tinha de acabar assim mesmo — comentou Geraldo.

— E o Fogareiro, se não se cuidar, vai pelo mesmo caminho.

— Disseram-me que antes de começar a vida de viajante nem gostava de bebida.

— É verdade. Mas essa história de beber para ser agradável aos fregueses acaba em vício — concluiu Armando, que esvaziava o primeiro copo.

Geraldo bebeu também com sofreguidão. Sentia uma necessidade inelutável de atordoar-se, de ficar alegre. Não queria dar de si

234

uma impressão de tristeza ao companheiro. Atordoando-se talvez pudesse esquecer Lore — cujo fantasma aquela noite dera para lhe assombrar a memória dum modo quase obsedante.

Um tango argentino. Armando correu os olhos pelas mesas, à procura problemática de um par. Naquele instante uma das *girls* do conjunto de bailados olhava distraída para ele. Armando, com o indicador voltado para baixo, fez com ele um movimento circular, convidando-a a dançar. A rapariga sorriu, levantou-se, cravou o braço no cavalheiro que sentava a seu lado e lhe fazia companhia e ganhou com ele o espaço das danças. Um pouco contrafeito, Armando continuou a passear os olhos em derredor.

— Não haverá por aí nenhuma adúltera que queira dançar?

— Por falar em adúltera — interrompeu Geraldo —, em que deu aquele teu caso em Blumental?

Não tinha dado em nada, informou Armando.

Depois que a abordara de rijo ela deixara até de o cumprimentar. Mas o marido era um sujeito decente, fino. Soubera de tudo e ficou firme. Fora uma pena, porque a mulherzinha era adorável.

— Em todas as cidades do interior hás de encontrar dessas *Madames Bovary*. Esse caso de Blumental, por exemplo, é típico. Mulher culta a seu modo, casada com um pobre-diabo, sempre em dia com o *Elegante Welt,* imagina uma vida de centros grandes, organiza a sua rodinha de admiradores...

— Os *Familienfreund* — escarnece Armando, com despeito.

— ...Acabam se defendendo como podem.

— Médico, advogado, engenheiro, homem do mundo com pinta de alemão, chega lá, está feito... — concluiu Armando.

— É isso mesmo. A média geral é favorável às mulheres. Nos bailes a gente pode ver bem isso. Moças com uma educação de surpreender, e os irmãos analfabetos ou, o que é pior, ligeiramente alfabetizados.

235

Pudera! Para elas os melhores colégios, música, pintura... Os rapazes, mal sabem ler por cima, somar e diminuir, caem no trabalho.

— Resultado — concluiu Geraldo —, como as moças educadas são em maior número, as que sobram casam assim mesmo. Daí esses tipos bovaryzados de que te falei.

A conversa esmoreceu. Os pares pediam bis para uma marcha que acabava de ser tocada. Um grupo de turistas ingleses, metidos em *smokings* e toaletes de gala, atraía a atenção geral.

— Como é, resolveram o teu caso no ministério? — perguntou Geraldo, enchendo pela terceira vez o copo.

— Resolvidíssimo. Fico mesmo adido às Rendas Internas. E você, caboclo velho, adere ou não adere ao Rio? Isto é que é terra. Mas dinheiro haja.

— Agora seria tarde. Já estou de passagens tomadas para Mato Grosso. Aliás, tu sabes, na minha profissão só há uma especialidade que me tenta.

— Manda às favas a engenharia sanitária... Ora, já se viu?... deixar de construir um arranha-céu para se meter no sertão. Enfim, como há gosto para tudo...

— Mais escandalizado ficarias — volveu Geraldo, em que os vapores do álcool começavam a produzir efeito — se soubesse que o meu grande sonho é voltar para o Amazonas.

— Fazer o quê?

— Não há no mundo um lugar onde haja mais coisas a fazer...

— Não, não me venhas agora com essa história de preparar a Amazônia para a civilização do futuro. Já conheço esse teu sonho maluco. Depois de tudo quanto me contaste daquilo, ainda terias coragem de insistir? Então não bastam as experiências dos outros?

— A experiência dos outros só aproveita a eles mesmos. De mais a mais tudo quanto se fez até agora não tinha base... Lá o homem isolado estava condenado à derrota.

— E daí?

— Vem daí que não podemos e não devemos mais pensar no povoador individual. Neste assunto temos que pensar em grande.

— Lá me vem você outra vez com o plano Kundt.

— Porque o que ele queria até certo ponto era razoável. Os exércitos não se transportam de um lugar para outro com equipamentos completos de tendas e barracas, arsenais, aeroplanos e metralhadoras? Por que não fazer o mesmo com os futuros povoadores da Amazônia?

— Aviões?

— Ora, para lançar gases das alturas e extirpar os mosquitos. Aquele mesmo serviço que o general Goethal realizou, na zona do canal do Panamá, com infinito trabalho, poderia ser levado a cabo por meio de aviões. — Geraldo foi ao fundo do copo e continuou:

— Que me dizes de levar para a minha terra grupos regulares de trabalhadores debaixo da direção de engenheiros e agricultores industriados nos segredos da planície? Em vez de levantarmos casas isoladas, construiríamos cidades completas, com um sistema de refrigeração central, capaz de contrabalançar os efeitos deprimentes do calor sobre os imigrantes.

— E onde haverias de recrutar gente para essas cidades de sol?

— Entre os sem-trabalho do mundo — exclamou Geraldo.

Armando tomou outro gole de uísque, relanceou os olhos pelas mesas, e voltou ao assunto:

— E o gênero de atividade?

— É claro que não iríamos cogitar de culturas que já se produzem em quantidade excessiva no resto da Terra. É claro que não nos preocuparia produzir café, açúcar ou algodão. Embarcaríamos madeiras em bruto para a América do Norte, óleos naturais e graxas vegetais para a Europa e para a Ásia.

Enquanto Geraldo falava, empolgado pelo seu sonho, Armando sorvia, zombeteiro, o seu uísque.

— Não, não rias, Armando. Considera um só minuto na significação psicológica deste fato: haver num determinado ponto deste pequeno mundo uma região onde todos pudessem ter o seu lugar ao sol.

— E o dinheiro? Onde está o dinheiro?

A voz de Armando ameaçava ficar arrastada.

— O dinheiro anda por aí. — Geraldo fez um gesto com o braço. — Com a metade do que os países empregam na manutenção dos sem-trabalhos, com um décimo do que gastam no fabrico de armas e munições, tudo se resolveria. Não, meu caro, o dinheiro não seria a maior dificuldade. A grande dificuldade seria consegui-lo, sem que atrás dele viessem sonhos imperialistas.

— Mas isso tudo é do plano Kundt.

— Estás enganado. Só em parte. Esse plano só é aproveitável, como tudo que nos vem dos alemães, do lado técnico. Mas na parte social e política seria estupidez adotá-lo, uma vez que cogita somente de uma imigração alemã. E nós não podemos e não devemos ter preferências de raça.

— Mesmo sem o plano Kundt já estamos ameaçados; que dirá com ele! — interrompeu Armando, em cujos olhos havia agora um lustro estranho.

— Não creias nisso. A perspectiva da distância tem me dado, graças a Deus, bastante calma para encarar as coisas com serenidade. Percebo nitidamente o que se está passando. Para o nazismo, isso se percebe logo, seria desagradável não contar com a simpatia e a aprovação dos núcleos coloniais radicados no estrangeiro. Daí a propaganda que eles vêm desenvolvendo em Blumental e toda a zona colonial em favor do novo regime. Mas daí a alimentar projetos de conquista a diferença é grande... Custa-me admitir que a sua falta de senso político os arraste a tanto.

— Queres que cruzemos os braços?

238

— Absolutamente. O nosso dever é reagir. Com brandura, se ainda for possível, com violência, se for necessário.

— Estou com o velho Cordeiro: "Aquilo precisa ser nacionalizado" quanto antes.

— Eu preferiria dizer, alfabetizado... De resto, esse é um problema permanente, e o de que você fala é transitório.

— Francamente — exclamou Armando nesta altura —, estou te achando simplesmente desconcertante. Depois de tudo quanto te aconteceu...

— O que me aconteceu deve interessar somente a mim. O Brasil é que nada tem a ver com os nossos casos sentimentais...

Armando tocara no ponto sensível de Geraldo. Este esteve algum tempo a conferir suas reflexões e, como lhe parecesse não se ter ainda suficientemente explicado, concluiu, citando Nietzsche: "A minha humanidade é uma vitória contínua sobre mim mesmo."

— Iam ser gozadas as tuas cidades... — disse Armando, em tom de troça. — Alemães, caboclos, russos, japoneses, americanos... Bonitas Babéis quer você nos arranjar. — A convivência o ensinara a ter mais tato com o amigo.

— Babéis no começo. Cidades do Brasil, depois. O meio é um grande nivelador... Escolas e quartéis fariam o resto. Dentro de pouco tempo teríamos integradas no Brasil as gerações novas... Só as gerações novas é que interessam. Os velhos, esses estão de há muito perdidos.

Armando tomou um cigarro, acendeu-o e comentou, displicente:

— Qual, o que tu és é poeta.

Geraldo levou aos lábios o copo, encarou o companheiro e disse:

— No grande sentido é o que todos temos desejo de ser. Junto dos autênticos poetas o que somos nós, os engenheiros, os chamados homens de ação? Uns pobres-diabos que só pensam em construir a sua casa, enquanto os outros, os que nós desprezamos sob esse nome execrado, pensam em construir melhores mundos.

239

— Por isso é que Platão inscreveu no pórtico de sua *República*: "Aqui só entram os geômetras." A turma dos poetas atrapalha um bocado. Lançam as suas besteiras, e dessas besteiras se nutrem as revoluções...

Num gesto descontrolado Armando derrubou o copo: o uísque se espalhou na toalha.

— Deixa por hoje de parte a blague, Armando. Quero falar sério. O uísque está me pondo em maré de confidência. Neste ponto, aliás, pago tributo à minha raça. Você já viu povo mais confidencial que o nosso?! Duvido que consigas falar meia hora com um compatriota qualquer sem que ele ponha a alma em trajes menores.

— Agora quem faz blague é você.

Ergueu o copo e tornou a enchê-lo.

— O outro vício de uma raça precocemente desencantada. Ah!, quem me dera a candidez dessas crianças grandes que encontramos no *kerb,* ou dessas outras crianças grandes que se chamam americanos, russos, ingleses, alemães, que conservam intacta a sua capacidade de crer e ter entusiasmo!

Armando julgava não ser Geraldo quem estava à sua frente. Sentia nele algo de estranho e misterioso, que não conseguia penetrar.

— Por vezes te desconheço. Também és assim. Pareces ter saído ontem das mãos do Criador.

— Talvez o sangue índio de minha mãe.

Os pares agora se rebolavam ao compasso de um samba. Armando continuava a percorrer os olhos pela sala, deblaterando contra a demora de Georgette. Os ingleses faziam um grande esforço para se adaptarem àquele ritmo estranho que os divertia.

— Isso é lá música... Isso é lá raça — comentou Armando, numa impaciência nervosa. — E ainda queres que a gente acredite no Brasil.

— Pois eu acredito — disse Geraldo, com arrebatamento. — Acredito, apesar do samba e talvez até por causa dele. Gosto do samba. Há nele qualquer coisa indefinível que me seduz... É uma alma que se procura, que se busca a si mesma. Talvez seja uma forma de libertação dos complexos que ainda nos afligem. Nele há um pouco de todos nós: a nostalgia da maloca, o masoquismo do quilombo, mas ao mesmo tempo a ironia de um povo compreensivo, simples, cordial e já um pouco de alegria de uma raça que desponta para a vida.

— Literatura, meu velho, literatura. Eu gostaria de acreditar no Brasil com essa tua candidez...

— É que ainda não viste o Brasil.

— E tu viste?

— Vi Armando.

Sim, naquele tumulto — ar morno carregado de fumaça, de perfumes misturados, de melodias, de gritos, de cheiro de humanidade limpa e vibrante de desejos — naquele tumulto luminoso e colorido ele tinha visões... Por trás de tudo aquilo estava o Brasil, imenso, indomado, impetuoso e cordial, profundamente cordial.

Uma ternura quente e lânguida arrebatou Geraldo: era como uma onda — uma enorme vaga em cuja crista ele se deixou levar numa tontura gloriosa.

Para que mundos?

Geraldo tornou a falar ao cabo de breve pausa.

— Vi a Amazônia faiscante de promessas, berço de uma nova civilização, onde se há de realizar mais cedo ou mais tarde a profecia de Humboldt, que a queria para celeiro do mundo. Vi o sertão comburido pela seca, reverdecendo às primeiras chuvas do inverno. Vi, recortado de portos e enseadas, o nosso litoral batido pelo "velho mar selvagem de nossas praias solitárias". Vi as montanhas mineiras rebrilhando ao sol os minérios que já lhes não cabem nas estranhas.

Vi as cidades ponteadas de chaminés e campanários, que pareciam atestar na sua mudez que civilização e espiritualidade não são termos incompatíveis. Vi por último a colônia...

— E o que lucraste com isso?

— Aumentei o meu capital de experiências. Vi o que ela está realizando de significativo no plano social, político e econômico. No plano social, a sua ação integradora de excelentes elementos de imigração. De tal forma se manifesta esta força integradora que são bem raros aqueles que, depois de alguns anos de permanência entre nós, tornando à Europa, consigam novamente habituar-se à pátria de origem. No plano político, com o seu grande número de agricultores, é um exemplo de democracia rural. No plano econômico, graças à fragmentação dos latifúndios, da inexistência de desigualdades insuperáveis, parece indicar que no rumo do seu exemplo está, até certo ponto, a chave da questão social brasileira... Vi a planície e o sertão, o litoral e a montanha, a cidade e a colônia. Vi o Brasil.

— Sossega, Eumolpo Peçanha! — bradou Armando, com uma gargalhada.

Geraldo não se desconcertou. Impassível, diante da atitude do amigo, continuou:

— Dentro deste cenário vi também o homem. Vi o caboclo bronzeado, bandeirante ainda não teatralizado, em luta contra a selva. Vi o nordestino, piloto de minúsculas jangadas, em luta contra o mar. Vi o colono, cooperando com a sua carne e o seu sangue nesse Brasil bem brasileiro, que nas retortas de meios geográficos tão diversos prepara, com a contribuição de todas as raças, o tipo étnico, rijo de corpo e de alma, que os meus olhos deslumbrados já entreveem no panorama do futuro...

— Brasileiro é isso mesmo — interveio Armando, sarcástico. — Acaba tudo em declamação... e discursos lírico-bombásticos... Ora já se viu para o que havia de dar uma "dor de cotovelo"?... — Armando olhava divertido para Geraldo. Este, agora um pouco contrafeito, sorriu. Que diabo se passava com ele? Estava declamando, exaltado, melodramático. Devia ser o uísque.

— Até que enfim!

Naquele momento Armando levantou-se para receber Georgette que entrava na companhia de uma amiga. Ela avançou para ele, explicando-se. Disse que se tinha demorado porque lhe custara achar a companheira pela qual se havia comprometido.

A companheira de Georgette dispensou as apresentações. Já estava sentada junto a Geraldo, tagarelando. Era espanhola, mas vivia em Buenos Aires. Tinha vindo ao Brasil como turista e a polícia só lhe concedera três meses de permanência.

— *Es lástima. Los brasileños son muy amables, muy gentiles... Es usted de acá?*

— Não, senhorita, do Amazonas.

— Que lindo, verdade? *A mi me gustaría mucho vivir allá. Me gusta mucho la solitud.*

A espanhola era de uma amabilidade sufocante, torrencial. Geraldo agora, numa meia sonolência, deixava-a falar. Em frente, Armando cobria de beijos o pescoço e a nuca de Georgette. Era uma francesinha morena, tipo meridional.

— *Pas de scandale,* Armando! *Pas de scandale!*

Armando não atendia. Aproveitando um samba, Georgette puxou-o para o salão. Ele foi, mas continuou a beijá-la com sofreguidão, à vista de todos.

Àquela hora já ninguém ligava importância àquelas manifestações desordenadas. De resto, a atração da sala era um boêmio que andava numa terrível bebedeira, de mesa em mesa, a puxar conversa com todos, e por todos acolhido com simpatia.

Edição nacional do Kreutzinho, pensou Geraldo.

243

Georgette deixou Armando sozinho no meio do salão, e veio pedir a Geraldo que a ajudasse a trazer o amigo. Lá estava ele no meio dos pares a rodopiar e a cantar. Depois, subiu ao palco e foi para junto do microfone. Mas não houve escândalo. Uma solidariedade de fim de festa se estabelecera no *grillroom*.

Quando tocaram o galope final, foi a custo que Geraldo e a francesinha conseguiram convencer Armando de que era tempo de se recolherem. Só depois que os últimos grupos se retiraram, dispôs-se a partir, amparado no ombro do amigo e de Georgette.

— Eu não estou bêbado, hein? Alegrete no mais — dizia a todo instante.

Na rua Geraldo teve de empurrá-lo para dentro do táxi. Georgette e a espanhola se tinham acomodado no assento de trás. O auto já estava com o motor funcionando quando Armando meteu a cabeça para fora e gritou:

— Eh!, você não vem com a gente?

Como Geraldo não respondesse, ordenou ao chofer que parasse e fez menção de descer. Geraldo acudiu a tempo de impedi-lo.

— Vem cá — disse ele, babando o ombro do amigo. — Não vou embora sem você me prometer uma coisa...

— Está bem, diga lá.

— Agora vi mesmo que o teu caso é sério, companheiro — disse Armando arrastando as palavras. — É paixão das brabas. Você prometeu, hein? — Sacudia o dedo com pieguice. — Volta a Blumental e traz a Lore...

— ...Você precisa é de bicarbonato de sódio... Toca, chofer — berrou Geraldo.

Havia tanto ímpeto na ordem de Geraldo que o carro se pôs em movimento. Armando meteu a cabeça para fora e gritou:

— Traz também o Paulinho... *Alambrina!*

O auto desapareceu na volta da amurada.

Geraldo saiu a caminhar sozinho dentro da noite, à luz dos combustores. O ar fresco que vinha do mar lhe fazia bem, espantava aos poucos o nevoeiro que o uísque lhe criara no cérebro.

Acendeu um cigarro. E foi como se a luz do fósforo tivesse a virtude de invocar por um instante todo um mundo que ficara para trás. Lore... Os Wolffs... O major... O Ben Turpin... Paulinho... O *kerb*... Blumental... Tudo...

Nuvens brancas corriam para o sul. Geraldo se deixou ir ao embalo das recordações. Lore estava no seu sangue, incorporara-se definitivamente à sua vida sentimental. Sabia que lhe seria difícil, que lhe seria impossível esquecê-la. Antes sentiu o gosto amargo das horas de saudade e solidão que iria passar em Mato Grosso. Que grande fardo, o sentimentalismo — refletia ele. Seria melhor ter uma alma de aço, como Frau Marta, como muitos daqueles alemães que ele conhecera em Blumental. Tornou a pensar em Paulinho. Qual seria o futuro do menino?

Fariam dele um brasileiro ou alemão?... Que destino estaria reservado à nova geração? Em que mundo haviam de crescer? Que lutas teriam de enfrentar?

Era inútil estar a se fazer perguntas como aquelas...

Jogou longe o cigarro, meio agastado. E ficou olhando o mar, desejando absurdamente que tudo aquilo nunca tivesse acontecido.

24

Fim de primavera. O vento em fúria e a água que caía do céu em trombas desencadeadas pareciam conjugados no empenho de encher o rio, deitar abaixo as árvores, abalar os alicerces da cidade e levar para longe as flores, os brotos e a alegria dos homens. Havia quase uma semana que a chuva não cessava de cair. Rios barrentos e encachoeirados corriam pelas sarjetas. A paisagem de Blumental tinha um ar de catástrofe, mas de uma catástrofe em movimento — porque o ar agitado andava saturado do perfume das flores, do cheiro de resinas e de seiva. Pétalas coloridas voavam soltas e perdidas e a chuva deixava ainda mais verde as folhas, a relva e os rebentos que afofavam o úmido tapete dos caminhos.

Com a testa colada à vidraça, Lore não se fartava de olhar a chuva. Era como se a tempestade lhe povoasse a alma de um tumulto correspondente. Avivava-lhe o desespero, aprofundava-lhe a tristeza. Naqueles últimos tempos ela procurara o esquecimento, chegara mesmo a iludir-se, julgando que a serenidade não tardaria a descer sobre o seu coração. Mas de súbito viera aquela tempestade de primavera, a ventania cortada de relâmpagos, a enchente, a chuva, a romper a frágil camada de tranquilidade que lhe revestia a ferida funda e dolorosa, fazendo-a novamente sangrar. Enquanto Lore olhava a rua inundada, as fachadas sombrias das casas fronteiras, os fios do telefone a se agitarem desconsoladamente, como num sinal de qualquer coisa desesperada e inelutável, a ferida sangrava. Mas ao menos o vento podia uivar, as águas podiam correr, mergulhar na terra, atirar-se aos abismos. Só ela, Lore, tinha de sofrer em silêncio.

Voltou-se para a sala e deu com a mãe sentada ali na sua cadeira, a poucos passos dela, as mãos muito brancas e longas segurando a guarda da poltrona, o olhar fixo num ponto indefinível, o rosto inexpressivo como se estivesse a dialogar com os retratos que pendiam da parede.

Ela também sofre — pensou Lore. Teve ímpetos de correr para Frau Marta, ajoelhar-se ao pé dela, beijar-lhe as mãos, fundir o gelo daquele silêncio ao calor de palavras repassadas de carinho. Mas deixou-se ficar onde estava, hirta, trêmula, inibida por um desagradável e áspero sentimento de estranheza. Tinha a impressão de que ela e a mãe estavam ali como duas criaturas que acabassem de ser apresentadas, como dois seres entre os quais não houvesse nada de comum.

Frau Marta ergueu os olhos para a filha. Mas seus olhos não exprimiam nada, estavam vazios, tão vazios que Lore teve medo. Sentiu necessidade de falar, de perguntar alguma coisa, de ver se a mãe estava viva, se a razão não havia desertado daquele cérebro.

— Que chuva horrível! — disse Lore, procurando dar um tom casual a suas palavras.

Frau Marta a princípio pareceu não ouvir. Depois, libertando-se dos pensamentos que a atormentavam, sacudiu a cabeça, numa concordância neutra.

Lore mudou de tom:

— Onde andará o Paulinho? Será que esse menino foi de novo para a chuva?

Contemplou a mãe. Aquela história de raças a tinha consumido. Teria sido mil vezes melhor que primo Otto não tivesse lembrado de vir... E por que viera Geraldo?

Frau Marta encolheu os ombros de mansinho.

Lore voltou-se de novo para fora. Um vulto atravessou a rua — um homem metido num impermeável pardo. O seu coração começou a bater descompassado, numa absurda e alvoroçada esperança... É que no primeiro momento lhe parecera Geraldo... O mesmo tipo, moreno, cabelos negros... O vulto passou. Não, não era. Mas um milagre havia de fazer com que ele um dia voltasse. Seria numa tarde de sol, como na tarde da quermesse.

Lore ficou olhando a chuva, que amainava. Imaginou-se passeando na chuva ao lado de Geraldo, ambos de impermeável. Iam rindo, fazendo-se confidências. Depois tiraram os sapatos e começaram a chapinhar na correnteza.

Lore sorriu. E, como que ao sortilégio desse primeiro sorriso naqueles dias sombrios, abriu-se uma clareira no céu e o sol jorrou, trespassou os fios da chuva, clareou os telhados, manchou os quintais, a rua, e aos poucos invadiu a cidade.

Como por obra dum encantamento, de todos os cantos da rua os moleques começaram a brotar. Em breve formavam já um numeroso bando que saltava e ria. Pulavam descalços na água das sarjetas, onde alguns deles começavam a deitar os seus barquinhos de papel. O sol lhes iluminava as cabecinhas morenas e lustrosas.

Lore estava surpreendida... Como era possível as coisas na vida mudarem assim de repente! Esta ideia lhe devolveu à alma algo que se assemelhava a uma esperança. Mas não quis entregar-se a ela, lutou contra o próprio otimismo. Fosse o que Deus quisesse! Que a mesma mão invisível que abria clareiras no céu e fazia jorrar o sol, guiasse o seu destino.

Naquele instante Ema entrou na sala alvoroçada e investiu para Frau Marta:

248

— *Ach! Mein Gott.* O Paulinho fugiu de novo, está lá na rua todo molhado, brincando com os moleques. Com os moleques... Que é que vou fazer?

Frau Marta parecia imersa num sono letárgico.

Lore olhou para a rua. No meio das cabeças negras e morenas havia agora uma loira. Reconheceu o sobrinho. Paulinho pulava e ria no meio dos moleques, dos mulatinhos do Cardoso e dos pequenos da vizinhança.

— Que é que vou fazer? — repetiu Ema.

Frau Marta ergueu os olhos. A princípio ficou com o ar abstrato de quem não compreendesse. Mas depois falou com voz apertada, surda, num retesamento de energias:

— Deixe o menino brincar... Deixe o menino fazer o que quiser. — Era como se cada palavra pronunciada correspondesse a um dilaceramento interior. — Deixa que ele se crie de acordo com os seus instintos... com a sua natureza.

Rompera-se a grande represa. Frau Marta chorava. Com os olhos também inundados de lágrimas, Lore olhou para a mãe e mais uma vez teve uma ideia da enormidade do seu sofrimento e da profundidade do drama em que ela se debatia. Ema abalou, convencida de que naquela casa todos tinham ficado doidos.

Lore escancarou as janelas. Uma golfada de ar úmido e perfumado invadiu a sala. Lore abriu os braços num desejo de libertação e de vida. Por cima das casas, no céu nevoento, desenhava-se o arco-íris, o arco da aliança, como símbolo de alguma coisa que ela não compreendia com nitidez, mas que sentia de um modo tão agudo que chegava a ter vontade de gritar.

Quase no mesmo instante, as roupas ensopadas, os pés embarrados, sujando móveis e tapetes, Paulinho irrompeu pela sala, gritando:

— Vovó, olha o sol! Olha o sol!

Feixes de luz entravam em jorros pelas janelas, espancando as sombras que se tinham adensado naquela sala, havia pouco ainda, povoada de fantasmas.

Sobre o autor

Advogado, jornalista, romancista, biógrafo e ensaísta, Clodomir Vianna Moog nasceu em São Leopoldo (RS) em 28 de outubro de 1906, e foi autor de ensaios consagrados e romances premiados. Filho do funcionário público federal Marcos Moog e da professora pública Maria da Glória Vianna Moog, foi educado na escola dirigida por sua mãe na cidade natal e, depois, no Colégio Elementar Visconde de São Leopoldo. Após a morte da mãe, frequentou como aluno interno, durante dois anos, o Instituto São José, de Canoas, dirigido pelos Irmãos Lassalistas. Cursou também (1917) o Colégio São Jacó, de Hamburgo Velho, dos Irmãos Maristas, e ingressou no ano seguinte no ginásio Júlio de Castilhos, de Porto Alegre, onde concluiu os preparatórios.

Nesse período trabalhou algum tempo no comércio e, depois, se matriculou (1925) na Faculdade de Direito. Ainda estudante (1926), prestou concurso para agente fiscal de imposto de consumo e serviu dois anos na cidade de Santa Cruz do Sul e um ano em Rio Grande.

Graduado em Direito (1930), foi nomeado, no mesmo ano, guarda-fiscal interino da Repressão ao Contrabando na Fronteira para a Delegacia Fiscal de Porto Alegre. Tomou parte na campanha da Aliança Liberal, mas posteriormente (1932) lutou na Revolução Constitucionalista e terminou preso e deportado para Manaus. Pouco depois foi para Teresina, mas retornou ao Amazonas e serviu no interior até que a anistia, concedida pelo Congresso (1934), lhe permitiu retornar ao Rio Grande do Sul e iniciar sua carreira jornalística na *Folha da Tarde* de Porto Alegre. Foi no período de exílio que começou propriamente a sua atividade literária. Publicou o ensaio *O ciclo do ouro negro* (1936), para o qual transpôs a experiência vivida no Amazonas, e uma sátira política, *Novas cartas persas* (1937). Foi premiado pela Fundação Graça Aranha com o romance *Um rio imita o Reno* (1938).

Depois da Segunda Guerra, serviu (1946) na Delegacia do Tesouro em Nova York e representou o Brasil na Comissão de Assuntos Sociais das Nações Unidas, como também na Comissão de Ação Cultural da Organização dos Estados Americanos, no México, a qual presidiu por mais de dez anos.

Publicou ainda as biografias *Heróis da decadência* (1939), *Eça de Queirós e o século XIX* (1938) e *Em busca de Lincoln* (1968); os ensaios *Uma interpretação da literatura brasileira* (1942), *Nós, os publicanos* e *Mensagem de uma geração* (ambos em 1946); a novela *Uma jangada para Ulisses* (1959) e o romance *Tóia* (1962), além de *A ONU e os grandes problemas sociais do nosso tempo* (1965), assim como as *Obras completas de Vianna Moog* (1966).

Sua principal contribuição ao ensaísmo brasileiro foi o livro *Bandeirantes e pioneiros: paralelo entre duas culturas* (1954), onde fez uma comparação entre o progresso dos Estados Unidos e o atraso do Brasil, com explicações de caráter racial, geográfico, religioso e ético, também incluindo relatos curiosos, como o da frustrada tentativa de Henry Ford para implantar no Pará sua *Fordlândia*, um polo gigantesco de plantio de seringueiras e produção de borracha.

Eleito para a Academia Brasileira de Letras a 17 de novembro de 1945, foi recebido por Alceu de Amoroso Lima, sucedendo a outro gaúcho, Alcides Maya. Morreu no Rio de Janeiro, aos 81 anos, vítima de uma parada cardíaca após uma intervenção cirúrgica, em 15 de janeiro de 1988.

Este livro foi impresso nas oficinas da
DISTRIBUIDORA RECORD DE SERVIÇOS DE IMPRENSA S.A.
Rua Argentina, 171 — São Cristóvão — Rio de Janeiro, RJ
para a
EDITORA JOSÉ OLYMPIO LTDA.
em agosto de 2012
*
80º aniversário desta Casa de livros, fundada em 29.11.1931